皆殺しの家

山田彩人
Ayato Yamada

本格M.W.S.
南雲堂

皆殺しの家

目次

装幀　岡　孝治

写真 ©Aleksey Stemmer/Shutterstock.com
©StarlingRU/Shutterstock.com
O.D.O.

乱歩城

第一話

1

ようやく帰り着いた頃にはもう夜は白々と明けていた。

夜じゅう被疑者宅を見張るだけの退屈な仕事だった。けっきょく何の動きもないまま、交替の同僚に引き継いで帰路についたのだ。

国道から狭い私道に入り、少しばかりの木立のあいだを走り抜けて、館の前の狭い駐車スペースにバイクを停めた。エンジン音が静まると同時に辺りは静寂に包まれる。フルフェイスのヘルメットを脱ぐと、セミロングの髪が散り、頬に冷たい外気があたった。わたしは木々のあいだを抜けてきた風を深く吸い込むと、コンビニのレジ袋を持って大きなアーチ型のドアに向かった。

築何十年たつのかわからない二階建ての洋館である。と言っても、西欧の風景写真で見る小綺麗なそれを想像していたとすれば一目で幻滅する、長い歳月修繕もされないまま風雨にさらされた廃屋のような姿である。

留学から帰って最初に訪れたとき、何で兄がこんな場所に移り住んだのかわからなかった。東京郊外の最寄りの駅から距離のある、近所の人が陸の孤島と呼ぶ地域である。周囲を小さな森に囲まれた中に建つこの古びた洋館を、七歳違いの兄はなぜ選んだのか……。

その理由をわたしは半年前、兄が不慮の事故で亡くなったときに知った。

玄関に向かおうとしてふと足を止めた。

キッチンの窓の向こうに一瞬明かりが見えた気がしたのだ。

もう辺りは明るくなってきているため、はっきりと見えたわけではない。何かの反射か、気のせいだったのかもしれない。でも、こんな早朝に訪ねてくる者などいるはずはない。中に人がいるとすれば……。

泥棒だろうか？　気を引き締め、ドアに向かった。

鍵は掛かっていた。物取りだとすれば窓から侵入したのかもしれない。わたしは音をたてないよう注意しながらゆっくりとドアを開けた。

学生時代は剣道部だったし、警察学校では柔道をはじめ格闘技一般の訓練は受けている。男性相手でも取り押さえる自信はある。わたしは下駄箱の横から雨傘を一本取ると、足音を潜めてキッチンへ向かった。

部屋の外で立ち止まって耳をドアに当てると、微かな床の軋《きし》みや物と物との当たる小さな音が聞こえてきた。

やはり、誰かいる……。

そうと決まれば躊躇《ちゆうちよ》することはない。片手で雨傘を構え、一気にドアを開け放った。

「あら、亜季《あき》。帰ってたの？」

と、とぼけた声がして、わたしと同じ顔が振り向いた。

「羽瑠《はる》！　何でここにいるのよ」

思わず大声を上げ、一気に力が抜けた。緊張しただけ損をした。

シチューを作っていたらしい。キッチンにはいい香りが溢れていた。さっき窓から見えた明かりは、位置からいって冷蔵庫を開いたときの庫内灯だったのだろう。

申し遅れたがわたしの名前は小倉《おぐら》亜季。今年で二十七歳になる警視庁の刑事だ。そして羽瑠はわたしの双子の妹である。二卵性だから姉妹と同じだが、外見は一卵性と間違われるくらい似ている。色白の肌もほっそりした顎も、そしてセミロングの髪……！

「その髪、どうしたの！」

わたしは子供の頃から間違われるのが嫌で、服装や髪型だけでも似せまいと努めてきた。羽瑠がずっとロングだったので、この長さに切りそろえたのだ。なのに、何で寄せてくる？

「この前会ったとき可愛いって思ったのよ。同じ顔だと似合う髪型がチェックできて便利だよね」

そう言って朗らかに笑った。笑いごとじゃない。同じ髪型を避けるために、わたしはもっと短く切らなければならない。また同僚に少年みたいだと頭をぐりぐりされて笑われるハメになる……。

「どうして傘持ってるの。雨？」

「こんな時間に何してるのよ」

「どうせロクなもの食べてないんだろうと思ってね……。ほら」

羽瑠はわたしの手からレジ袋を取り上げ、中を覗いた。

「こんなものばかり……」

パンやおにぎり、インスタント食品ばかりなことは認める。でも、それ以前の問題がある。

「どうしてここにいるのよ！」

「それがね、聞いてよ。ダーリンがね……」

「聞かない」

また長話になりそうなのでキッパリと断った。羽瑠はパーティーで知り合ったという青年実業家と二十歳そこそこで結婚した。それ以来何度となく喧嘩《けんか》したり態度が気に入らないと言ってわたしに相談を求めてくる。でもそれが離婚に発展する気配はまったくなく、いつも数日もすればケロッと仲良くなっている。正直わたしは羽瑠の夫婦間のことなんて興味はないし、「ダーリン」という時代錯誤の甘ったるい呼び名を聞くと蕁麻疹《じんましん》が出る。

「そんなぁ……。聞いてほしくて眠らずに待ってたのに」

「さっさと寝て。それより、どうやってここに入ったの？」

羽瑠にはこの家の鍵は渡していない。

「この前、クリスマスに家に来てくれて、酔って一泊したじゃない。あのとき合い鍵を作らせてもらったのよ。無断でして悪かったけど、緊急のとき必要じゃない？」

……ったく。油断も隙もあったもんじゃない。

「その鍵、出して！」

「何で持ってちゃだめなのよ」

「とにかくだめなの。プライバシーの侵害よ」

「姉妹じゃない」

「姉妹だってプライバシーはあるの！」

強く言うと、羽瑠はしぶしぶという顔で合い鍵を取り出し、わたしに差し出してくる。

「でも、二、三日泊めてくれない？　今回はほんっとに頭に来たんだから……」

「ホテルにでも泊まれば？」

「どうしてここじゃだめなのよ！　こんな広い家で一人暮らしなんて、空いてる部屋はいくつもあるんでしょ？」

それでも断る！　と言いたいところなのだが、あんまりはっきり断言すると逆に勘ぐられるかもしれない。微妙なところだ。

「とにかく今日は泊めてよ！」

「だめ」

「一晩中待っててもう眠くてたまらないのよ」

「寝ればよかったじゃない」

「話を聞いてもらいたいの！」

ひとが一晩中働いていたことも考えず、あいかわらず傍若無人に自分の要求だけを突きつけてくる。

でも、ここは考えどころだ。そんなに眠いのなら、出て行かせようと押し問答するより、少しくらい話を聞いてやってさっさと寝かしつけたほうが早いかもしれない。そして目を覚ましたら放り出せばいい。合い鍵も素直に返してくれたことだし、ここは妥協しようか……。

わたしは「しょうがないわね」と言いながらベッドを一つ用意してやると約束した。たしかに空いている部屋はいくつもあるのだ。

そしてわたしはシチューを一杯ご馳走になりながら羽瑠の愚痴に適当に相槌《あいづち》を打ち、それからさっさと寝かせた。


わたしが鍵を渡さなかったのには理由がある。この家に他の誰も入れたくないのだ。それは亡くなった兄の遺志でもある。

わたしは羽瑠が眠りについた頃合を見てキッチンを出た。玄関ホールを抜けると、真っ直ぐに廊下を進み、突き当たりの書斎へ入る。そして三方の壁を覆う本棚の一つを横に押した。すると本棚はスライドし、地下室へ続く隠し扉があらわれる。もはや習慣と化した順路だ。

その扉を押し開け、金属製の狭い階段を辿って闇の底へ下りて行く。と、規則正しい男の息遣いが聞こえてきた。

地階に到着し、壁のスイッチを入れると天井の明かりが灯り、煉瓦《れんが》を積み上げた赤茶色の壁に囲われた大きな地下室と、その中央を仕切っている頑丈な鉄格子が浮かび上がった。そして、その向こうのフローリングの床の上には、半身裸のまま腕立て伏せをしている男の汗ばんだ背中が見える。

「起きてたの？」

人がまだ眠っている時刻だ。まあ、ここにいたのでは昼も夜も関係ないが……。

「どうして明かりを点けないの？」

声をかけたが、彼はその言葉に答えることもなくトレーニングを続け、しばらくして決めた回数に達したのだろう、動きを止めて床に座った。

「不思議なもんだな……。『外』にいた頃は身体《からだ》を鍛えようなんて考えたこともなかった」

息を整えながら彼はそう言って身体の汗を拭い、顔の上半分を覆うボサボサの髪と無精髭《ぶしょうひげ》に埋まった顔で笑ってみせた。

「他にすることがないからでしょ？」

「なくたって、『外』にいた頃はしなかった」

そんな人間でも、閉じこめられれば多少は運動をしたいと思うものなのか。

わたしはいつも通り、レジ袋の中から食材を取り出し、鉄格子に開いた小窓から彼に渡していった。

この自家製の檻《おり》の中にはベッドとトイレのほか冷蔵庫や簡単なキッチンもある。さらにはシャワールームも除湿器も空気清浄機さえ揃って、けっこう心地よい居住空間だ。兄に言われて初めて来たときにはノート・パソコンさえ置かれて、ネットで世界中の情報にアクセスできていたのだ。しかし、わたしはそれは取り上げた。ネットは悪用すれば犯罪にも使えるため、許すわけにはいかないと考えたからだ。ブレイカーで電源を止めると脅したら言われるままにパソコンを寄越したが、そのかわりに言われた本を買って来る約束をさせられた。そうした書籍はいま部屋の隅に山積みにされている。

「鍛えると、身体が少しずつ変化していくのがわかるのさ」

受け取った食材を冷蔵庫に詰めながら彼は言った。

「『外』でだってそうでしょ？」

「むかしは自分の身体なんて意識したことはなかった。ここにいるとそんな変化に敏感になるのさ。他の情報が少ないからね」

彼の名は久能光爾《くのみつや》。六年前、三人を殺害した容疑で警察から追われている指名手配犯であり、兄の親友……だった男だ。

警視庁の刑事が指名手配犯を自宅に監禁していることは、大いに問題だ。こうして檻に入っているかぎり犯行を重ねてさらに多くの人を傷つけることはないだろうが、だからといって許されることではない。もしバレれば当然仕事はクビになり、わたし自身も罪に問われる。

けれど、もはや自首したところで状況は変わらないだろう。罪の一歩手前で踏みとどまるチャンスはすでに逸してしまった。

半年前、交通事故の一報を受けて病院に駆けつけたとき兄はまだ笑顔だった。ただ全身の何ヶ所も骨折して入院が長引きそうだからと、その間の彼の世話をわたしに頼んできたのだ。食料と必要な日用品を届けてほしいと……。そのとき本棚の奥の隠し扉と、この地下牢のことを知った。

初めて鉄格子の向こうの久能を見たときには驚いた。職場に報告するなら、そのとき即座に決断すべきだったのだろう。匿《かくま》われている指名手配犯を発見したのだから、それが義務だ。けれどそれは実の兄を警察に突き出すということになる……。

けっきょくわたしは兄を見放すことはできなかった。兄は幼い頃からずっとわたしの憧れだったし、この世で最も信頼している人だった。久能とのあいだにどんな事情があったのか知らない。でも、兄のことだから何か考えがあってこうしていると思い、何も訊かずに、兄の退院まで目をつぶることにしたのだ。

他人に怪しまれずに世話をするためにこの家に移り住んで一週間後、兄の容態は急変し、あまりにもあっけなく亡くなってしまった。

あるいはその時点で警察に届けるべきだったのかもしれない。でも、そのチャンスも逃してしまった。

一つには、兄の遺志を尊重したかったというのもある。そしてもう一つの理由は、兄が何で久能を匿うことにしたのか、二人のあいだに何があったのかを知り、納得したうえですべてを明るみに出したいという気持ちがあったからだ。

その理由は半年後の現在でもわからない。久能が何も話そうとしないからだ。

そして現在も、わたしはこの家に住み続けている……。


「それで、持ってきた？」

冷蔵庫からもどって来ると、久能は鉄格子ごしに手を差し出した。

「何？」

「この前言っておいたろ？　本だよ」

「ああ……」

久能にメモを渡されていたのだ。すっかり忘れてた。

「買ってないね」

久能はわたしの表情を読む。

「ごめん。今日にでも注文しとく」

久能が頼む本はどれも本屋で探すのは大変なタイプのものだった。

「ひどいなあ！」

久能はどっかと鉄格子の前に座り、わたしを見上げてきた。薄汚い髭面ではあるが、そんな表情は高校時代から変わっていない、爽やかな少年の面影を残していた。

兄と久能は高校のクラスメイトで、それ以来ずっと親交があった。その頃からわたしは彼を知っている。当時小学生だったわたしの目に久能は、まるで少女マンガから抜け出してきた王子様のように見えた。わたしの初恋の相手でもある。

実際、久能は高校でも誰よりも目立つ存在だったそうだ。学年でトップの秀才でありながら、モデルにもなれそうなほどの美形。物腰は紳士的で社交性にも富み、誰にでも優しくそつなく接した。クラスメイトの誰もが、そして教師も、彼は将来卓越した人物に成長することを信じて疑わなかったという。そんな彼が何で連続殺人犯になったのか、あるいは冤罪なのか、どうしてこんな場所で檻に入っているのか、まったくわからなかった。

「ここは娯楽が少ないんだよ。『外』の情報も入って来ないしね……」

久能は嫌みったらしく抗議を続ける。その様子はわがままな子供のようだ。

「テレビとかラジオなら持って来てあげるけど」

「くだらない情報はいらない。前みたいにインターネットを使わせてほしい。知りたいことは自分で探るから」

「それはダメ」

情報を受信するだけならいいが、送信できる環境を与えるわけにはいかないと説明した。

「じゃあ、見るだけにするから」

「それを信用しろって？」

「長いつきあいだろう？」

「あなた、指名手配犯なのよ」

「たしかに、そうだね」

そう言って久能は笑った。ここで「自分は無実だ」と抗議してくれれば、では真相は何かと質問できるのだが、彼は何も言おうとしない。もちろん自分が犯人だと認めることもだ。

「いったい何が調べたいの？　知ってる範囲なら教えてあげるけど」

そう振ってみた。久能がどんなことを知りたいのかがわかれば、何かの手がかりになるかもしれない。

すると久能は黙ったまま微笑《ほほえ》み、わたしの顔をじっと見てくる。そんな魂胆も見透かされているようで、やはり尻尾を摑ませてはくれなかった。

「こういうことだったのね……」

そのとき頭上から声が聞こえてきて、全身の血が一瞬で凍りついた。羽瑠のとぼけた声だが、それは怖ろしいほどの破壊力だった。

久能を匿っていることを、羽瑠には秘密にしていた。兄もわたしにだけ打ち明け、協力を頼んできた。それはわたしたちの性格を理解してのことだろう。だからいままで羽瑠にはこの家の合い鍵も渡さなかった。それなのに……。

痛恨のミスだ！

「ずっと何か隠してるって思ってたのよね……」

そう言いながらゆっくり階段を下りてくる。何と言い訳しようか？　でも、この状況を見られて、ごまかす方法なんてあるのか？

正直にすべてを話し、協力を頼むしかないか……。

「羽瑠ちゃんか。久しぶりだな」

鉄格子の向こうから呼びかける久能に、羽瑠は戸惑っているようだった。もちろん羽瑠も子供の頃から彼を知っている。しかしこのボサボサの髪に無精髭だらけの男が、以前の彼と同一人物だとは気づかないだろう。

それでも聞き覚えのある声から記憶を探っている様子で、ついに自己紹介する前にそれを探り当てた。

「まさか、光爾さん？」

子供の頃から羽瑠は久能を名前で呼んでいた。とくに親しかったとは思わないが、他人とは一定の距離をとるわたしとは対照的に、羽瑠はすぐに懐に飛び込んでしまう。初対面の男性でもすぐに名前で呼んだりするし、それを相手は嫌がらない。

「どうして？　光爾さんはいま……」

羽瑠はそこで口を閉じた。久能が指名手配犯であることを思い出し、彼が鉄格子の向こうにいる異常な状態の理由を察知したようだ。そういうところは勘がいい。

こうなったらすべて説明するしかないだろう。

わたしは手短に兄から頼まれた事情を語って聞かせた。

「どうしていままで黙っていたのよ」

話を聞き終えて、羽瑠は言った。

「秘密を知っている人間は少なければ少ないほどいいでしょ。お兄ちゃんはそう考えてわたしにだけ話したのよ」

すると羽瑠は「へえ。他人に話してほしくないわけね」と言って、悪戯《いたずら》を思いついた子供のような表情でにやりと微笑んだ。それを見て背筋を冷たいものがぞくりと走った。

兄がわたしにだけこのことを教えたのは理由がないことではない。たんに秘密は最小限の人間にだけ伝えたいというのなら、刑事のわたしより専業主婦の羽瑠を選ぶはずだ。そのほうが良心の呵責《かしやく》は少なくてすむし、久能を世話する時間もたっぷりとれる。兄はわたしを信頼してくれたのだ。いや、もっとはっきり言えば、羽瑠は信頼できない人間だと判断していた。そして、いままでわたしが羽瑠に隠してきた理由もそこにある。

羽瑠は子供の頃から責任感がなく、努力もせず、しかし要領と調子ばかり良くて、他人に気に入られるのが得意なタイプだった。たいして勉強もしてないのにわたしよりレベルの高い大学に合格し、しかし就職するでもなく実入りのいい青年実業家を見つけて結婚し、いまではわたしよりはるかにいい生活を送っている。そのくせ何かというと夫と喧嘩して他人を巻き込むのだ。

それでも羽瑠にはまったく悪意はなく、その点では善人であることは認める。しかしわたしは羽瑠を信頼したことは一度もない。それは兄だって同じことだろう。

「亜季も、話してほしくないのよね」

「当然でしょう……」

「黙っててあげてもいいわよ」

微笑みながらそう言う羽瑠に、また寒気が走った。

こんな顔をするときは、必ずその代わりに何かを要求してくる。

「わかるでしょう？　バレたらわたしは捕まっちゃうし、お兄ちゃんだって……」

秘密を守るのは当然のことだと言いくるめようとしたが、羽瑠は気にもとめぬ様子で言い放った。

「事件の話を聞かせてよ」

「え？」

わたしが聞き返すと、羽瑠は真っ直ぐに久能の前まで行き彼の目を見て言った。

「ほんとうに光爾さんが犯人なの？」

すると久能は微笑み、「さあ。ご想像にお任せするよ」とだけ答えた。やはり話そうとしない。「興味、あるのかい？」

「最近ミステリー小説に凝ってるのよ。だから、実際の犯罪の話を聞いてみたいの。冤罪だったらわたしが晴らしてあげる！」

そう言って胸を張る。わかりやすい過信だ。

「それなら亜季ちゃんから捜査中の事件の話を聞けばいいじゃないか」

久能の余計な提案に、羽瑠はすかさず「いい！　それ！」と相槌を打つ。

「ちょっと……。久能さんの事件を知りたいんじゃないの？」

「そうじゃなくて、実際におきた不可解な事件をわたしの推理力で解決したいのよ」

言いたいことは理解していた。最近羽瑠はしきりに、おもしろい事件はないかと訊いてくるようになっていたのだ。ミステリーに凝り、素人探偵気取りになっているらしい。

当然、わたしはいつも断っていたし、今回もそうした。

「本を買い忘れた罰だよ。話してあげればいい」

久能がまた余計な援護射撃をしてくる。

「捜査上の情報を素人に明かせるわけないじゃない」

「誰にも言わないから！」

「そういうわけにはいかないの！」

「どうしてもだめ？」

「だめ！」

すると羽瑠は残酷な笑みを浮かべる。

「でも光爾さんのこと、黙っててほしいんでしょう？」

それは、そうしてもらわないと困る。

「いますぐ警察に連絡してもいいのよ」

「そんなことをしたらどうなると思ってるの！」

「わたしは後先考えずに行動するタイプよ」

それは、痛いほどわかってる。

「やっぱ、知らせちゃおうかなぁ」

羽瑠はスマホを取り出す。コイツはやる気だ……。

「そんなことしたら、お兄ちゃんも……」

「黙っててほしいんでしょう？」

もう一度くり返してきた。その目はもうすでに他人を罪に陥れる犯人の顔になっている。

「でも、現実の犯罪捜査は小説とは違うし、そんなにおもしろいものじゃないのよ」

わずかな望みをかけて頼み込む。

「小説と違うんなら、それを聞かせてよ。おもしろいかどうかはこっちで判断するから」

そんなことをどうしてお前に判断されなきゃいけない！

すると久能が軽く笑いながら言う。

「亜季ちゃんの負けだな。ここは降参して探偵ゴッコをやろうよ。ここにいると刺激が少なくてね。現実の事件なんて、ミステリー小説を読むよりおもしろいかもしれない」

すると羽瑠が「そうそう!」と甘い声を上げる。「いま手がけてる事件の話をしてくれればいいから」

「そんなことできるわけないでしょう!」

犯罪捜査は遊びじゃないし、捜査情報を外部の人間に話せるわけない。まして久能に至っては指名手配犯だ。

「じゃあ、手がけてない事件でいい。未解決のやつがいいな。迷宮入りならなおいい」

「うん。そういうのがいい。奇っ怪でおもしろいやつはない?」

承知してないのに、二人がかりで勝手に話を進める。しかし、わたしはキッパリと断った。

「黙っててほしいんなら、話してくれればいいじゃない」

羽瑠は食い下がってくる。

「この秘密を守ることはお兄ちゃんの名誉を守ることでもあるし、家族を守ることでもあるのよ。積極的に協力してくれてもいいじゃない」

「家族だったら事件の話を聞いてもバラさないって信じてくれてもいいでしょ?」

すると、久能がまた口を挟んできた。

「それに、その家族に内緒にしていたのは亜季ちゃんだよね」

「バラされたら一番困るのはあなたでしょ。逮捕されるのよ!」

「事件の話さえしてくれれば、羽瑠ちゃんだって秘密は守ってくれるんだろ?」

久能が振ると、羽瑠はにっこり笑って、「もちろん」と頷く。

二人がかりで言い立てられると、そういう流れになってしまう。しかし刑事としての職業意識からすればとんでもない話だ。事件は娯楽なんかじゃないとあくまで断りたい。

でも、羽瑠には黙っていてもらわなければ困る。ある程度は譲歩しなきゃならないんだろうか……。

そんなことを考えながら、わたしの頭の中にはもう一つの事柄が浮かんでいた。

わたしには久能とできるだけ長くコミュニケーションをとりたい気持ちがあった。

被疑者の取り調べのとき、相手がどんなに真相を隠そうとしても、雑談の中でポロリとこぼした一言から真実があきらかになっていくことがある。この半年、どんなに聞き出そうとしても久能が話そうとしない事実、彼が真犯人なのか、そして兄とどういう経緯があっていまこの檻の中にいるのかを、何気ない会話のなかから探りたかったのだ。しかし現在まで彼と長く会話を交わすことができていなかった。こちらの意図を察してか、早々に切り上げてしまうのだ。

この話に乗るのもアリなのかもしれない……。羽瑠と三人で会話するなかで、久能が何か洩らすこともあり得るかも。

それに、べつに現在捜査中の事件の情報を洩らす必要はない。未解決のまま放置されている中から選んで、差し障りのない程度のことを話せばいいのだ。兄の親友であったことから久能の趣味は把握しているし、羽瑠の興味を引くのがどんな事件なのかもわかっている。

そう考えると、一つお誂《あつら》え向きの事件があるのを思いついた。あれなら、話しても問題ないだろう。

「じゃあ、『乱歩城《らんぽじょう》』の事件のことを話そうかな……」

探りを入れてみると、羽瑠は即座に喜びの声を上げ、久能は目をきらりと光らせた。彼の食いつきそうな名称なので、わざとそこから話したのだ。

「それでいい？」

そう訊くと久能は肯定の返事をし、羽瑠は「ずっと聞きたかったんだ！」と身を乗り出してきた。

わたしがこの事件の捜査に関わっていることを知っており、ずっと前から話してくれとせがまれていたのだ。

2

それは一時期テレビ等でもよくとりあげられた、とある海沿いの地方都市でおきた事件だ。殺人事件など扱った経験のない地元の警察に協力するため、わたしは捜査一課に配属されてすぐに先輩刑事とともに出向した。そのためあの事件のことは印象深くおぼえている。捜査は迷路の中で行き詰まり、未解決のままわたしは本庁へもどされたのだ……。

「『乱歩城』って言っても、実際は城じゃないんだけど」

部屋の隅に置かれた椅子を鉄格子の前まで運びながら話し始めると、久能は床の上に胡座《あぐら》をかきながら、「そう呼ばれていたってこと？」と聞き返してきた。羽瑠は壁に立てかけられていたパイプ椅子を広げて座る。

「江戸川乱歩の熱狂的なファンが、自分の別荘にそんな名を付けたの。かなり個性的な建築だったし、『幻影城』をもじったんでしょうね」

乱歩が自宅の土蔵の書庫を『幻影城』と名付けていたのはわりと有名な話だ。わたしは兄の影響で子供の頃から古いミステリーやその関係書はずいぶん読んでいた。

「これは二年前の夏におきた事件なんだけど……」

この事件のことは久能は知っていてもおかしくはない。すでにこの檻の中にいたのかもしれないが、パソコンを取り上げたのは半年前だから、ネットを使えば事件の情報はいくらでも検索できたはずだ。でも、訊くと初耳とのことだった。ということは、当時このような事件は久能の興味の範疇《はんちゅう》にはなく、彼がネットでアクセスしていたのは別の種類の情報ということだろう。

羽瑠はテレビ等で通りいっぺんの知識はあるはずだが、久能に合わせて最初から話していいか訊くと、それでいいと了承した。

そしてわたしは事件の話をしながら、久能の反応を見ていくことにした。

「『乱歩城』の事件といっても、現場がそこだったのかは不明なの。遺体が発見されたのは別の場所で、だけど被害者はそこで開かれたパーティーに参加するためにわざわざ東京から来た客だったし、最後に目撃されたのも『乱歩城』だった」

「遺体が発見された場所は？」

「近くの海に浮いているのが発見されて……」

「ふん」

久能はそれだけ言って黙った。その先を話すよう催促している目だ。言われるまでもなく続けた。

「この事件で奇妙だったのは、被害者……とりあえず須藤《すどう》としておこうか」被害者の名前の一字だけをとって偽名をつけた。「須藤の遺体は海に浮いているところを発見されたんだけど、髪の一部が凍っていて、体温も水温よりも低かったたってことなの」

「凍ってた？」

「そう！」羽瑠が声を上げた。「それをテレビでずっとやってたの。夏の海で凍りつくわけないでしょ？　なぜなんだと思う？」

久能は微笑んで答える。

「理由は考えられないこともないけどね。まず思いつくのは死亡推定時刻をごまかすために犯人が遺体を冷凍保存したってことだろ？」

「そんな簡単なはずないでしょう！　テレビでずーっとやってたんだから」

羽瑠がツッコむ。わたしは解説した。

「被害者が最後に目撃されたのは遺体が発見された前日の夜、『乱歩城』で開かれたパーティーの席上でね。遺体の状態をみても、胃の内容物からいっても、須藤は最後に目撃された直後に殺されたと見られて……」

「つまり、死亡推定時刻をごまかすにしては、冷凍保存されていた期間が短すぎる？」

「そう。ある程度の期間保存して遺体の状態の変化を防ぐんじゃなきゃ、死亡推定時刻をごまかすことにならないでしょう？　それに、死体の胃にパーティーで出された食事が未消化の状態で残っていたら、殺されたのがパーティーの直後だってことはバレバレだし……」

わたしは事件の説明を続けた。

『乱歩城』があるのは町外れでね、山が海岸近くまで迫って平地がほとんどなく、だから付近に家が少ない、そんな場所だったの。『乱歩城』は山の中腹の、海岸からの一本道を一キロ近く上がった辺りに建っていた。そこからの海の眺めは絶景でね……。その別荘を建てた『城主』の名は松崎《まつざき》としておくわね」

また適当に偽名を作った。

「彼は貿易関係の仕事でかなりの財産を築き、五十歳を過ぎる頃には本業は引退して、その後は資産を運用するだけで悠々自適な生活をしていたの。それでもかなりの収入があったようでね……。それで、あくせく働く必要がなくなってからは、専ら趣味の世界で生きていたわけ。『乱歩城』で初めてパーティーが催されたのは事件の二年前、球形の鏡のお披露目会だったそうでね」

「球形の鏡？」

「『鏡地獄』に出て来るあれよ。人間一人がすっぽり入るくらいの球形の鉄枠を造って、その内側を一面の鏡にしたっていう。そんなものに入ったらどんなふうに見えるのか試してみたくて、実際に造らせたらしいの。なにしろカネはあるから……。それで出来上がったら自分だけじゃなく他人にも見せてあげたいと思いたったみたいでね」

「それでパーティーを開いた？」

「松崎の知り合いに、ネット上で乱歩のファンが集うホームページを作っている人がいてね。相談したところ乗り気になったようで、ページ上でパーティーを広告して、その道の好事家《こうずか》を募ったそうなの。参加者は『鏡地獄』を覗けるといって誘ったわけ」

「知ってたら、参加してみたかったね」

久能が言い、羽瑠も頷く。

「実際パーティーには想定していた以上の参加者が集まったそうよ。球形の鏡に入る経験なんてそうできるもんじゃないから」

「でも、そうなると一人ずつ鉄球に入れてたら、ずいぶん時間がかかりそうだな……。退屈なパーティーにはならなかったのか？」

「そこは考えたみたい。パーティーでは、球に人一人入れるくらいの穴を開けて、その穴を下に向けて床から一メートルくらいの高さにセッティングし、一人ずつ下から上半身を突っ込んでいったんだって」

久能は頷いた。

「そうでもしなけりゃ多人数は無理だろうね」

「実際球形の鏡に入るとおもしろいみたい。周囲にいろんな像が映るほかに、立体の鏡像が目の前に浮かんで見えたんだって……。自分で試したわけじゃないからよくはわからないけどね」

「それじゃあつまんないね」羽瑠が言った。「立体の鏡像なら亜季を見ればいいだけじゃない」

お前の鏡像になんてなりたくない。だから髪型を……と口に出しかけたが、やめた。

「それで大盛況だったんで、次の年にもパーティーを開くことになったんだって。今度は人間氷柱を呼び物にしてね」

「人間氷柱？」

「乱歩の『吸血鬼』に出てきたでしょう？　怪人が美女を氷漬けにしようとしたけど、明智小五郎《あけちこごろう》が蠟《ろう》人形にすり替えていたってやつ。あれよ……。つまり人形入りの氷柱をぐるっと並べて、その中でパーティーを行ったんだって。夏場には涼しげな演出よね」

「人形も作ったのか？」

「最初の『鏡地獄』のパーティーの参加者のなかに、フィギュアの製作の仕事をしている人がいてね。その人と席上で話しているうちに来年は人形氷柱を造ろうって話になったみたい。それを造るために『乱歩城』の隣に別棟で大きな製氷室も増設したの。カネに糸目をつけずにね」

「ってことは、須藤の死体が凍っていたのは……」

「その製氷室に入れられていたのかもしれない」

それを説明するためにパーティーのことを話してきたのだ。

「そこは事件当日も使用できたんだね」

「もちろん」

「それで、人間一人くらい入れられると」

「実物大の人形入りの氷柱を何本も造って、パーティーに出すまで保存しておけるような広さの場所なの」

「事件当日も製氷中だったのかな？」

そう訊かれたので、わたしは「順に説明するわ」と断ってから話を続けた。

「その人間氷柱を並べたパーティーも好評だったんで、翌年、つまり事件の年もまた開くことになったの。今度はパノラマを呼び物にしてね。わかるでしょう？」

『パノラマ島綺譚』の名を出す必要はないだろう。そのパノラマも、前回のパーティーの参加者のうちにその趣味の人が数人いたので提案され、相談して手分けして製作し、パーティー当日に組み合わせて完成させたのだそうだ。

すると羽瑠が言った。

「パノラマって屋内に作ったの？　かなり広い場所が必要でしょう。そこってそんなに広かったの？個人の別荘でしょう」

「駐車場にテントを張ってパノラマを作り上げたの。パーティー会場は屋内に別に用意して」

「どうして駐車場？」

「敷地のなかで一番広いスペースを探したら、そこだったんだって」

もともと来客用も含めて五台停められる駐車スペースがあったのだが、その車を全部退《ど》かしてテントを張ったと言っていた。

「ところで、どんなパノラマだったんだ？」

と、今度は久能が訊いてきた。

「関東大震災に遭う前の浅草の街並み。乱歩の世界ね」

「いいね……」

そう言って久能は子供のような笑みを浮かべた。

「それで、屋内のパーティー会場には前年と同じような氷柱を、二本ばかり立てていたんだって。前年好評だった人形入りのやつをね」

「つまり、事件当日も製氷室は使われていたんだね」

「そう」

パーティーについては説明し終わったので、わたしは被害者の話に移ることにした。

「被害者の須藤は、パーティーに集まった乱歩ファンではなくて、松崎の一人娘の夫だったの。当日は雑用係として呼ばれたそうよ。松崎に」

「義父子《おやこ》の仲は良かったのか？」

「ううん。松崎はもともと須藤が嫌いで娘との結婚にも大反対だった」

「それを押し切っての結婚？」

「そう。須藤って男は大学を卒業すると同時に友人たちとＩＴ系の企業を立ち上げて、一時はかなり羽振りが良かったんだって。松崎の娘にプロポーズしたのはその頃で、反対する父親を後目《しりめ》に、おまえなんかに頼らないと強気で切り捨てて、駆け落ち同然に結婚したらしいの。でも、すぐに会社の経営は傾いて、今度は掌《てのひら》を返して松崎にすり寄って援助を求めてきたらしくて……」

「それで松崎は？」

「もちろん承知しないでしょ。逆に娘に離婚しろと勧めていたそうよ。どうも須藤は家庭内暴力を振るうタイプの男だったみたいで、松崎の娘が顔に痣《あざ》をつくっているのを知人が何度も目撃していたわ。だから良く思っていなかったのね」

「離婚を勧めるのが当然だ」

「でも娘は父親の言うことを聞かず、それでも須藤と別れたくないって……」

するると、羽瑠が「そういう女っているよね」と息を洩らした。

「松崎は娘に離婚するよう説得したんだけど、逆に須藤を助けてやってくれと頼み込まれて……、けっきょく断りきれなくなったみたい。それで今度は自分が須藤を変えてやろうって、援助する条件として、しばらくのあいだ休日のたびに自分の下について使いっぱしりになることを命じたんだって」

「仕事を通して鍛え直してやろうってわけか」

「というより、こき使われることで嫌気がさして、須藤のほうから離婚してくれることを狙っていたみたい。それでパーティーの当日も呼び出して、あれこれ雑用をやらせていたわけ」

そこまで説明したとき、久能は不審な表情を浮かべていた。わたしは何か質問はあるかと促した。

「その娘の行動がやっぱり気になるね」

「松崎の娘のこと？」

「ああ……。暴力を振るわれても別れられない女っていうのは、たしかにいるだろう。でも、別の理由があるのかもしれない」

「別の理由って？」

「須藤に弱みを握られていたっていう線さ。例えば過激なヌード写真を撮られていて、もし離婚するならネットに流すって脅されたとか……。よく聞く話だろう？」

「そうね……」わたしは深く息を吐いてから答えた。「その線も調べたんだけど、証拠は出て来なかった」

「でも違うとは言い切れないだろ？」

「もちろん。それが理由で殺したのなら、松崎か娘が証拠を隠滅するはずだから」

「隠滅した跡みたいなものはなかったのかな？」

「なかった。でも上手く抹消したのかもしれないし、何とも言い切れないの」

すると久能が言った。

「その線が消えてないなら、松崎には須藤を殺す動機があるかもしれないんじゃないのか？」

「そう。動機からいえば、松崎が一番怪しいってことになるの。っていうより、他に被疑者って見当たらないのよ。事件当夜に乱歩城にいたメンバーで須藤と個人的なつながりがあったのは松崎だけだから」

「付近の住人で被害者と個人的なつきあいがあった人は？」

「それもいないの。だから、故殺だとすると動機がある可能性があるのは松崎だけってわけ」

「故殺じゃないとすれば、事故か、突発的な殺人ってことか」

「そう」

「でも、遺体が冷やされていた形跡があるってことは、理由はともかく故殺っぽくないか？」

「そう見えるわね」

「となると、ほぼ松崎が犯人じゃないのか？　立証できるかどうかはともかく」

「それがそうでもないの」

「どうして？」

「アリバイがあったの。それで、松崎に犯行は不可能っていうのが、当時の警察の結論……」

「そのへんの状況をもっとよく知りたいね」

ここからが本題だ。わたしは説明をはじめた。

「まず須藤の死因は撲殺。生前の彼が最後に目撃されたのは『乱歩城』でのパーティーの席で、深夜零時過ぎのこと。死体になって発見されたのは翌日の昼過ぎで、ジェットスキーで楽しんでいた観光客が海に浮いているのを発見して通報してきた。それで、さっきも言ったけど、『乱歩城』は海からは一キロ近く離れた場所にある。つまり、当日そこにいたメンバーの中に犯人がいるとしたら、須藤を殺害後、一キロの道のりを運んで海まで死体を廃棄しに行かなければならないの。わかる？」

「海まで行ってから殺した可能性もあるね」

「それもあるけど、けっきょく海まで行かなければならないわけ。それで、松崎は以前泥棒に入られてから防犯には気を遣っていて、『乱歩城』にはセキュリティーのために監視カメラがあちこちに付いていたの。ドアとか窓とか、出入りできる場所はもちろん、駐車場付近や、あと松崎の寝室も全体が見渡せる位置に……、寝込みを襲われるのを恐れていたみたいで」

「監視カメラの映像は残っていたのか？」

「すべて録画されてから一定期間保存される仕組みになっていた。だから、須藤が最後に目撃されてから死体となって発見されるまでの、『乱歩城』への人の出入りは全部記録されていたの。それに松崎個人については、寝室で眠っているあいだも記録されていた」

「製氷室には監視カメラは？」

「残念ながらなかった。別棟だし、盗まれて困るようなものも置いてないんで、まあ、当然といえば当然なんだけどね」

死体の髪が凍っていたことを考えれば、そこに入れられていたのか知りたいところだったが……。

「それで……、松崎のアリバイは完璧だったのか」

「完璧といえるかどうか……。でも、状況からして松崎には犯行は不可能だって結論に至ったのよ」

「どういうこと？」

「うん」

わたしは思い出しながら説明をはじめた。

「まず、監視カメラに須藤が最後に映っていたのは午前零時過ぎ。松崎と一緒に玄関から出て行って、十五分ほどして松崎だけがもどってきている。それが須藤が最後に目撃された時でもあるんだけど……」

「何をしてたんだ？」

「松崎によると、パーティーの席でレモン果汁のビンが空になったんで、須藤に近くのコンビニまで買いに行かせたらしいの。そのとき須藤が金策のことで相談を持ちかけてきて、少し立ち話していたんでもどるのが遅れたんだって」

「松崎が出ていたのは十五分間だね」

「だいたいね」

「それ以外は松崎は外出しなかったのか？」

「ううん。それから三、四十分くらいして、午前一時前後に一人で二十分ほど外へ出ている」

「今度は何をしに？」

「酔ったんで夜風にあたって来ると言っていたそうよ。それで二十分ほど歩いてきて、もどってからパーティーに顔を出して、それからわりとすぐに寝室に向かったの。朝からパーティーの準備で疲れたからって」

「須藤にレモンを買いに行かせたままで？」

「レモンを欲しがったのは客だったし、松崎が寝に行った後もパーティーは続いてたから……」

「パーティーは何時までやってたんだ？」

「結果的には、翌朝になってもまだ続いていたんだって。もともと遠くから辺鄙《へんぴ》な場所へ来てもらっているんで、『乱歩城』内には客用のベッドも用意してあったそうよ。眠りたくなったらそこへ行ってくれってね……。でも、大好きな乱歩のことを話せる仲間と会えたってことで話が尽きずに、徹夜で語りあった参加者も何人もいたようでね」

「松崎はそのまま翌朝まで眠ってたんだね」

「そう。それから須藤の死体が発見された翌日の昼まで、松崎はずっと『乱歩城』にいてパーティーの後かたづけをしてたし、カメラの映像もそのことを証明していたの」

「すると、もし松崎が犯人なら、その十五分と二十分のあいだに須藤を殺して、死体を海に捨てたことになるんだね」

「そう。でもね、その時間では須藤を殺すことは可能でも、海まで死体を捨てに行ってくることは不可能なの」

「『乱歩城』から海までは一キロって言ってたな？」

「うん。一キロも坂を下れば、海沿いを走る国道に出る。でもね、その国道の向こうには岩場があって、その先に海があるの。つまり、路肩から死体を強い力で放り投げたのなら海までとどくかもしれないけど、人間の力ではまず無理」

「死体を担いで岩場を歩いて行くことはできないのか？」

「一応そこは自由に海まで降りられるようにはなっている場所で、だからガードレールも付いてなかったんだけど、でも降りるには岩と岩のあいだを両手をかけながら下っていくしかなくて、とても死体を担いでいけるような所じゃなかった。それにね、松崎は脚に障害があるの。十代の頃に交通事故に遭って、一時は車椅子の生活になると言われたそうなんだけど、過酷なリハビリでどうにか歩ける程度までは回復したってことで……」

「じゃあ、無理ってことか」

「松崎に障害が無かったとしても、死体を海へ捨てるにはもっと先まで行かなきゃ無理だろうっていうのが、現場を見たときの印象だった」

「じゃあ、どこまで行けば海へ投げ込めそうなんだ？」

「その海沿いの国道を、さらに六キロほど進めば……」

「ということは、『乱歩城』から七キロか。自動車を使えば、二十分あればどうかな……」

「それも不可能で……」

「どうして？」

「まず、松崎は車の運転はできないの。交通事故に遭ってから車には恐怖を感じるらしくて、自分で運転する気にはならなかったんだって。車移動のために運転手を雇っていたわ」

「でも、密かに練習をして運転できるようになっていた可能性もないわけじゃないんだろう？」

「けどね、そもそも運転しようにも、事件当夜『乱歩城』には自動車そのものが無かったのよ。説明したでしょ？　その日は駐車場にテントが張られてパノラマが作られてたって。だから、普段は駐車場に置いてある車も別の場所に移されていたの」

「ちょっと待て。それならパーティーの客はどうやって『乱歩城』に来たんだ？」

「運転手にワゴン車を運転させて、最寄りの駅まで迎えに行かせていたの。それから近くの海岸に観光客用の広い駐車場があってね。車で来た客はそこに停めて、ワゴン車に乗り換えてもらっていた」

「帰るときもそのワゴン車で？」

「そう。運転手は別の場所に待機していて、松崎が連絡したら『乱歩城』まで迎えに来ることになっていたそうよ」

「でも『乱歩城』には無かったとしても、付近にはあったんじゃないのか？　監視カメラに映らない場所に停めておいたとか……」

「それも難しいの。海岸通りから『乱歩城』に続く道はかなり細い私道で、車がすれ違うとき苦労するくらいなの。その道沿いには別荘が数軒あるだけなんで、車が通ること自体ほとんど無いから、それでやっていけてるらしいけどね」

「つまり、車を隠しておけるような場所は無いと？」

「そう。道の両側には隙間なくガードレールが続いてるんで、路肩に突っ込むかたちで停めておくこともできなくて、道の真ん中に停めておくほかないのよ」

「『乱歩城』の先にも家はあるのか？」

「別荘が二軒あった」

「その夜は、そこに人はいた？」

「二軒ともいた。つまり、死体運搬用の車を停めておくのは危険すぎるのよ。もし先にある別荘の住人が車で来たとしたらバレちゃうわけだから。しかも、もし停めていたのなら、かなり長時間停まっていたことになる。松崎はパーティーの準備中から『乱歩城』にいて、パーティー後も死体が発見されるまで、実際には警察が事情聴取に訪ねるまでずっとそこにいたことは、監視カメラで確認されてるんだから」

そう説明すると、久能は大きく頷いた。

「すると、松崎自身が自動車を使って死体を運んだ可能性は限りなくゼロに近いってことだね」

「そう考えるべきでしょうね」

「じゃあ、運転手を呼び出して死体を運ばせたって可能性はないのか？　その運転手が長年雇ってきた、気心の知れた……」

「共犯者だったってこと？」

「ああ」

「それも考え難《にく》いの」

「どうして？」

「まず第一に、松崎がずっと雇ってきた運転手はその少し前に都合があって辞めて、そのときの運転手は雇って三ヶ月程度だった。プライベートでも松崎との繋がりはなくて、共犯者として選ばれるような間柄じゃないの。それに、事件当夜の彼はいつ呼び出されるかもわからないということで、近くの二十四時間営業のファミレスに待機してたんだけど、客が少ない日だったんで、彼のことを店員がおぼえていたわ。その夜はけっきょく呼び出されることもなくて、ずっと店にいたって……」

「海岸から『乱歩城』までは上り坂だって言ったね。自転車は使えるのか？」

「現実的じゃないでしょうね。何段もギアが付いたものを使えば、健康な人間なら可能なのかもしれないけど、松崎は脚に障害があるから」

「でも下るのは簡単だろう？　自転車で死体を海まで下ろして、坂の下に自転車を置いて走って上ったとしたら？」

「松崎の脚では走るのは無理よ。仮に走れたところで、一キロの坂道を二十分で行って来れるかは疑問ね。パーティーの席にもどってきたときの松崎が汗だくで息をきらしていたという証言もないし」

「それで松崎に犯行は不可能……という結論に至ったわけか」

「そう」

「でも、松崎以外に動機がある者はいないって言ってたよね」

「そこが問題でね……」

「つまり、動機から言えば松崎しかいない。でも、彼には犯行不可能っていうことは、あとは事故とか自殺とか……」

「あるいは、突発的で衝動的な殺人ということになるのよ」

「でも自殺じゃ、死体の髪が凍っていた理由の説明がつかない」

「そうね」

以上で事件のあらましを説明し終わったことを久能に告げた。

「それで？」

すると羽瑠が目を輝かせて訊いてきた。

「何？　それでって」

「いままでのはテレビでもやってたことでしょう？　だいたい聞いて知ってるわよ。そうじゃなくて、警察しか知らないマル秘情報を教えてよ」

そんなもんあるか！　あったとしても教えるわけないだろ！　と言いたいところだが、また久能のことをバラすと言い出したら面倒なんで、こう答えた。

「質問してみてよ。わかる範囲のことなら話すわ」

「わかった」

そして羽瑠は何を訊こうか考えている様子だったが、久能が口を開いた。

「いまの説明だけでもずいぶんわかったよ。とりあえずいままでのデータだけで考えてみよう」

そう言われると羽瑠は仕方がないという顔でオーケーした。久能は続ける。

「この事件の一番の謎は、どうして死体が冷えていて、髪が凍りついていたのかってことだろうね。誰が犯人かってことはありきたりの謎だ。そんなに重要じゃない」

いや重要だろう！　それが事件を解決するってことだぞ！　と言いたかったが放っておくことにした。コイツらは探偵ゴッコがしたいだけなんだ。プロの事件捜査とは骨の髄から違っていて当然。好きなようにつつき回してくれ。

「それで？　どうして死体の髪が凍ってたかわかった？」

わたしが訊くと、羽瑠が答えた。

「警察が調べてもわからなかったんだから、突飛な盲点があったんじゃない？」

「盲点て何よ」

「例えば、サーファーとかジェットスキーをやってる若者のあいだで、髪を凍らせてガチガチに固めるのが流行《はや》っていたっていうのはどう？　被害者はお洒落《しゃれ》のつもりで髪を凍らせたのよ」

突飛すぎて怒りが湧いた。

「そんな流行なんてないわよ！」

「気づいてないことが盲点なのよ。だいたい亜季は昔からダサくて、流行に鈍感じゃない」

「それにジェットスキーをやってたのは死体の発見者。被害者じゃないわ」

「だから、それを見て、カッコいいから自分もやってみようって……」

「事件があったのは夜中なのよ。海へ行ったってサーファーなんていないわよ」

そこまで言うと、羽瑠は「そっか……」と認めた。しかし、どこまで冗談なのか本気なのかわからない。すると今度は久能が口を開いた。

「もっと現実的に、一番単純な線から考えてみよう。犯人は冷凍車の運転手で、レモンを買いに出た須藤を轢《ひ》いてしまって、怖くなって死体を海まで運んで捨てたっていうのはどうだ？　そのとき冷凍室を使ったんで死体が凍りついた……」

「違うよぉ！」羽瑠が声を上げた。「それじゃ、おもしろくないじゃない」

「単純な答えが正解なのに、ひねくれて考えるほうがおもしろくないだろ？」

面倒なので、止めに入った。

「被害者は殺される直前まで『乱歩城』にいたし、死体が見つかったのはすぐ近くの海なの。死体を運んだとしても、すぐの距離よ。その間に髪が凍りついたりしないわ」

「そう！」羽瑠が賛同する。「テレビでずっとやってたのは、そんな簡単に説明できる事件じゃないからなのよ！　だからおもしろいの！」

言い方は気に入らないが羽瑠の言う通りだ。実はあのときの警察も同じような線を一応考えた。しかし交通事故はおろか、冷凍車が通りかかったという目撃証言も得られなかった。

「ところで……」久能は表情を変えて訊いてきた。「『乱歩城』に車が無かったのなら、零時に買い物に行かされた須藤は、どうやってコンビニへ向かったんだ？」

「松崎が歩いて行って来いと指示したそうよ」

「店は近いのか？」

「ううん。足早に急いでも片道三十分以上かかる。でも松崎にしてみれば須藤をこき使うこと自体が目的なんだから、それでよかったんだって。実際レモンくらい無いなら無いでも済んでしまいそうなものだし」

　すると羽瑠が言う。

「適当な用事を言いつけてパーティーから追い出したかったんじゃない？」

「そうだったのかもね」

　久能が続ける。

「それで、最後に目撃されたのが出て行ったときっていうことは、コンビニに須藤はあらわれなかった？」

「店員は記憶にないと証言してるし、店の監視カメラにも映ってなかったわ」

　久能は「そうか……」と言いながら俯き、顎を指で撫でながら考え込んだ。すると今度は羽瑠が口を開いた。

「わたしが思うに、これは計画的な犯行よ。夏の海に浮かんでいたんだから、発見がもう少し遅れていたら髪は完全に融けて、身体も常温になっていたはずじゃない？　そうしたら異状は何もなくなるわ。それが犯人の狙いだったのよ」

　わたしは頷いた。今度はずいぶん現実的な意見だ。そしてたぶんそこまでは正解だ。でも、なぜ凍ったのかがわからない。

「それでなんだけど、やっぱり『乱歩城』の製氷室が気にかかるのよね。死体が凍る場所っていったらそこじゃない？」

「そうね」

「たぶん須藤はレモンを買いに行くのが面倒なんで、サボろうと思って製氷室に入ったんじゃないかな。そのとき滑って転んで頭を打って死んじゃったのよ。それで、そのまま凍ったの」

「それで、どうしてその死体が海に浮いてたの？」

「それはまだわからないけど……」

「それじゃ、しょうがないじゃない」

するとと久能が訊いてきた。

「製氷室に落ちてたものとか無かったのかな？　犯人の遺留品とか」

「あったら苦労しないわよ」

「でも、とりあえず死体は製氷室に置いてあったと仮定してみよう」久能が言った。「殺害の動機があるのは松崎だけなんだし、彼ならそこを自由に使えたわけだからね」

わたしは頷いた。

「すると、松崎は死体を製氷室から海まで運んだことになる。さっきの話ではそれは不可能ってことだったよね」

久能の言葉に、羽瑠は「トリックを使って運んだんじゃない!?」と笑みをこぼす。

「どんなトリック？」

わたしが訊くと久能は首を捻《ひね》る。

「警察が気づかなかった場所に車を隠しておいた？」

わたしが言うと、羽瑠が「それじゃ、おもしろくないよ」と否定する。

「たしかに、そうは思わないね」

久能も肯定するので、わたしは思わず「どうして？」と聞き返していた。すると久能はにやりと笑って答えた。

「その松崎って男のことはよく知らないが、乱歩マニアなんだろう？」

「熱狂的なね」

「人を殺すなんてことは、一生に一度あるかないかの大仕事だ。そうだろう？」

「まあ、たいがいないでしょうけど」

「人を殺して逃げきれるかどうかなんてことは、どんなに綿密に計画を立てたところで、出たとこ任せのギャンブルみたいなもんさ。そんな人生最大の賭けに出るときに、乗り物を使ったアリバイ・トリックなんて、そんなリアリズムに走るようなやつを僕は乱歩マニアと認めないね。鮎川哲也や松本清張じゃないんだぜ。乱歩マニアなら乱歩マニアらしい童心溢れるエレガントなトリックを使うんじゃないか？　たとえ成功率は低かろうと、ここ一番の勝負のときには自分が最も愛する切り札に運命をゆだねる……、それでこそ賭けに出る意義があるってもんだろ？　たとえ失敗して逮捕される結果になったとしても、自分の人生に悔いはないと思えるような殺人計画を実行することにこそ乱歩マニアのロマンがあるんじゃないのか？」

久能が一気に語ると、羽瑠も目を輝かせて「そうそう！」と同調した。

ほんとうにそんな理由で自動車の線を消してしまっていいのか？　警察には絶対にできない判断だ

が、どうせこれはゲームなんだし、正攻法で捜査して解決に至らなかった事件でもある。

　わたしはけしかけてみることにした。

「それで？　その乱歩マニアが作りだしたエレガントな謎を解決できるの？」

するると、羽瑠は身を乗り出して、「光爾さんもいるし、絶対解決できるよ！」と声を上げる。久能は少し身を引きながら微笑んでいた。彼も完全に乗り気になったようだ。

　解決なんて期待していないが、とりあえず久能と長く会話できれば、彼の事件について何か洩らすかもしれない。徹夜明けではあるが、つきあってみることにした。

3

「まず考えるべきことは……」久能が突然手を上げて発言した。「松崎はなぜ死体を凍らせたのか、その必要があったのかだね」

　わたしは頷いてみせた。

「最初に思いつくのは、死亡推定時刻をごまかすために冷凍保存したという線だ」

「それはさっき否定したじゃない？　被害者は前日の零時に目撃されてたんだし、そんな短時間冷凍したって意味はないって……」

「前夜のパーティーに出席したのが替え玉だったとしたらどうだ？『乱歩城』にいたメンバーのうちで須藤を知っていたのは松崎一人だったんだろう？　まずバレない」

「でも、被害者の胃にはパーティーの席の料理が未消化のまま残ってたのよ」

「その料理を用意したのは松崎なんだろう？　須藤に食事をとらせた後で殺害し、それと同じメニューをパーティーでも出すように指示すればいいだけの話だ」

たしかに……。それでパーティーがはじまる前に海へ行って、殺害後冷凍保存しておいた死体を海へ投げ込んで自然解凍させ、その後で替え玉をパーティーに出席させたとしたら……。

「それよ！」羽瑠も賛同した。「事件当日までの須藤の足どりを調べたらいいじゃない。それで行方が摑めない期間があるなら疑うべきよ」

「調べるまでもない」わたしは思い直して反論した。「長時間冷凍保存された後まだ体表が冷たい状態で発見されたのなら、身体の内部のほうはカチンカチンに凍りついてるはずじゃない？　だけど、そうはなっていなかったの。身体は冷えてはいたけど内部がそうでもなかった。凍りついていたのも髪だけで……」

するとく羽瑠がにやりと笑った。

「そんなことテレビじゃ言ってなかったけど……」

マズい。発表していない情報だったか……！　焦ったが、もうどうしようもない。

「すると、そう長くないあいだ、髪や体表が凍るくらいの時間だけ冷凍されていたということになるね」

久能はそんなことは興味がないという顔で話を先に進ませる。

「どのくらいの時間製氷室に入れておいたら、発見時に髪だけが凍ってるって状態になるの？」

羽瑠が訊いてくる。

「さあ。何時間海に浸かってたかにも、当時の海水温にもよるし、いちがいに言えないけど」

「そんなことも調べなかったの？　死体をたくさん集めて、何時間凍らせて、その後何時間海に入れたらそういう状態になるのかを詳しく調べればいいじゃない。やってないわけ！」

「だって……」

「警察の怠慢じゃない！」

「『乱歩城』の製氷室は使ってないと見ていたのよ。だって、製氷室から海まで運ぶ方法がないわけじゃない」

だいたい、そんなの費用がどれだけかかると思ってるんだ。ただ「念のため」ぐらいのことでそこまでできるか！

すると、久能が訊いてきた。

「事件の夜、松崎が『乱歩城』を出たのは二回だったよね。その一度目のときに須藤を殺して死体を製氷室に入れて、二度目のときにそこから出したのでは、そんなふうには凍らないわけだね」

「そう。一度目が午前零時過ぎで二度目が一時前後だから、それだと製氷室に入れられていたのは三、四十分程度ということになる。それじゃ凍らないし、少なくとも翌日の昼過ぎまでには完全に融けてる」

すると羽瑠が身を乗り出してくる。

「瞬間冷凍装置とか、置いてなかったの？」

わたしは「無いわよ」と冷たく切って捨てた。だいたいそんなものが現実に存在するのか？

「じゃあ、どこで凍らせたのかな？」

それは警察もさんざん悩んだ謎だ。そう簡単に解けるわけない。

「いや。まだ製氷室を使った可能性が無くなるわけじゃないよ。さっき言った替え玉説があるよね。それで、ちょうど体表だけが凍るくらいに凍らせたっていうのは……」

「でも、松崎はパーティーが始まってからはアリバイがあるわけだから、その前に海に捨てたってことでしょう？　それだと髪が凍ってるはずないのよ。表面から融けていってしまうわけだから」

「発見される少し前に捨てたってわけか」

「でも、その時間帯はアリバイがあるの」

「つまり、『乱歩城』を出ていた短い時間内には死体を海まで運べないから、ということだね」

「そう」

「つまり、自動的に死体を海まで運んで捨てる方法があれば、松崎にも犯行は可能なわけだ」

「それはそうだけど……」

「『乱歩城』から海まではずっと下り坂だって言ってたよね。その坂を利用して死体を海まで運ぶことはできないのかな……」

「坂を利用って？」

「簡単じゃない！」羽瑠が身を乗り出してきた。「死体をカートみたいなのに載せて坂道を転がせばいいのよ。勢いがついて海に飛び込むんじゃない？」

「そのカートはどこに行ったのよ。海の中を探したけどそんなものは無かったわよ」

「自動的に消えてしまうものを使えばいいじゃないか」久能が言った。「例えば、氷で橇《そり》を作ったとしたらどうだ？　死体が冷えていたのは海に飛び込んだ後も氷の橇の上に載ってたからじゃないか？　その後橇は海に融けた……」

「おもしろいアイデアね……。でも、実は当時若い刑事でそれと同じことを思いついたのがいたのよ。坂の下の海へ降りる岩場のところにはガードレールが無いから、勢いをつけて坂を滑らせれば一気に海まで飛び込むんじゃないかって。それで実際に氷の塊で実験してみたの」

「どうだった？」

「橇っていうのは雪の上だから滑るだけで、アスファルトだとほとんど滑らないのよ」

「氷の橇なら滑るんじゃないか？」

「そんなに滑るもんじゃないわ。強く押し出せば少しは滑るけど、すぐに止まった。時間をかければ少しずつは落ちていくのかもしれないけど、とても海までは着きそうもなくて……。それにね、ガードレールが無いっていっても、道路と海のあいだには岩場があって、それなりの距離があるから、勢いよく飛び出すくらいスピードがついてなければ海までは届かないのよ」

　すると羽瑠が言う。

「じゃあ、氷の車輪の付いた氷の台車を作ったらどう？」

「仮に作れたとしても無理ね。海から『乱歩城』までの坂は一本道って言ったけど、直線ではないの。山道なんてたいていそうだけどくねくねとカーブしていて……」

「でも、ずっとガードレールが続いてるんでしょう？　台車の形を工夫すれば、ガードレールに沿って滑り落ちていくんじゃない？」

「カーブでガードレールにぶつかって止まるわね。けっこうきついカーブなのよ。まあ、その台車に赤外線センサー付きの自動操縦装置でもつけて、自動的にカーブに沿って曲がるようにすれば可能かもしれないけど、そんな装置は現場で発見されなかったし、そもそも氷で台車を作るなんて無理でしょう」

すると久能が言った。

「でも、もし勢いよく坂を滑り降ろすことができれば、海へ放り込めるわけだね」

「充分なスピードがあればね……」

すると久能は椅子から立ち上がり、檻の中を歩き回りはじめた。八畳ほどの空間である。ベッドと椅子一脚以外ほとんど物が置かれていないので広々とした印象はあるが、四六時中そこで過ごすことを考えれば狭い場所だ。

羽瑠も黙り込んでいるので、わたしが言った。

「坂道っていってもね、車で上れる程度だからたいした傾斜じゃないのよ。滑り台みたいに勢いをつけて落ちていくことなんて無理よ」

すると久能が立ち止まり、口を開いた。

「でも、例えばベアリングのようなものがあったらどうかな」

「ベアリング？」

「パチンコ玉くらいの球を坂道にザアーっと流して、その上に板を敷いて死体を載せて滑らせるのさ。可能かどうかわからないけど、そうすれば滑り落ちさせることはできるんじゃないか？　そのベアリングを氷で作れば跡も残らない」

「それよ！」羽瑠が大声を上げた。「その氷のベアリングを『乱歩城』の製氷室で大量に作ったんじゃない？」

わたしは一瞬言葉を失った。それは思いつかなかったアイデアだ。突飛すぎる気もするが、たしかにそんな方法ならあの緩い坂道でも勢いよく滑り落ちるかもしれない。道がどんなにカーブしていても大丈夫だろう……。

けれど、現実的に可能なんだろうか？　発想が突飛だというだけで否定する気はないけど……。

「それをするには大量の氷球が必要なんじゃない？　たぶん海までの一キロの道の表面を覆いつくす程度の量を、死体が海に着くまで流し続けなきゃいけないんじゃないかな。少しでもケチったら死体が地面に接触して止まっちゃうし。そうなったら後からどんなに流しても、もう死体の下には入らないわけでしょう？」

そんな氷球をどんな方法で作るのか知らないが、それほど大量のものは製造するのも保存しておくのも、あの製氷室でも不可能なのではないか。わたしは率直にそう言った。そしてもう一つ不可能な理由を思いついた。

「それに、道路は雨水が路肩に流れるよう中央部が微妙に膨らんでいるのよ。たぶん氷球はみんな路肩に行ってしまって、道路の中央部分はスカスカになるんじゃないかな。やっぱり上手くいかないわよ……」

久能自身も現実的には苦しいアイデアだと思っていたようで、あっさりと認めた。

「でも、何か上手い方法があると思うんだ……」

すると羽瑠がまた勢い込んで大声を上げた。

「巨大な氷の球の中に死体を入れて転がしたんじゃない⁉」

「巨大な球？」

「運動会で大玉転がしってやったじゃない。あんなかんじでゴロゴロ転がしたら、緩い坂道でもどんどん加速していくんじゃない？」

「そりゃあ転がっていくだろうけど、そんな大きな氷の球なんてどうやって作るの？」

「不可能でもないよ」と、久能が口を挟んできた。「例の鏡地獄の鉄球だよ。松崎はその中に入ったんだろう？　つまり人一人がすっぽり入れるくらいの大きさがあるわけだ。そこに死体を入れて、水をいっぱいに注いで凍らせれば、死体入りの巨大な氷球ができあがる……」

たしかに、巨大な球状であればカーブのある坂道でもガードレールに沿って転がり落ちていきそうだ。突飛なようでいて、実はベアリングより現実的な気がする。それなら勢いもついて岩場も飛び越え、海まで飛び出していくかも……。

「でも、どうやって凍らせたの？」

わたしが疑問を呈すると、久能が応じた。

「そこがネックなんだ。さっきの話じゃ須藤が最後に目撃されてから松崎が二度目に外出するまではせいぜい三、四十分ってことだ。人が入るくらいの水の球はそんな短時間じゃ凍らない。はじめにシャーベット状の氷水で満たしておいたにしても短すぎる……」

「その氷の球を坂道を転がり落とすんだもんね。硬く凍りついてなければ途中で割れてバラバラになっちゃうでしょう」

「そうだな……」

久能はそれだけ言って黙り込んだ。すると羽瑠が不満げに言う。

「なんかないのかな？　早く凍る薬を使うとか」

「そんなものないでしょう」

羽瑠は「そうか……」と言いながら、それでもあきらめきれない表情だった。

それからしばらく久能も羽瑠も黙ったままだった。

わたしはゆっくり椅子から立ち上がった。

今日のところはここまででいいだろう……。

事件のあらましは話したし、警察でさえ解決できなかったのだから、簡単に答えが見つかるわけもない。謎解きを楽しみたいのであれば、このままゆっくり考えてもらうことにして、わたしは寝室へ行かせてもらう。そう考えたのだ。

そして、「後はごゆっくり」と声をかけて階段に向かおうとすると、突然久能が「わかった！」と叫んだ。

わたしは「え？」と振り向く。

「あったんだ」

久能は目を輝かせながら言う。羽瑠も目をまん丸くして彼のほうを見た。

「何が？」

「死体を入れた鉄球の水を一瞬で凍らせる方法さ」

「一瞬で凍らせる？」

「そうだ」

何を言い出すのかと久能の顔を見返した。そんなの無理だろう……。

すると久能は得意げな顔で言い放った。

「過冷却を使えばいいのさ」

聞き慣れない言葉だ。羽瑠は「過冷却？」と聞き返す。

「水を摂氏零度以下に冷やしても凍らないっていう現象さ」

「零度になったら凍るんでしょう？」

「いや。そうとはかぎらないんだ。混じり気のない純粋な水を静かにゆっくり冷やしていった場合、零度以下になっても凍らないことがある」

「そんなことがあるの？」

羽瑠がまた声を上げた。わたしも同感だ。学校では水は零度で凍ると習ったはずだ。しかし久能は説明した。

「氷結っていうのは液体が結晶化する現象だろう？　結晶化には何かきっかけが必要なのさ。例えば水に塵《ちり》みたいな不純物が混ざっていると、それを核にして結晶ができていくし、あるいは振動が加わることもきっかけになる。でも、そんなきっかけが何もない状態で静かに冷やしていくと、水は零度以下になっても液体のままなんだ……」

「それ、ほんとうの話？」

「ああ。科学好きの子供のあいだではけっこう知られている現象さ。それで、その零度以下の水に衝撃を加えたり不純物を落としたりすると、一瞬ですべてが凍りつく……」

久能は子供の頃、科学マジックとしてそんな実験を見たことがあると語った。

「その過冷却って、簡単におきる現象なの？」

「家庭の冷凍庫だって作れる。知り合いが子供の頃に実験したことがあるって言ってた。ペットボトルの水をフリーザーに入れて……。何度も失敗したから簡単ではないけど、条件を変えて試していったら成功したって。一回成功すると、それと同じ条件で冷やせば何度も成功するようになるらしい。おそらく松崎もくり返し試したはずだ。それで製氷室で過冷却水を作るコツをおぼえてから実行に移した」

「それを使えば巨大な氷の球も一瞬で作れるわけ」

「そうだ……」

久能が説明したトリックの手順は次のとおりだった。

まず事件の数日前に例の鉄球を製氷室に運び込み、パーティーのときに参加者が上体を入れて覗いた穴を上に向けて固定する。それから不純物を取り除いた精製水を流し込み、鉄球いっぱいに満たす。

そしてそのまま静かに、ゆっくりと冷やしていき、水を過冷却の状態にしておく。

事件当夜に一緒に外出したとき、松崎は須藤を監視カメラに映らない場所まで連れて行って殺害し、死体を製氷室に運び込み、鉄球に満たした過冷却状態の水の中に放り込む。するとその衝撃がきっかけになって、鉄球の水は一気に結晶化してゆき、みるみるうちに巨大な氷の球となる……。

「それから、鉄球の枠を外して氷の球を取り出し、海まで続く坂道に転がしたのさ。球形なら道がカーブしててもガードレールに沿って転がり落ちていくだろう？　そして転がるうちにスピードがついて、その勢いで路肩から飛び出して岩場を越えて海に落ちたんだ。松崎の計画では温かな夏の海の中で氷はすべて融けて証拠は残らないはずだったんだろう。でも、たまたま発見が早かったため死体の髪のあたりに少し氷が残っていたわけさ」

「松崎は午前零時と午前一時に二度外出しているけど、作業を二回に分けたわけ？」

「たぶんね」

「なぜ？」

「すべての作業を一度にすると、ある程度は時間がかかるからね。それだけの時間があれば、死体を海まで捨てに行けると判断されてしまったら意味がない」

「すごーい！」羽瑠が歓声を上げた。「でも、死体を大きな氷の球に入れて転がせばいいってアイデア出したのはわたしだからね！　わたしが謎を解いたんだよ！」

すると久能はそんなことはどうでもいいといった表情で、「ああ」と相槌を打った。

でも、そんなトリックを使ったんだろうか？

とても現実とは思えない方法だが、久能の説明を聞いているうちに実行可能のような気もしてきた。そもそも警察が捜査しても真相が掴めなかった事件である。常識にとらわれた頭では解決できない事件だったからこそ、そうなってしまっていたのではないか。

「ほんとうにそうしたと思う？」

それでもわたしはもう一度久能に訊いてみた。頭で考えるぶんには理屈に合っていたとしても、現実に実行できるトリックなのか、やはり疑問を拭えなかった。

「信じなくてもいいさ」

すると久能は朗らかに言った。

「だいたい証拠が残っているのかな？　何年も前の事件なら、犯人がとっくに隠滅しているかもしれない」

「ずいぶん弱気ね」

「いや。もともと僕には犯罪者を処罰してやろうなんて気はないよ。謎を解くことに興味があるだけでね。それより、もしこれが真相だとしたら、そんな大がかりなトリックを計画して実行した松崎っていう男に、むしろ親しみと敬意を感じるね。そんなユニークな男を逮捕してしまうなんて勿体ない」

久能はそう言って笑いながらベッドまで歩いていき、ゴロリと横になった。

たしかに、連続殺人犯として指名手配を受けている男が正義の味方気取りのことを言ったら滑稽だろう。

「ねえ、もう終わりにしちゃうの？　もう一問行こうよ」

羽瑠は完全に目が冴えてしまったらしく、瞳を爛々《らんらん》と輝かせながら言う。けれども、さすがにもう眠りたい。

「今度にしよう」

その場を逃れるつもりでそう言ってしまったが、羽瑠に「今度もあるのね」と問い返された。マズい。と一瞬で覚《さと》ったが、もう取り返しはつかない。

「機会があったらね」

と、返事をしながら、絶対にそんな機会を作らないようにしようと心に誓った。

しかし、真相かもしれない推理をつきつけられたからには刑事として放っておくわけにはいかない。翌日、わたしは久能が提示したトリックをもとに捜査を再開しようと上司に申し出た。けれど、それには至らなかった。被疑者である松崎は半年ほど前にすでに死亡しており、もう話を聞くこともできなかったからだ。

死因はがんによる病死だった。彼はもう十年以上も前から患っており、仕事を早期に引退し、『乱歩城』にこもって趣味の世界に生きるようになったのもそれが理由だったそうだ。しかし、手術によって一時は快復したかに見えたがんは再発し、あっけなく死に至ったようである。

そんな事情を知ると、あのようなトリックを使って須藤を殺害したのはやはり事実だったような気がしてきた。それは、自分の死期を覚った男が半ば自暴自棄になり、自分が亡き後の娘の幸福を願ったための大きな賭けだったのかもしれない。

しかし、もはや真相は確かめようがない。松崎がほんとうにそんな大がかりなトリックを使ったのか、あるいは別の方法で殺害したのか、いや、松崎が犯人だったのかどうかも、彼の死とともに闇に葬られてしまった。

第二話 妖精の足跡

1

昼過ぎから降りはじめた雪は急激に激しさを増していった。この季節の昼の雪は積もらないという予想に反して、それはみるみるうちに都会の風景を白一色に一変させた。

それでも夜、帰宅の途につく頃には小降りになり、バイクをとばすフルフェイスのヘルメットに粉雪が叩きつけてくる程度になっていた。国道の路面の雪はほぼ融けていたが、洋館に向かう私道はまだ積もったままで、進むほどに轍《わだち》が深く刻まれていった。

こんなふうに降りしきる雪は、遠い過去へ思いを馳せさせる。こんな大雪の日……わたしのいままでの人生の中では、とくに二つの場面だ。

最初に久能に会った、あのクリスマスの夜もこんな雪だった。兄の夏彦《なつひこ》が高校生で、わたしと羽瑠が小学生だった頃だ。久能は自宅で開かれるホーム・パーティーに兄を招待し、二人の妹も連れて来るように言ったのだ。

雪が降りやんだばかりの都内の駅を降り、以前訪ねたことがある兄の後をついて、賑やかな表通りから裏通りに入ると辺りは急に静かな住宅街になった。雪の降り積もった舗道を進んでいくと、その家の位置は遠くからわかった。大きな家や庭が電飾できらびやかに飾られていたからだ。

近寄ってみるとそれは「豪邸」と呼びたくなるほど大きな建物だった。呼び鈴を押すと久能の妹の里奈《りな》さんがドアロまで出迎えてくれた。いままで会ったことのないような上品な美少女で、羽瑠は笑顔で挨拶し、わたしは恐縮していた。

久能のご両親は古いイギリス映画に出てきそうな、素敵な中年夫婦といった印象だった。知的で優しそうな父親の忠雄《ただお》さんと、美しく上品な母親の静香《しずか》さん……。わたしの目には、絵画から抜け出してきたような理想の家族に見えた。

皆すでに兄とは親しいようで、会う早々和やかなムードで会話が弾んでいた。双子の妹のことも兄から聞いて知っており、わたしたちは兄に一人ずつ紹介された。

部屋の内装、壁に掛かった絵、どれも古風な英国調で趣味が良く、わたしは何だか場違いな所に来てしまった気分でますます恐縮していたが、羽瑠はテーブルの上に満載されていた豪華な料理や大きなケーキに夢中で食らいついていた。

兄の親友とはどんな人なんだろうと見回したのだが、久能はその場にはいなかった。ご両親は何も説明せず、兄も何も訊かずにパーティーが始まったので、自分が質問するのもおかしな気がして、病気になった等の事情があり、その連絡を兄も受けていたのだろうぐらいの気持ちで料理をいただいていた。

そしてトイレを借りに部屋を出て、絨毯《じゅうたん》の敷かれた長い廊下を歩いているとき、ふと窓から見えた庭の風景にわたしは心を奪われた。さっきは寒くてじっくりとは見ていなかったが、色とりどりの電飾が静かに積もった雪に映えて、まさに夢の国に迷い込んだかのような幻想的な光景だったのだ。

思わず眺め入っていると、どこからか印象的な弦楽器の音が聞こえてきた。ギターでもヴァイオリンでもない、それまで聴いたことのない響きであり、音楽だった。あまりにも心地よい音色で、どこから聞こえてくるのだろうと周囲を見回していると、黒猫が階段の下の陰からあらわれて、わたしの顔を見て一度ミャアと鳴き、小走りに二階へ上がって行った。わたしは猫を一度撫でたい気になって、その後を追った。

二階に上がると弦の音がより大きく聞こえてきた。少し開いて明かりが洩れているドアがあり、そこから聞こえているらしい。黒猫はそのドアへ数歩歩いてから立ち止まり、わたしのほうを振り向いてきちんとお座りし、ミャアと鳴いた。そろそろ引き返そうかと思ったのだが、猫に呼ばれている気がして、頭を撫でてやろうと近寄っていった。すると、手を伸ばしたところで猫はくるりと振り返り、開いたドアの隙間へ小走りに入っていってしまった。そのとき身体が触れたのだろう。ドアはキィーという音を立てて開き、中で弦楽器を弾いていた彼と目が合ってしまったのだ。

部屋は枕元のスタンドだけで照らし出されていた。彼はベッドに腰かけ、わたしの全身を興味なさそうに眺めて、「夏彦の妹か」と一言つぶやいた。

兄と同じくらいの年齢に見えたので、彼が久能光爾だということはすぐに察した。

「パーティーはもう始まってますよ。いらっしゃらないんですか？」

わたしはドキドキしながら訊いた。それは、部屋の薄暗い照明の中で見る彼の顔が、いままで見たどの俳優やモデルよりも美少年に見えて、一瞬で緊張してしまったからだ。

「夏彦がいれば盛り上がってるだろう？」

「でも……」

「親父の趣味なのさ。子供の頃貧乏だったもんで、クラスメイトを呼んでホーム・パーティーを開いたり、家を電飾で飾ったりする友達の家を羨望の眼で見ていたらしい。それで大人になってからその夢を叶えてるんだよ。子供をダシにしてね」

つまり自分はパーティーなんて望んでないということらしい。

しかし酷い言いようだと思った。そりゃあ思春期になればそういう気持ちも出てくるだろう。でも、親がこんな素敵なパーティーを開いてくれてるなら、多少気がすすまなくてもつきあってやればいいじゃないか。しかも友達を呼んでおいて自分は出席しないというのは何だ？

初めて見た瞬間はうっかり一目惚れしてしまったが、絶対にこの男とは話が合わないだろうと、そのとき思った。

「おもしろい楽器ですね」

そう話を振ってみた。どうしてこの部屋までやって来たか言い訳するためだ。

「親父がクリスマス・プレゼントは何がいいって訊いてきたんでね。何か贈りたかったらしい……」

それは琵琶《びわ》に似た半球形のボディーの弦楽器だった。でも装飾はヨーロッパ風だ。

「リュートっていってね、古いヨーロッパの楽器だ。錬金術師の七つ道具の一つだったんだ」

演奏していた音楽もその時代のものだという。

「錬金術師……が演奏してたんですか？」

「ルネサンスの頃、音楽は魔術の一種だと思われてたんだよ。探究していけば、世界を操作するパワーが探りあてられるんじゃないかってね」

楽しそうにそう語る様子を見て、わたしの久能に対する印象はさらにワンランク悪くなった。こいつはオカルトにはまった怪しげな人間なんじゃないのか？

「世界を、操りたいんですか？」

調子を合わせて訊いてみた。

「いや……。面倒くさそうじゃん」

そう言い捨てて、わたしの存在を忘れたかのように再びリュートを弾きはじめた久能の背後、窓の外ではまた雪が降りはじめていた……。

怪しい人間でもあり、オモチャで遊ぶ子供のようでもある。兄は何でこんな男と友達になったのか不思議でならなかった。でも、それと同時に彼に何ともいえない魅力も感じていたのだ。それは危険なものに惹かれるのと同じような衝動だったんだと思う。


それから十年の歳月が流れ、わたしが大学に通っていた頃にあの事件は起きた。その知らせを聞いてすぐに、わたしが兄の運転する車で久能の家に向かったのもこんな雪の日だった。

あの家で久能の家族のうち三人までが殺されているのを、里奈のボーイフレンドが発見したのだ。

里奈は当時親元を離れて一人暮らしをしていたが、前日に実家にもどって一泊し、翌朝彼に車で迎えに来てもらう手筈になっていたという。

警察が到着して久能の両親、妹の死亡が確認され、家にいるはずの久能光爾の姿だけがなかった。

当初警察は外部から侵入した何者かによって家族が殺され、久能はその犯人から逃げたものと考えていた。そしてその行方を捜索する過程で兄のもとにも連絡が来たのだ。親友のもとに身を寄せているのではないかと考えてのことだ。

兄は来ていないし連絡もないと答え、たまたま近くにいたわたしを乗せて車で久能家に向かった。行ったからといって何かできることがあるわけでもない。でも、向かわずにいられなかったと後で話していた。

あのときの久能家の様子、もちろん中に入ることは叶わなかったが、警察官がたくさん出入りする様子をよくおぼえている。わたしは兄とともに群衆の中、遠くからじっと見守っていたのだ。後にわたしが警察官への道を進む決心をしたのも、あの事件に起因していたのかもしれない。

当初は被害者の一人として見られていた久能の扱いは、しかし家族三人の死亡推定時刻が雪が降り止んだ後だと判明したあたりから変化してきた。

第一発見者の里奈のボーイフレンドは、発見時に玄関から外へ続く足跡が一筋だけあったと証言し、通報を受けて最初に到着した警官もそれを裏付けた。玄関以外の家への侵入経路はいずれも積もった雪に乱れはなく、侵入も脱出も不可能だと判断され、すると犯行時以後に現場から脱出することが可能だったのは、外へ続いていた一筋の足跡の主だけということになる。

さらに数日後には鑑識によって、現場に残されていた足跡は、同じく現場に残されていた久能光爾の靴と同一のサイズであり、靴底の磨耗の仕方のクセから同一人物のものであることが確認された。また、現場に残されていた指紋を採取したところ、家族以外のものは見つからず、凶器のナイフから久能の指紋が発見された。

そうして久能は一転、最有力の被疑者に浮上してきたのだ。

しかし、なぜ久能光爾が両親、そして帰宅していた妹を殺害したのか、その動機はわからなかった……。

わたしはいまもそれが知りたい。彼がなぜそんなことをしたのか……。いや、犯人は自分じゃないと言うのならば、どんな非現実的な言い訳だって聞きたい。

しかし現在に至るまで、彼はあの事件について何も話そうとはしなかった。


玄関ホールで全身の雪を払い、わたしはいつも通り廊下を抜けて書斎へ入る。そして本棚に目を向けると……、わたしは一瞬で凍り付いた。

本棚はすでに横にずらされ、隠し扉は半ば開いていたのだ。

誰かに発見された……。でも誰に？

ここを知っているのはわたしと羽瑠だけだが、彼女はいまヨーロッパに向かう機上にいるはずだ。『ダーリン』の出張のあいだを狙っての一人旅だそうで、その間の飼い猫の世話を頼まれている。

誰かに嗅ぎつけられたのだろうか？　それとも泥棒が偶然発見してしまったのか……。家の周囲に足跡は無かったはずだ。でも、小降りになったとはいえまだ雪は降り続いている。侵入から時間が経っていれば足跡は消されてしまっているはずだ。

しかし、いまは考えている場合ではない。侵入者はまだ地下室にいるのかもしれないのだ。

わたしは気を引き締めてドアを静かに開き、階段の下を覗き込んだ。

「あら、お帰り」

とぼけた声に、一瞬で脱力した。

「どうしてここにいるのよ！」

地下室の鉄格子の前にいる羽瑠の姿に、思わず大声を上げた。

「光爾さんにシチューをご馳走してたのよ。どうせロクな食事をしてないんじゃないかと思って。ほら、亜季は料理が苦手じゃない？」

たしかに鉄格子の向こうの久能は椅子に腰かけてシチューらしきものを飲んでいる。羽瑠はその前で椅子に座っていた。

「そうじゃなくて、海外にいるんじゃなかったの？」

わたしは階段を下りながら訊いた。

「雪で飛行機が飛べなくなったのよ」

「だからって……、ここへは来ないでって言ったでしょう」

「だってキノコの顔が見たくなって」

キノコというのは旅行中あずかった羽瑠の猫の名だ。その猫は羽瑠の膝の上で丸まっている。

「どうやって入ったのよ！」

羽瑠が勝手に作った合い鍵は返してもらったはずだ。

「実はあのとき合い鍵をもう一つ作っておいたの」

「何で黙ってたの！」

「だって話したらそれも返せって言われるじゃない」

あきれるしかなかった。このぶんでは、もう二つも三つも合い鍵を作られているかもしれない。羽瑠の侵入を防ぐには鍵そのものを取り替える必要がありそうだ。

実はあれから、羽瑠は自分も久能の世話をするから合い鍵を返してくれと言ってきていた。しかしわたしはきっぱり断って、用事があるとき以外はここには来ないよう指示していた。あまり出入りしているとこの家に何かあるんじゃないかと怪しまれる可能性があるからだ。そしてできるかぎり用事を作らないようにしてきた。つまりはいろいろ理由を設けて羽瑠に近づかせないようにしてきたのだ。

わたしのいままでの人生で、羽瑠が関わることで事態が好転したことが一つもない。いままで上手くいっていたものが滅茶苦茶にされるのが常だ。だから今回も、羽瑠の口や行動から久能のことが洩れるんじゃないかと心配していた。知られてしまったことは仕方ないが、これ以上は関わらせないようにしてきたのだ。

しかし、錆《さび》の浮いた鉄格子の向こうで椅子に脚を組んで腰かけている久能は、美味《うま》そうにシチューを飲んでいる。もはや仕方ないだろう。

「それより光爾さんの髭剃り、取り上げたんだって？」

ボサボサ髪に髭面の久能を見ながら羽瑠が言う。

「指名手配犯なのよ。刃物なんて持たせるわけにはいかないじゃない」

それに、取り上げたのは兄で、わたしは与えなかっただけだ。初めてここに来たときから久能は髭面だった。

「電動髭剃りくらいいいじゃない。昔はイケメンだったのに、どんな顔してるかわからないわ」

電動だろうが髭を剃る部分は刃物だ。それをどう利用されるかわからない。

兄に任されてから、わたしは久能に持たせるものを慎重に管理してきた。檻の中に置いておいていいものと悪いものを選別してきたのだ。

檻の鍵は大きなリングを付けられて壁に掛けてある。もし腕の長さが三メートルほどあったら鉄格子の隙間から手を伸ばして届く位置だ。こんな場所に鍵を掛けておくのも悪趣味のような気もしたが、兄がそうしたのだからそのままにしていた。

しかし、羽瑠にここを知られたからにはどこかに移動したほうがいいかもしれない。軽はずみな考えで鍵を開けられでもしたら大変なことになる。

「それより本は持ってきてくれたかな？」

久能が声をかけてきた。

昨夜、わたしは彼から欲しい本の書名を手渡され、早く買ってきてくれと強く頼まれていた。今回のはどこの本屋でも置いているようなメジャーな本だからと。

「無理」もう一つの椅子を鉄格子の前に運びながら答えた。「羽瑠から聞いてない？　外は大雪なの」

「そのようだね。朝からやけに静かだとは思ってたんだ」

ここでは外の様子なんてわからないだろうが、雪のせいでまだ交通渋滞が酷く、とても本屋に立ち寄れる状態ではなかったことを説明した。

「ここってラジオもないの？」羽瑠は鉄格子の向こうを見回して言った。「テレビもなさそうだし、何か置いといたほうがいいんじゃない？　持ってきましょうか？　これじゃ外のことがわからないでしょう」

「そんなの興味ないさ。テレビもラジオもいらない」

「それで平気なの？　わたしだったら死にたくなる……」

たしかに、周囲の世界と完全に隔絶されて長いあいだ閉じこめられているなんて、わたしだって無理だ。

「問題ないね。世界と切り離されることで見えてくるものもある」しかし久能はそう言う。そして思い出したように付け加えた。「もちろんインターネットなら歓迎だよ」

「そうだね。ネット環境ぐらい整えてあげたら」

それはわたしが拒否する。テレビやラジオと違って、インターネットは発信もできる。それを利用して人を動かし、犯罪に利用することだってできるかもしれない。

「でも、これなら刑務所に入ってたって同じじゃない？」

羽瑠の言葉に、久能がどう反応するかを窺《うかが》った。しかし彼は表情一つ変えず、笑みを浮かべたまま返した。

「三人じゃ、死刑じゃないか？」

「情状酌量ってものがあるんじゃない？」

それでも彼は表情も変えない。

「その余地もないってこと？」

羽瑠がわたしに訊いてくる。

「わからないよ。何も言わないんだもの」

そう断ってから、この機会にまた訊いてみることにした。

「どんな理由があったのか知らないけど、話してみない？」

わかる範囲なら助言だってしてあげられる……と言って話を引き出そうとしたが、まったく乗ってくる様子はなく、久能はかるく微笑んで、わたしの目を見返してきた。

「裁判なんてくだらないよ。あんなもので事実がわかるなんて誰も期待していないだろう」

「そうでもないと思うけど」

「さすが、警察の人間の意見だね」

そう言って久能は笑ってみせた。その手には乗らないよ……という表情だ。

もっと長い時間会話を続ける中から糸口を探すしかないようだ。何かあの事件について彼に口を開かせるきっかけがあれば……。どんな些細な情報でもいいのだが。

「ねえ」そのとき羽瑠が提案した。「また事件の話しない？　この前みたいに」

たしかに久能と会話を続けたい気持ちはある。でも……。

「事件の情報は他人に話すわけにはいかないのよ」

未解決の事件なんていくらでもあるし、現在捜査中のものなら詳しい情報も知っている。この前の『乱歩城』の事件の顛末を考えれば、ひょっとするとここで話せば有効な助言をもらえる可能性があるのかもしれない。けれど内部情報を羽瑠や、まして指名手配犯に洩らす気にはなれなかった。たとえ相手が檻の中にいるとしてもだ。

「べつに亜季が扱ってる事件のことを話せなんて言ってないわよ。ほら、いま話題になってる『妖精の足跡』ってあるじゃない。あのことを三人で話し合ってみたらおもしろいんじゃない？　『乱歩城』のときみたいに解決するアイデアが出てくるかもしれないわよ」

「なにそれ？」

久能が訊いてきた。たぶん『妖精の足跡』という不思議な言葉に反応したんだろう。

「テレビもラジオもないいんじゃ知らないわよね」羽瑠が嬉々として説明する。「いまワイドショーとかでずっと取り上げられてる奇妙な事件なのよ」

たしかに、あれならちょうどいいと思った。刑事でも民事でもない、ただ奇妙で不思議だというだけの出来事だからだ。事件性がないので捜査はされてないが、マスコミが取材して報道していたし、ネットにも様々な情報や臆測が書き込まれていた。わたしもおもしろくていろいろ読んだ。

久能の話を聞き出す糸口を探るために、あれの話をしてみようか……。

「どんな事件なんだ？」

久能も興味深げに訊いてきた。

「おもしろい事件なのよ」羽瑠が説明をはじめた。「雪原の上を走る不思議な足跡が発見されたの。妖精の足跡なんじゃないかって、いますごい噂になってて……」

「妖精？」

「まあ、そんなはずはないとは思うけど、でもそうとしか思えないような足跡なの」

「どんな？」

「小さな靴跡なの。それが真っさらな雪の上に一筋続いてて……」

「小さいって、どれくらい？」

「二、三センチだって。子供の足跡としても小さすぎるし、小動物の足跡でもない。きれいに靴底の形をしてるから」

羽瑠はかなりの情報を仕入れているようだ。説明は任せることにした。

「その足跡と並行して、第一発見者の靴跡もあった……ってことじゃないのかな？」

久能は皮肉っぽく言う。第一発見者によるイタズラという線を疑っているんだろう。

「見つけた人はドローンを持ってたのよ。それにカメラを取り付けて撮影したの。足跡がどこまで続いているのか……」

「ふん」

「緩くカーブしながらなだらかな丘を上がって、その先の崖まで続いていたわ。その下に川が流れてて、その向こう側には見つからなかった……。それで、撮影した動画をネットにアップしたのよ。おかしなものが見つかったって」

「それで知られるようになったわけか」

「そう。その動画を多くの人が見て、盛り上がってるわけ。わたしも見たけど、たしかに周囲には何も跡がついてなくて、雪原の上に一筋の足跡だけが続いていたの。だからみんな不思議がってるのよ」

「でも、小さな謎の足跡だからって、それが『妖精』のだって誰が言い出したのかな？　メルヘン・マニア？」

「理由があるの。あの事件の話をするなら説明するけど」

「わかった。おもしろそうだ。詳しく説明してくれないか？」

久能は身を乗り出してきた。

久能にはなるべく話をさせたいし、あの事件であれば問題はない。わたしも話に乗ることにした。

2

「現場は長野県にある『妖精の館』っていう名前の、ちょっとした美術館の近くで、足跡はその館から付近を流れる川に向かって百数十メートル続いてたの」

羽瑠は話しはじめた。

「それで『妖精の足跡』？」

「そう。足跡の大きさもちょうど館にある妖精のフィギュアと同じサイズだってことで……」

「フィギュア？　美術館なんだろ？」

「そこって、名のある芸術作品を収蔵した所じゃなくて、妖精関係のジオラマなんかを展示した建物で、だから『美術館』って呼び方は適当じゃないかもしれないけど……」

「わかった。『美術館』でいいよ」

「じゃあそうさせてもらう」

「それにしても詳しいわね」

わたしは思わず口に出した。『妖精の館』のことなんてわたしが見たテレビではそんなに詳しく説明していなかった。

「だって、わざわざ行って見て来たんだから」

「え？」

「現場も見ないで推理するなんてプロとは言えないでしょう！」

誰がプロなんだ！　とツッコミたかったがやめておいた。それにしてもどうしてそんなに行動力があるんだ。

「それで、足跡はそこにある妖精の彫像のどれかと同じサイズだったってことかな？」

久能が話をもどす。羽瑠もそれに答えた。

「彫像じゃなくて、どっちかっていうとプラモデルに近いの。いろんな部品が大量製産されてて、それを組み合わせてオリジナルの妖精を作って、森とか妖精の家のジオラマの中に配置するっていう……」

「組み立てキットみたいなもの？」

「そんなかんじね。だから、妖精のサイズはどれも同じなのよ。もちろん、大柄な妖精や、小柄のものもあるけど……」

「組み立てキットの美術館ってこと？」

「まあ、そんなかんじ……。もともとはそこに住んでた栗原礼佳《くりはられいか》っていう女性が趣味でそういうのを作って写真をネットにアップしてたんだけど、評判を呼んで、遠くからも見に来る人が集まり出したんだって。それを見て、とある企業が商品化しないかって話を持ってきて」

「それがキット？」

「最初は出来上がったものを売るって話だったんだけど、礼佳は乗り気じゃなかったみたい。まったく同じ妖精が大量製産されるなんて好みじゃなかったみたいで。でも、彼女の叔父の西島《にしじま》っていう男がその話を聞いて乗り気になって……」

「叔父？　どうしてそんな男が出てくるんだ？」

「礼佳はもともと病弱で、西島にいろいろ世話になっていたらしいの。西島は現場の近くで中小企業を経営していて、礼佳は自宅のパソコンでできる仕事を彼から回してもらって生活してたんだって」

「それで、話を聞きつけた西島があわよくば一発当てられるかも……って？」

「そう。それで強引に勧めてきて、そのとき礼佳は完成品を売るんじゃなくて、買った人が自由な発想で自分の妖精世界を作り出せる素材にしたらどうかってアイデアを出して、それならって条件で商品化にオーケーしたんだって」

「それで組み立てキットを売り出したわけか」

「組み立てキットっていうより、鉄道模型のジオラマに近いものなんだけどね。妖精のフィギュアの部品とか、妖精が住む森や川辺を作るのに便利なパーツを売り出して、買った人がそれぞれ自分のジオラマを作るのよ。それで、大成功とまではいってないけど、熱心なファンも生まれて、それなりの売り上げがあるそうよ」

　事件の説明をうるさく感じたのか、猫のキノコはむっくりと起きあがって羽瑠の膝から下り、大きく伸びをしてから部屋の隅へ去っていった。羽瑠は話し続け、キノコはそこで丸くなる。

　しかし、そんなことまでよく調べたもんだ。おそらく『妖精の館』で関係者に話を聞きまくったのだろう。彼らの迷惑そうな顔が目に浮かぶ。

「それでね。売れてくるにしたがって、ファンが礼佳の作品を見たいって家を訪ねてくるようになったみたいなの。みんな自分でもジオラマを作っているだけに、礼佳のを見て参考にしたい、できれば本人にも会って作り方なんかを訊きたいって」

「なるほどね」

「そんなファンがだんだん増えてきて……、それを見て西島がそれなら展示スペースを作って、ちょっとした観光地にしたらいいんじゃないかって思いついたのよ。それで、礼佳の自宅を改築させて、一階を制作したジオラマを展示する美術館にして、二階を作業場兼居住スペースにして……」

「もとの家より大きくしたわけか」

「野中の一軒家だから、まわりに土地はいっぱいあるのよ」

「交通アクセスは？　車？」

「そう。不便な土地なんだけどね」

「もっと便利な場所に展示スペースを作ったほうがいいんじゃないか？」

「景色がきれいな所なのよ。周囲の森は、それこそ妖精が棲んでそうなほどで。だから礼佳は引っ越したがらなかったし、それにファンにとっては、そんな辺鄙な場所で風車を目印にして『妖精の館』を探すこと自体も楽しみになってたみたい」

「風車？」

「その地方は一年じゅう強い風が吹いている場所なんだって。わたしが行ったときもすごかったわ。だから、風力発電用の大きな風車がいくつも建っているのよ。それが『妖精の館』を探すときのいい目印になってて……」

「まあいい。話を本題にもどそう」

久能は話を断ち切った。たしかに『妖精の館』の概要のほうに脱線しすぎだ。

「それで、残っていた足跡は、その妖精の組み立てキットの靴底と同じサイズだったたってわけだね」

「そう」

「それなら、足跡はキットを宣伝するための話題作りだったとは考えられないか？」

羽瑠が一瞬黙ったので、わたしがそのあいだに入った。

「可能性としては考えられるわね。でも、そうだとしてもどうやったのかわからないわ。アップされた動画には真っさらな雪原に一筋の足跡だけが続いていたのよ」

「いまどき動画なんていくらでも加工できるだろう？」

「CGってこと？」

「特撮とかね」

するとと羽瑠が口を開いた。

「それはあり得ない。目撃者が何人もいるの」

「目撃者？」

「その日、『妖精の館』には数人の人がいたのよ。ドローンで動画を撮影したのはそのうちの一人で、他の人も直接足跡を見てるの」

「全員グルってことは？」

「それはない」

「どうして？」

「最初から説明する……。足跡が見つかったのはクリスマスの朝で、その前夜に『妖精の館』ではクリスマス・イヴのパーティーが開かれていたのよ。一階の展示品を少しかたづけて、テーブルを運び込んで周りに飾り付けしてね」

この事件の記事はネットで読んだが、そのパーティーで撮られたスナップ写真もいくつかアップされていた。フィギュアを飾った大きなジオラマの前で十数人の客が談笑している様子だ。ホールには数個のテーブルが置かれ、シンプルだけど美味《おい》しそうな料理が並び、客たちの頭の上にはバルーン・アートで作られたフェアリーがいくつも浮いていた。羽瑠は手がかりはないか観察するために、その写真を保存したと言う。

「その写真、見せてくれないか？」

久能が要求した。羽瑠はすぐにスマホを操作して画像を見せようとするが、その手をわたしが止めた。

「どうして?」

「スマホを奪い取られるかもしれないわ」

「そんなことはしないさ」

「どうして信用できるの?」

久能はあくまで指名手配犯なのだ。そしてネットを使用したがっている。鉄格子のあいだから手を伸ばしてスマホを奪い取るのが目的で画像を見せてくれと言ってるのかもしれない。

「取られないように注意するから」

羽瑠が言うが、わたしは首を横に振った。

「いくら注意してたって、どんな隙を狙ってくるかわからないんだから」

「光爾さんはそんなことはしないよ」

そういう無警戒ぶりが危険だ。

羽瑠は画像を見せるのをあきらめて説明を続けた。

「それでね、パーティーには二十数人が集まったんだけど、そのうち七人がそのまま館に泊まったのよ。交通の便がわるいところだし、パーティーの当日は昼から雪が降りはじめて、夜になって客が帰る頃には吹雪になっていて、交通機関にも支障が出ていたみたいで……」

「急遽泊まることになった?」

「遠方から来ていた人とか五人はもともと泊まる予定だったんだけど、二人増えたわけ」

「そうか……。足跡が見つかったのは朝だったたって言ってたよね」

「そう」

「すると、その七人が目撃者ってわけか」

「それと礼佳も入れて計八人ね」

「そんなに目撃者がいるし、急に泊まった人間もいるんだから、全員グルってことはないって言いたいのかな？」

「それだけじゃない」

「ふん？」

「招待客はみな礼佳の知人とか熱心なファンなんだけど、さっき言ったように礼佳はもともとフィギュアの商品化には賛成してないのよ。一人で好きなように自分の世界を作っているのが性に合ってるみたいで……。作品を気に入ってくれる人と話をするのは好きみたいなんだけど、商品化となると違う面も出てくるじゃない？」

「乗り気だったのは、あくまでも西島のほうか」

「そう。西島が熱心に説得したんでオーケーしたんだけど、礼佳には宣伝して売り上げを伸ばそうなんて気はまったく無いの。美術館だって、西島はもっと交通の便がいい場所に作ろうって提案したんだけど、礼佳は自宅に展示スペースを作ることしか許可しなかった……」

「つまり、礼佳には宣伝のために動画を偽造する動機はないと？」

「そう。それにパーティーに集まっていた彼女の知人やファンも、みんな礼佳と同じ意見だったの」

「西島はそこにはいなかったのか？」

「いた。何でも仕切りたがる性格みたいで、礼佳に関する集まりにはいつも顔を出してたんだって……」

「泊まった？」

「そう。パーティーの後かたづけをするからって、自宅はそう遠くないんだけど……」

「というと、足跡が見つかったときは館にいたんだね」

「いた」

「ドローンを持って来ていたのは西島？」

「ちがう。奥山《おくやま》っていうパーティーの客。最初に足跡を発見したのもその人なの」

「どんな男なんだ？」

「もともと『妖精の館』に泊まる予定だったうちの一人で、近所に住んでいる礼佳の知り合いよ」

「近所なのに泊まったのか」

「大の酒好きでね。パーティーの席上で飲みたいけど、車じゃ帰れなくなるんで泊まる予定にしたんだって。それに、パーティーに来た客のうちの二人が学生時代の友達で、いまは遠くの町に住んでいて久しぶりに会うんで、三人で朝まで飲み明かそうって計画だったみたい」

「発見したときの状況はどんなふうだったのかな？」

「パーティーの翌朝、みんなが起きてきてホールで朝食をとることになったんだって。窓の外を見ると雪も止んでて空が晴れてたんで、奥山は朝の空気を吸おうと外へ出て、それで例の足跡を見つけたの。驚いて駆けもどってみんなに知らせた後、すぐにドローンを取りに自宅に向かって……」

「自宅？　ドローンを持ってたのか？」

「奥山はカメラが趣味で、今回のこととは関係なしに、空中撮影がしたいと思って買ってたんだって。それでおもしろい動画が撮れる使い道はないかって探してたところに今回の足跡でしょう。急いで自宅から持って来て撮影したって」

「ホールにいた他の客は？」

「全員外へ出て、足跡を目撃してるわ」

「ってことは、足跡はたしかにあったんだね」

「うん。奥山がドローンを持って来るまで雪に余計な足跡をつけないでくれって頼んでいったんで、できるだけ雪原に足跡をつけないようにしたそうだけど」

「足跡はどこから始まっていたのかな。玄関あたり？」

「ううん。裏の、館から一、二メートル離れた地点から始まっていて、ちょうど妖精が窓からピョンと飛び降りて、スタスタ歩いて行ったように見えたんだって」

「というと、その足跡の始点の上には窓があったのか」

「二階の廊下の窓ね」

「それで、足跡が続いていった先の崖っていうのはどういうものだったのかな？　高さとか、斜面の角度とか……」

「ほぼ垂直で川まで十メートルくらい。絶壁だったわ。飛び降りたら死ぬか大怪我ね」

「下からは、登れる？」

「無理。まあ、ロック・クライマーならいけるのかもしれないけど」

「その川の向こうには足跡は続いてなかったんだね」

「川向こうは森だから、足跡が残らなかったってことかもしれないけど、少なくとも痕跡は見つからなかったって」

「川幅はどのくらい?」

「五メートル以上はあったわね」

「すると、例えば人間がその崖を向こうまで飛び越えるってことは無理なわけだね」

「無理でしょう」

「うん……」

いろんな可能性を考えているんだろう。久能は少し黙ってからまた思いついたように口を開いた。

「雪が夜になっても降っていたって話だけど、足跡がついたのは当然雪が止んだ後のはずだよね。何時頃に止んだんだ?」

「大雪のせいでパーティーは予定より早く、九時前にはお開きになったんだけど、招待客が帰る頃にはまだかなり降ってたって。その後残った客でしばらく談笑して、それから朝まで飲んでいた三人を残して他の五人は十二時頃に寝室に向かったんだけど、そのとき窓の外を見たら止んでたって言ってたわ。だから夜の九時と十二時のあいだよね。気象庁に問い合わせれば正確な時間がわかると思うけど……」

「いや、そこまででいい。つまり、三人以外がベッドに就いた頃には雪は止んでいたってことだよね」

「つまりその何者かは、五人が眠ってから明け方までのあいだに足跡をつけたわけだ」

「そう」

「そうだね」

知りたい情報は訊き尽くしたのか、そこまでで久能は質問を止め、考えを巡らしている風情だった。

それにしても、羽瑠はずいぶん熱心に調べたようだ……。

3

黙り込んでいる久能に羽瑠が訊いた。

「どう思う？」

すると、彼は笑みを浮かべて答える。

「おもしろいね」

「そうじゃなくて、何でそんな足跡があったのかわかる？」

「でも、そんなに詳しく調べてるところを見ると……」そして久能はチラッと羽瑠の目を見た。「羽瑠ちゃんには謎はもう解けてるんじゃないのかな？」

「まあね」

羽瑠はにんまりと微笑む。この事件の話をしたがったのは、それが理由のようだ。

「じゃあ、それを聞きたいね」

「それじゃおもしろくないじゃない。この前は光爾さんに謎を解かれちゃったんだから、今回は光爾さんに無様な推理をさせといて、最後にわたしがズバッと解決するの。名探偵は最後にズバッと解決するのがカッコイイわけじゃない？」

わたしにはフィクションに登場するズバッと解決する探偵なんてウスラバカにしか見えない。何事も過程が大事なんであって、いきなり結論を確信してしまうのはむしろ思考能力が低い証拠なのだよ……と言いたいところだがやめておいた。あくまでこれは素人の探偵ゴッコなのだ。

「わかった」久能はかるく俯いて笑った。「でも、亜季ちゃんの推理も聞きたいな。本物の刑事ならどう見るのか」

何でわたしが……。すぐに辞退しようとしたが、羽瑠が「あっ、わたしもそれ聞きたい！」と乗ってしまった。

ここであんまり固く断ると、また久能のことを警察にバラすと脅してきそうだ。ここはつきあい程度に従ってしまったほうが早い……。

「わかった」わたしは仕方なしに言った。「じゃあ、推理してみるわ。足跡の理由だけど、可能性ならいくつかはすぐ思いつくわ」

「どんな？」

「まず考えられるのは共犯の線ね。少なくとも西島には宣伝のために足跡を偽装する動機があるわけでしょう？　その西島は遠方から来たわけでもないのに、なぜか館に泊まっている。ドローンを持っていた奥山と共謀したのなら、そんな映像を作れないこともない」

「それは無理。さっき説明したでしょう？　他の客も奥山に言われて外に出て足跡を確認してるのよ。だから映像を加工しただけってことはないの。足跡は実際にあったのよ」

さらに羽瑠は「だいたい発想が貧困よ。全然おもしろくない。それでも刑事なの！」と言いたいことを言ってくる。刑事であるからこそ現実的な発想をするのだが、そんなことは説明してもわかるまい。

「わかった。でも、奥山と西島のあいだに繋がりはあったの？」

「薄いわね。奥山は西島とほとんど面識はなかったし、『妖精の館』には一番反対してたの。礼佳の家を訪ねる客が間違えて彼の敷地内を通ることが多くて迷惑していたみたいで。でも、裏で金を渡していた可能性はあるけどね」

さらに訊いた。

「『妖精の館』では、その妖精のフィギュアを作るための部品も売ってたの？」

「うん。販売もやってた」

「ということはフィギュアを作るための部品はそこにあったわけね」

「そう」

「つまり妖精の足なり靴なり、雪に足跡をつけるための型になるものもあったわけ？」

するとわたしの質問の意味を理解したようだ。

「そう、妖精の靴はたくさんあったわ。だから手が届く位置にならいくらでも足跡をつけることは可能よ」

すると久能が言った。

「それなら犯人は長い棒の先にその靴をくっつけたんじゃないかな？　そうすればハンコでも押すみたいに雪原に足跡をつけていけるじゃないか」

冗談で言ってるんだろうか？　チラッと見ると久能は真面目な顔である。

「足跡は百メートル以上続いてたのよ。そんなに長い棒なんてあるの？」

「だから、実際に足跡があったのは手前のほうだけだったのさ。そこから先はドローンで撮影した映像を加工したんだ。目撃者は館の周辺から雪原の足跡を見たんだろう？　二、三センチの足跡じゃあそんなに遠くまで見えるわけじゃない」

たしかに、それならあり得る……。

「そうだとすると……。やっぱり映像を撮った奥山と動機のある西島が共謀してたってこと？」

「そう。足跡をつけたのは第一発見者の奥山。映像を加工したのがどっちだったかはわからないけど、はじめからそのつもりで撮ったんじゃないか？」

「無理ね」わたしは指摘した。「そんな棒をどこに隠してたの？　奥山は他の二人と朝まで飲んでたんでしょ？」

「それは、どこかに隠せるよう細工してたんだよ」

「どんな細工？」

久能は質問には答えずに逆に訊いてきた。

「そもそも三人はどこで飲んでたんだ？」

「パーティーの席よ」と羽瑠。

「パーティーは展示室をかたづけて開いたって言ってたよね。そこから玄関ドアまでの間に長い棒を隠せるような場所はあるのかな?」

「ない」

羽瑠はそう言いながらスマホを取り出し、さっきのスナップ写真をわたしに見せてきた。

『妖精の館』の一階は大きなワン・ホールになってて、パーティーの席から玄関がまる見えなのよ」

見ると羽瑠の言う通り、パーティーの席で撮られた写真の背景に玄関が写っていた。

「つまり、三人が飲んでいた席から玄関ドアはまる見えだったわけよね」

「そう。飲んでいる最中にそんな棒を持って玄関から出て行くなんて無理なの」

と、「ちょっとそれ見せて」と久能が言う。もちろん断った。

「じゃあ、屋外に隠しておいたとすれば……」

「どこに隠しておいたにせよ、そこに行き来する足跡が残るはずよね」わたしは羽瑠に訊いた。「その美術館には庇《ひさし》が突き出していて、足跡をつけずに行き来できる場所があったの?」

「ううん。庇なんて無かった。壁のすぐ外にも雪は積もっていたはず……」

「それなら、ドアのすぐ外にでも置いておくしかないじゃない?　でも、それじゃ他の客が気づくでしょう」

久能は少し考えてから言った。

「その美術館には玄関の他に出入口はあったのか?　裏口とか」

「ない」羽瑠が答える。「窓から出入りすることはできるでしょうけど、ドアは玄関だけ」

「ほら」わたしが言う。「やっぱり棒を使ったのなら、玄関前に置いておくしかないのよ。窓から出入りしたのなら、足跡でバレるはずよね」

「だったら……」久能は少し考えてから口を開いた。「奥山と飲んでいた他の二人も共犯だったんじゃないか？」

「それでも無理。足跡は館の玄関からじゃなくて、裏手から続いていたのよ。だから棒を持って裏手まで回り込まなきゃいけないの」

「そうしたんじゃないか？」

「館には庇なんて無いの。裏まで行ったとすればそのときの足跡が残っていたはずよね」

「でも、奥山が第一発見者だよね。だったらそのときの足跡は残っていたはずだろ？　つまり奥山は棒を持って行って足跡をつけて、もどってきてからその足跡を発見したふりをしたとしたら……」

「奥山が足跡を発見したのは朝、みんながホールにいたときなのよ。棒を持って行き来したらみんなが見ているはずでしょ」

「だったら……、さっきも足跡のすぐ上の二階には窓があったって言ってたよね。その二階の窓からすごく長い棒で足跡をつけたらどうかな……」

「そんな長い棒、どこから持ってきてどこに隠してたの？」

　すると羽瑠が言った。

「だいたい無理なのよ。ドローンで撮影した後に、館にいた全員で足跡を辿って行ったんだから。足跡は川まで続いてたんだって……。つまり、たしかに足跡はあったの」

するとク能はようやく認め、口を噤《つぐ》んだ。

「どう？」羽瑠は得意そうに微笑みながら久能とわたしの顔を交互に見る。「他にアイデアはないの？この謎を解く……」

もう充分話には乗ってやったはずだ。わたしは言った。

「そろそろ羽瑠の推理を聞かせてよ。謎は解けてるんでしょう」

すると羽瑠はくすっと笑って、「降参ってわけね」とまたわたしと久能の顔をじっと見る。わかったからさっさと言え！　と睨みつけてやった。

羽瑠は立ち上がると腕を組み、わたしたちを見下ろしながら言った。

「美術館には妖精のフィギュアの部品がたくさん置いてあったっていうのがポイントなのよ。つまり、妖精の靴がいくつもあったわけでしょう。それでピーンと来たの」そして指を一本突き立てて言った。「妖精用の靴があるなら、小さな動物に履かせて放てばいいんじゃないかって。どんな動物かはわからないけど、栗鼠《りす》とか、そのくらいの大きさね。その動物が走っていけば、雪の上に靴の跡が残るでしょう？　パーティーに来たみんなを驚かせようとして、誰かがそんなイタズラをしたのよ」

すると久能が笑って言う。

「栗鼠が靴を履くのか？」

「もちろん実際は脚の先に取り付けるとか、そんなかんじだったかもしれないよ。そのへんは臨機応変に上手くやればいいじゃん」

どうせそんなところだろうと思っていたが、やはりその程度のことだったか……。

「それこそ誰でも思いつくアイデアね」

羽瑠は怒りに顔を赤らめて、「誰も思いつかなかったじゃない！」と叫ぶ。

「それは無理だよ」久能が口を開く。「二本脚の足跡と四つ脚のとは違う。そうしたなら前脚と後ろ脚の両方の足跡がつくはずだ」

「なら二本脚の、鳥とかに靴を履かせればいいじゃない」

「小鳥は交互に脚を出しては歩かないな。両脚で小さくジャンプして移動してる」

「ハトとかニワトリはどう？」

「まず無理だと思うね。鳥は足の指を広げて歩くだろ？　それで体重のバランスをとっているのさ。靴なんか履かせたら歩けないんじゃないか」

わたしも続けた。

「現場に残っていた足跡のサイズからすれば、ハトか、ヒヨコから少し育った程度のニワトリよね。でもハトなら、そんなに歩き難いなら飛んでしまうだろうし、ニワトリだとすれば逆に崖まで到着してからどうしたかわからない。飛べないのに崖から飛び降りたわけ？」

すると羽瑠はあからさまに悄《しょ》げた顔で俯いた。

「ちがうのかなあ……」

それが真相だと思っていたらしい。

「他にアイデアはないの？」

「あともう一つ。可能かどうかわからないんだけど……」

　羽瑠にしては妙にしおらしく前置きしてくる。わたしは話してみろと促した。

「礼佳は秘密の地下研究所で遺伝子操作の実験をして妖精サイズの小人を作り出していたっていうのはどう？　礼佳が妖精のための家を作っていたのは、実はその小人に住まわせるためだったのよ」

　不可能だ！　考察するまでもない！

　強く言うと羽瑠はさらに悄げた顔で俯き、黙り込んだ。

　飼い主の心中を察したようにキノコがゆっくり寄ってくる。羽瑠は抱き上げて膝の上に乗せた。

「他にアイデアは？」

　すると今度は久能が口を開いた。

「さっきから動機が気になっていたんだけど」

「動機？」

　何を言い出すのかと聞き返した。この事件の不思議な点はたんに、雪原の上に小さな足跡が残っていたということだけだ。

「人を驚かそうとしてやったとか、美術館の宣伝のためとか、そういう人為的なイタズラ目的でそんな足跡をつけただけだとすると、なんていうか……おもしろくないんだよね」

「おもしろくない？」

　そんなの理由にならんだろうと思ったが、考えてみればこれは単なる探偵ゴッコだった。好きなように話させてみよう。

「どんな不思議な現象だって、イタズラ目的でトリックを仕掛けるのなら、たいていのことは偽装できてしまうもんだよ。でも、そんな謎は解く価値もないと思うんだ。勝手にやってればいいと思う」

じゃあ、どんなトリックを使って足跡をつけたというのか聞いてみたい気もしたが、それは後にまわして別の質問をした。

「じゃあ、何ならおもしろいわけ」

「現象が生じたことに隠れた意味があって、他の何かを指し示している場合だね。例えば背後で何か事件がおきていて、それが偶然の作用で、たまたま奇妙な痕跡を残してしまった……」

「例えば？」

「今回の事件に何らかの犯罪が絡んでいたと考えてみよう。当日現場で殺人とかそういった事件がなかったのなら、まず考えるべきは窃盗だね」

「窃盗事件もおきてないわ」

「盗み出すのは……、例えばパーティーの参加者が持っている指輪だと想定してみよう。大きな宝石が付いたやつだ。犯人は本物そっくりのレプリカを用意して、隙を見てすり替えたとする。被害者がそのことに気づかなければ成功だが、もしニセモノだと気づいたら館じゅうを捜すことになるだろ？そのとき本物を持ってたら犯人はそこで御用だ。隠しておいたとしても見つかる可能性は高いし、慎重に調べられたらどこかに手がかりが残っているかもしれない」

「つまり、レプリカとすり替えた後で本物を館から持ち去ったってこと？」

「そう。どこを捜しても本物の指輪が出なければ、館に来る前にすり替えられたってことになるんじゃないか？」

「だけど、被害者がすり替えられたことに気づいてないんで、まだ窃盗が発覚してないってこと？」

「考えられるだろう？　宝石のレプリカなんて鑑定士が調べなければ見破れないレベルのものもある」

「すると、『妖精の足跡』はその本物を運び出した跡ってこと？」

「例えばラジコン・カーみたいなものを想定してみよう。それに指輪を載せて川まで運ぶんだ。川に落ちたラジコンは後で回収することにしてね。でも、雪にタイヤの跡が残っていたら計画がバレてしまうから、タイヤの周囲に妖精の靴をいくつも貼り付けておいた……」

「でも、それならタイヤは四つだし、左右のタイヤの間隔が開いてるわよね。一筋の足跡にはならないわ」

「だから『みたいなもの』って言ったのさ。犯人が使ったのは別の何かだ」

「何なの？　それは」

「まだわからないね。でも、犯罪のだいたいのイメージは摑めただろう？」

「全然。そのラジコンをどうやって足跡が始まる位置まで持って行ったの？　玄関から裏手に回ることはできないのよ」

「二階の窓から落としたんだろ」

「どうやって？　落としたときひっくり返ったらどうするつもりだったの？」

「まあ、そのへんのことは後で考えるとしてだ」

そもそもラジコン・カーではないと言っているんだからこれ以上突っ込んでも仕方ない。わたしが口を閉じると久能も黙ったまま立ち上がり、ゆっくりと檻の中を歩きまわりはじめた。足跡をつけたのが何なのか黙考している様子だ。

するとと羽瑠が思いついたらしく、目を輝かせながら口を開いた。

「犯人が指輪を持って脱出したというのはどう？　その跡が『妖精の足跡』よ！」

発想がめちゃくちゃすぎて、どこから指摘していいか一瞬迷った。

「宿泊した客のうち、翌朝いなくなっていた人はいないのよ」

「犯人は雪が降っているうちに侵入してどこかに隠れてたのよ。考えられるでしょう？」

「可能かもしれないけど、どうやって脱出したっていうの？」

「一輪車を使ったのよ」

「どうしてそんな……」

「犯人の計画では指輪をニセモノとすり替えた後、普通に徒歩で逃走する予定だったの。決行は標的が眠った後で、たぶん被害者は眠るときに指輪を外してどこかに置いておく習慣だったんだと思う。つまり指輪の持ち主は最初から『妖精の館』に泊まる予定だった客で。犯人はそんな習慣を知っていたの。それで、部屋に忍び込んですり替えることには成功したんだけど、予定外のマズい状況になってしまって……」

「雪？」

「そう。パーティーの当日に雪が降って、すり替えたときにはもう止んでしまっていたのよ。歩いて脱出したんじゃ雪に自分の足跡が残ってしまうでしょう？　それじゃ犯行計画がバレるし、足跡から身元もバレてしまうし」

「そうだね」

「そこで犯人は足跡を残さずに脱出する方法はないかって考えて、一輪車を使うことを思いついたのよ。つまり、タイヤの周囲に館にあった妖精の靴をたくさん貼り付けて、それに乗って走って脱出したの。それなら一列に靴の跡が残って、不思議には思われるだろうけど、まさかそれが泥棒が逃走した跡とは思わないでしょう？　一階には人がいたんで玄関は使えないから、二階の窓から地面に降りて逃走したのよ」

あきれて深く息をついた。

「いろいろと無理があるわね」

「どこよ」

「まずその一輪車っていうのはどこで用意したの？　歩いて逃走する予定だったんでしょう？　だったら持って行く必要はないわよね。でも、館に置いてあったのなら無くなってれば誰かが気づいたでしょう」

「じゃあ……、一輪車じゃなくて竹馬かも。あれなら棒が二本あればなんとか作れるでしょ。もちろん棒の下に妖精の靴を貼り付けておくわけだけど」

「竹馬なら、足跡は一筋にはつかないわね。左右の幅が開くはずよ」

「歩き方を工夫すれば一筋にすることもできるんじゃない？」

「それからねえ、現場は普段から強い風が吹いている地方でしょ？　当日も吹雪だったし、雪が止んだ後も風は強かったって聞いたわ。一輪車とか竹馬とか、そういった不安定な乗り物じゃあ風に煽《あお》られて倒れるわよ」

「でも、上手く乗れば風もかわせるんじゃない？」

「それから、崖まで辿り着くのはいいとしても、その先はどうしたの？」

するとと羽瑠のかわりに久能が答えた。

「竹馬か一輪車を川に放り込んで、自分も川に飛び込んだんじゃないか？　いまの話からすればそういうことになるね。雪の朝に水泳なんてキツいだろうけど……。それでしばらく下流に泳いだ後で足跡が残らない場所を見つけて川岸に上がれば行方をくらませられる。川底を浚《さら》って沈んだ一輪車が見つかったら証明されるはずだけどね」

「それはない」と、羽瑠が否定した。「そこの川って渓流で、川底は浅いし、岩でゴツゴツしてるの」

「じゃあ、崖に着いてからどうしたの？」

わたしが訊くと、羽瑠は少し考えてから答えた。

「それじゃあ……、やっぱり犯人にはロック・クライミングの経験があったんじゃないかな？」

「それ以前の問題もある。いい？　妖精のフィギュアの靴なんて小さくて脆《もろ》いものなの。そんなものを一輪車や竹馬に貼り付けたとして、人間が体重をかけたら潰れるか割れるかするのがオチよ。そうじゃなくたって、雪に深く沈み込んで、車輪なり竹馬なりの跡がつくんじゃない？　雪の上に妖精の靴跡だけが残るなんて状態にはならないわ」

そう指摘すると、羽瑠はあきらめたように黙り込んだ。すると久能が助け船を出した。

「でも、いまのアイデアはあながち否定する必要はないよ。一輪車には人間は乗らなかったって考えればいいんだ」

「え？」

「さっき言ったラジコンのようなものを考えればいい」

「一輪車のラジコンなんてあるの？」

「製品として発売されてるのかは知らないけど、現在の技術ならジャイロスコープを内蔵して姿勢制御することは可能じゃないか？　それで川まで運んで、そこで待っていた共犯者が回収したとすればどうだ？　十メートルの崖から落ちればラジコンは壊れるかもしれないけど、浅い渓流なら回収することはできるだろう」

たしかに技術的には可能だろうし、わたしは知らないけど作った人もいるのかもしれない。

「でも、犯人は何で犯行時にそんなものを持って行こうと思ったわけ？　指輪を川まで運ぶのが目的なら普通の四輪のラジコンで充分じゃない。妖精の靴を貼り付けて車輪の跡をごまかそうっていうのは、被害者が眠る前に雪が止んでしまったから思いついたことでしょう？　でも、当日に雪が降って犯行前に止むなんてことは誰にも予想できないことだったんじゃない？」

犯行当日に雪が降るかもしれないから一輪のラジコンを用意しようなんて、普通考えないだろう。

すると久能は微笑みを浮かべて語りはじめた。

「当然の疑問だね。さっき言ったろう？　宣伝とかイタズラ目的だとしたらつまらないし、推理する価値もないって。それはこういうことなんだよ。たんに人を驚かしてやろうとして足跡をつけるだけなら、ラジコンでも充分可能なんだ。そんなに難しいことじゃない。でも、それじゃおもしろくないだろう？　つまらない手品のタネ明かしみたいなもんさ。その程度のタネだったらむしろ明かさないでくれたほうが良かったたって思うようなね」

「犯罪が絡んでいたほうがおもしろいの？」

「べつに犯罪じゃなくてもいいけどね。何か別の目的でしたことが、思わぬ結果をもたらしてしまったっていうほうが、謎を究明してみたいって興味がそそられるんだよ」

「そのラジコンを使って、窃盗以外の何かをしようとしたとか？」

「それもあるけどね……。さっきの指輪の窃盗の話にもどすのなら、そもそも館から指輪のようなものを持ち出すのにラジコンなんて要らないんだよ。現場は風が強いんだろ？　風船にでも結び付けて窓から放てばいい。そのほうがシンプルじゃないか？」

「そうだね、現場には風船があったんだし」

何気なくそう言うと、久能が急に鋭い目でわたしを睨んできた。

「風船があった？」

「そう」

わたしはパーティー会場を撮影したスナップ写真に、バルーン・アートで作られたフェアリーがいくつも写っていたことを説明した。

「バルーン・アート？　何でそのことをいままで黙ってた？」

「べつに、パーティーの席ならあってもおかしくないし、重要でもないでしょ？」

「重要じゃないわけないだろう！　さっき言ったとおり風船を使えば指輪を飛ばせるんだ……」

「でも、それじゃ妖精の足跡はつかないわよ。何の解決にもならない」

「いや。バルーン・アートで飾り付けされてたなら、館にヘリウム・ガスのボンベを持ち込んでその場でバルーンを作ったのかもしれない。つまり、現場では自由な大きさの風船をいくつでも作れたんだ」

「でも……」そのとき羽瑠が口を開いた。「風に乗せて飛ばしたら遠くまで運べるかもしれないけど、回収が大変じゃない？　崖のそばで共犯者が捕虫網かなんかを持って立ってたの？　風船を捕まえるために……」

「飛ばさなければいいのさ」久能が当然だと言いたげな顔を見せた。「宙に浮いてたんじゃ回収は大変だけど、地面をずるずる引きずっているなら簡単だ。そっちのほうが都合がいいんだ。ボンベが現場にあったなら、浮力を調節して風船を作ることも可能だ」

「でも、現場にあったのは引きずった跡じゃなくて、足跡なのよ」

「犯人はこう考えたのさ。引きずっていったんじゃ、どこかに引っかかって止まってしまうかもしれない。地面は凹凸《おうとつ》が多いし、いくら風が強いったって限界はあるからね。だから、スムーズに運べるように車輪を取り付けたんだ」

「車輪？」

「そう。おそらく盗み出したのは指輪じゃなくてもっと重いものだ。それを小さな模型の一輪車に載せて、そこに大きなバルーンを結び付けた。浮力を調節して、車輪がかるく地面に着くくらいにしたのさ。それを二階の窓から外に放れば、バルーンが強風に煽られて風下へと滑っていく……」

「そうして川のほうへ？」

「現場は野中の一軒家だって言ってたよね。犯人にしてみれば館から遠くへ運べればどこでも良かったのかもしれないし、あるいは川に向かって吹くと予想できていたのかもしれない。風が強い地方って、同じ時間帯には同じ方向に吹く場合が多いからね」

「でも、犯行当日に雪が降ってしまったんで、雪上にタイヤの跡が残っていたら計画がバレてしまうと思って、タイヤに妖精のフィギュアの靴を貼り付けたってこと？」

「そう考えれば雪の上に一列の足跡が残っていた説明がつくだろう？　館にはフィギュアを作るための接着剤もあったろうし、もちろん妖精の靴もたくさんあった。車輪が小さなものなら周囲に靴を貼り付けることも容易だったろう」

「それで川のところで共犯者が待っていて、一輪車とバルーンを回収した……？」

「もちろん、犯人が盗み出した何かもね……。雪上に残っていたのが車輪じゃなくて妖精の足跡なら、宣伝のための話題作りとか、せいぜい不思議な珍現象だと思われて、窃盗という本来の目的を隠せると思ったのさ」

たしかに、それなら考えられる……。わたしはそう思った。空想的過ぎるようにも思えるが、否定できる具体的な理由がない。何より雪の上に妖精のような小さな足跡が残っていたという奇妙な事件なのだ。それをこれ以上に上手く説明する仮説はないような気がする……。久能は続けた。

「この説が正しいなら、犯人も被害者も当初から『妖精の館』に泊まる予定だった客のうちの誰かだ。

パーティーに何か高価なものを持って来た者はいないか調べてみれば被害者はわかるんじゃないか？」

「犯人は、西島？」

「その可能性が高いだろうね。近所に住んでいるのに、何でわざわざ泊まったのかがわからない。パーティーの後かたづけをした後からだって帰れるはずなのに、当初から泊まる予定だったんだろう？　おそらく会場をバルーン・アートで飾り付けようって言い出してヘリウム・ガスのボンベを持ってきたのも彼なんじゃないのか」

当日の詳しい事情はわからないが、充分考えられる線だ。

でも、これが真相なんだろうか……。それでもわたしの内には半信半疑の気持ちも残っていた。とりあえず明日にでも現地の警察に連絡してみようと思い立った。それが事実かどうかはわからないが、捜査してみる必要はあるだろう。なにしろ被害者は高価なものを盗まれていて、そのことにまだ気づいていないかもしれないのだ。

4

三日後、わたしはまた地下の隠し部屋にやってきた。

「連絡があったわ！　事件は解決よ！」

元気よく声をかけると、椅子に座って本を読んでいた久能光爾は視線を上げ、何のことかと問いかける表情をした。

「あの『妖精の足跡』よ。あれから地元の警察に連絡して、今日知らせが届いたの」

「あ……、ああ」

彼は興味なさそうに生返事をした。

勢い込んで来ただけに思いきり拍子抜けした。彼は自分なりに解決して納得してしまえば、もう真相になんて興味ないようだ。でもわたしは説明を続けた。

「あなたの読みは当たっていたのよ。ほら、妖精の靴を貼り付けた一輪車をバルーンに結び付けたってやつ」

「ああ、あのことね」

ようやくはっきり思い出した様子だ。

「あれから調べたところ盗まれた物がわかったの。当日の客の一人に真木草子《まきそうこ》さんって人がいて、礼佳さんのファンで当初から『妖精の館』に一泊する予定だったんだけど、彼女がパーティーの席に金無垢の妖精の像を持って行ってるのよ。お祖父さんがスコットランドに住んでいた頃に職人に作らせたもので、展覧会にも出品したことのある、その方面じゃ有名なものなんだって。それを礼佳さんに見せるためにパーティーの席に持ってくるってメールしていて、たぶん西島はそれを盗み見たのね」

「それを盗まれたのか……」

「それが、実はそうではなかったの」

「え？」

久能がわけがわからないという顔をしたので、わたしは得意になって説明した。

「もともと彼女の祖父は金無垢の本物と一緒に安いレプリカも作らせたんだって。重さも同じで、パッと見にはわからない像をね。それで、普段本物は金庫に大事にしまっておいて、知人が像を見たいって言ったときにはレプリカのほうを見せてたんだって。特別なとき以外、本物は金庫から出したりしなかったそうよ」

「まあ、用心のためにそういうふうにするって話はよく聞くね」

「でも、その日のパーティーには草子さんは本物を持ってくるって連絡してたの。彼女は礼佳さんのジオラマのファンで、そうするだけの価値のある相手だと思っていたから」

「ふん……」

「でも、当日が大雪だって天気予報があったんで、急遽レプリカのほうに変更したんだって。交通が混乱するかもしれないのに、そんな大事なものを持ち歩くのは不用心でしょう？」

「じゃあ、犯人はレプリカとレプリカを？」

「西島は展覧会に出品されたときの写真やデータをもとに手間をかけてレプリカを作らせたらしいんだけど、まったくの無駄手間だったわけね……。草子さんのほうもレプリカだから慎重に調べもしなかったもんで、わたしが知らせるまですり替えられていたことに気づいてなかったのよ」

　窃盗未遂ということで大した犯罪ではないが、それでも無事解決できたのはよかった。

でも、それは久能のおかげかと思うと、少々複雑な心持ちもしてくるのだった。

第三話

空からの転落

1

ヘッドライトは暗闇の路面を丸く切り抜いていた。中央の白線はエンジン音に乗ってどんどん後ろへ流れていく。季節はすっかり春になったが、夜更けともなると頬にあたる風はまだ冷たかった。と、ヘッドライトの明かりの中に急に高校生くらいの少女が飛び出してきた。急ブレーキをかけ、タイヤが大きな音を立てる。

少女は驚いた顔でわたしを見て、一瞬硬直した後ペコリと謝った。レジ袋を持っているところを見るとコンビニからの帰りのようだ。

わたしは「以後気をつけるように」という気持ちを込めてにこりと微笑むと、少女が立ち去るのを見守り、またエンジンを始動させた。

わたしがバイクに乗っていることを知ると、「何で女の子がそんなものに……」とよく訊かれる。危険なものだと思っているらしい。

わたしは現在では、バイク自体は少しも危険なものではないと実感している。危険なのは自己の運転技術に対する慢心だ。無謀なチャレンジを試み、自分ならそれを上手く切り抜けられるはずだと信じる心。それに足をすくわれたときに事故はおこる。

わたしはむしろ危険をコントロールし、恐怖を克服したいがためにバイクを選んだ。

七年前まで、わたしはバイクをはじめ、あらゆる乗り物が怖かったのだ。そんな自分を克服するために、あえて最も恐怖感を覚えていたバイクに挑戦した。そして現在では「勝った」と思っている。乗り物が怖くなったのは酷い事故に遭遇し、初めて人が死ぬところを目撃してトラウマになったからだ。それはわたしが中学二年の頃、初めて久能の海辺の別荘に招待されたときのことだった。

初めて訪ねたクリスマス・パーティーの夜から、わたしと羽瑠はよく久能の家に招かれるようになった。誕生日や翌年のクリスマスなど、久能が言うとおり彼のご両親は子供たちとのホーム・パーティーを開くのが好きで、しかしパーティー嫌いの息子は張り合いがなく、里奈さんも反抗期を迎えていた。でも、兄が行くと里奈さんも喜んでパーティーに出席したし、ときには久能も顔を出した。何より、お父様の忠雄さんが手間をかけて用意した様々な趣向を無邪気に喜ぶわたしたち子供の存在が嬉しいようで、いつも歓迎してくれた。

そしてその夏、新築して間もない別荘に招かれたのだ。

わたしたち三人は久能のご両親、里奈さんと一緒にワゴン車で向かい、久能は一人で後からバイクで来ることになっていた。久能が同行しなかったのは所用のせいだという話だったが、その頃久能はバイクを買ったばかりで、たんに乗りたいんじゃないかとみんな思っていた。

それは九十九里浜《くじゅうくりはま》近くの丘の上にある、小さいけれども小綺麗な洋風の建物だった。リヴィングの大きな窓からは海が一望でき、とくに早朝ソファーに腰かけると海からのぼる朝陽を眺めることができた。しかし忠雄さんはそんな眺望より、リヴィングに置かれた大きなドールハウスを自慢げに見せてくれた。

それは古き良き時代の英国の屋敷を模したものだった。五年ほど前から忠雄さんは趣味としてミニチュア家具を一つずつ手作りしはじめ、家一軒ぶん揃ったものの自宅は手狭で置く場所がなく、別荘を買ったのを機に家具を収める屋敷を作りはじめたのだという。そのため、家の内部が見事に完成されているわりに、外観はまだ製作途中だった。

羽瑠は一通り眺めただけだったが、わたしはその夜のパーティーの最中も何度もその前へ行き、一部屋ずつ飽かず眺めていた。それは素敵な夢のような世界だった。もし魔法が使えるのなら、自分が小さくなってその部屋に住んでみたいと思うような……。

久能はパーティーも終わりかけの頃にようやく到着した。間に合わなかったというより、終わる頃を見計らって来たようにわたしには見えた。

ちょうど飲み物や食べ物に不足が出てきた頃で、お母様は到着したばかりの久能に近くのコンビニで買ってきてくれと頼み、彼は運転するのはいいが頼まれたものを選ぶのが面倒だと答えた。そこでわたしは自分も一緒に行くと言ったのだ。

何であのときあんなことを言ったのか、いまでもわからない。あの頃のわたしは自分から意思表示することはほとんどしないタイプだった。何事につけ羽瑠が真っ先に意思を示し、わたしはその後をフォローするのが習慣となっていたのだ。でもあのときだけはわたしのほうから先に、久能について行くと言った。

後から考えれば、羽瑠か兄が久能と一緒に行って一人少ない人数で残されるよりは、いっそ自分が出て行きたいという気分があったような気がする。

そしてバイクの後ろに乗せてもらい、走り出してすぐに後悔した。久能の運転は危険極まるものだったからだ。

それは世界最恐のジェット・コースターよりもはるかに怖ろしい運転だった。自分から好んで危険な領域まで飛び込み、目の前まで迫った死を一ミリの差で躱《かわ》していく。まるで自殺未遂をくり返し、それを心から楽しんでいるような、自分にはまだ運があるか神を試しているようなライディングである。そしてわたしが後ろでどんなに悲鳴を上げようとも、まったくスピードを緩めようとはしないのだ。

どうしてそんなことをするのか、わたしにはまったくわからなかった。

ただ、いまになって一つ思うことがある。あの頃のわたしが不覚にも久能に恋心を抱いていたのは、いわゆる吊り橋効果だったのかもしれない。つまり、こいつはアブない人間なんじゃないかという恐怖にドキドキしていたのを、身体が恋愛によるドキドキと勘違いしていたんじゃないだろうか？

そんなライディングをしていると露骨に絡んでくるバイクがあらわれた。強引に幅寄せして、スピード勝負をけしかけてきたのだ。久能は無関心な様子でとりあわなかったが、それでも絡んでくる。

そのままカーブに突入したときに、そのバイクはバランスを崩し、悲鳴のようなブレーキ音をたてながらガードレールに衝突し、跳ね上がって乗り越えていった。

久能は直後にバイクを停め、わたしはすぐにライダーの救助に向かった。と、後ろから呼び止められ、おまえは救急車を呼べと指示された。後から考えれば、中学生の女子に悲惨な事故現場など見せるべきではないという、久能にしては意外にマトモな配慮だったのかもしれない。しかしわたしは上から目線で命令されたことにムカつき、当然指示には従わなかった。

そして、そのため目撃してしまったのだ。その後数年トラウマになって、バイクはおろか自動車に乗ることもできなくなるあの光景を……。

一瞬見たときは人間には見えなかった。手も脚もあり得ない方向に曲がっていたため、安手の特撮用の人形のように見えたのである。そして人間にはこれほど血が入っているのかと驚くほどの量の血溜まりが舗道に広がっていた。

それからわたしが何をしたのかよくおぼえていない。無我夢中になって、救命しようとしていたのだと思う。我に返ったとき、服の袖や胸が血まみれになっていたからだ。

間もなく救急車が来て、警察にいろいろ訊かれ、帰途についた。

久能の別荘に入ったとたん、わたしたちを見てお父様の忠雄さんが久能を怒鳴りつけた。わたしの衣服が血まみれになっているのを見て、事故を起こしたのだと早合点したらしい。

人様の娘に怪我をさせたと思ったからだろうが、いつも優しくて穏やかな忠雄さんが人が変わったように激昂《げっこう》しているのを見て、わたしは驚いて何も言葉が出なくなってしまった。

当然久能は事実を話して誤解を解くものと思っていたのだが、彼は何も言わず、ただ不貞腐れた顔でヘルメットをソファーに向かって投げつけ、駆け足で階段を上がっていってしまった。

ソファーに投げつけられたヘルメットは背もたれにぶつかって跳ね、運わるく忠雄さんのドールハウスにぶつかって一部を壊してしまった。

久能が去ったことでわたしは我に返り、慌てて事情を説明した。

事故に遭ったわけではないとわかると、忠雄さんの表情はすぐにいつも通りの柔和なものに変わった。そして客の前で大声を上げてしまったことを詫び、実は以前から久能がバイクに夢中になっていることを良く思っていなかった、それがついに事故を起こし、他人に傷まで負わせてしまったのだと思い込み、いままで高まっていた感情も重なって爆発してしまったのだと謝ってくれた。たしかに久能のあのバイクの運転を見れば家族が良く思うはずがないのはあきらかで、でも忠雄さんは優しい人だけに、いままではっきりと注意することができずにいたようだった。

それよりもショックを受け、残念だったのは、その夜一泊させてもらった翌朝リヴィングに行くと、あのドールハウスが撤去されていたことだった。里奈さんに話を聞くと、夜中に忠雄さんが壊して運び出したらしい。ヘルメットがぶつかって壊れたのはごく一部分だけだったのに、あんな見事な出来のドールハウスをなぜ全て壊してしまったのか……。残念でたまらなかったが、気軽に触れてはいけない話題のような気がして、忠雄さんに直接訊くことはできなかった。

ただ何となく想像したのは、昨夜息子の話をよく聞かずに誤解して怒鳴りつけてしまい、それが一部の破壊を招いた。ドールハウスを見ると、たとえ元通りに修理したとしても、あの失敗のことを思い出して辛くなるだろうと考えたのではないだろうか。

そんなふうに思ったのは、わたしもまたあの事故がトラウマになり、その後数年間、乗り物に恐怖を感じるようになってしまったからかもしれないが……。

昔のことを思い出しているうちにバイクは街を駆け抜け、久能が地下で待っている家に到着した。

ヘッドライトの明かりが玄関前を横切ると、そこにしゃがみ込んでいる人影があった。わたしと同じ顔をしているだけに一瞬ドッペルゲンガーを目撃した気分で、背筋にゾクリと冷たいものが走った。

しかしバイクを停めると人影はつかつかと歩み寄ってきて、抗議してくる。

「遅い！」

羽瑠が今日訪ねて来るなんて連絡は受けていない。

「どうしてここにいるの？」

「鍵、取り替えたの？　入れないのよ！」

やっぱり合い鍵は二つ以上作っていたようだ。鍵を交換しておいて正解だったとそのとき理解した。

家に上げてやると羽瑠はリヴィングのソファーにどっかと座り込む。

「だいたい何で鍵を交換するのよ。妹を信じてないの？」

「実際合い鍵を持ってたんでしょ」

「いいじゃない。姉妹なんだから！」

「だめって言ったでしょう！　それで合い鍵を渡してもらったんだから」

「言われたから二つも渡したでしょう」

「まだ持ってたら意味ないじゃない」

「二つも渡したのよ。一つぐらい持ってたっていいじゃない」

「よくない！」

それだけ言って話を打ち切り、わたしは久能のところに向かおうとした。すると羽瑠は制止してくる。

「ちょっと待ってよ。今日は話があって来たんだから」

「話したい相手はわたしじゃないんでしょう？　留守中に合い鍵を持って訪ねて来たんだから」

「たしかに光爾さんとも話したいけど、亜季にも話があるの」

「だったら何で留守中に合い鍵で入ろうとしたわけ？」

「もう帰ってる頃だと思ったら早すぎたのよ」

「そのわりにはずいぶん待ってたみたいに見えたけど」

「それは錯覚！　話を聞いてよ……」

無駄話はさっさと切り上げたいところだが、こんなときの羽瑠は妙に意固地になる。むしろ少しくらい話し相手になってやったほうが早いと思い直し、あきらめてソファーに座った。

「しょうがないわね……。話って何！」

するとと羽瑠は話し出した。

「最近ずっと考えてるんだけど、ほんとうに光爾さんが犯人だと思う？」

「え？」

「わたしたち、子供の頃から知ってるじゃない？　とても光爾さんがあんな事件を起こしたとは思えないんだけど……」

羽瑠は久能のバイクに乗ったことはないが、あの運転を見れば何かしでかしてもおかしくはないとは思う。けれど、だからといって家族を殺すとは思えないのだが……。

「でも、会ったことがあるってだけで、深く知ってたわけじゃないでしょ？」

久能の家をよく訪ねていたのは中学の頃までだ。羽瑠もわたしも久能のお父様が望むような、ホーム・パーティーを無邪気に楽しむ年齢ではなくなってしまったからだ。

「お兄ちゃんが警察に突き出さずに匿ってたってことも気になるのよね」

「親友だったわけだし」

「いくらそうでも……、ううん、お兄ちゃんなら親友だからこそ自首するように勧めるんじゃない？ それをあんな手製の檻まで作ったっていうのは、お兄ちゃんは何か知ってたんじゃないかな？ 真犯人を……とまでは言わなくても、光爾さんじゃないって強く疑わせるような事実があったとか」

当然の疑問だ。兄はいくら親友とはいえ犯罪者を匿ったりする人間ではない。それに、こんなことをするには手間もお金もかかったはずだ。間違いなく兄はあの檻に久能を匿うためにこの家に引っ越したのだ。

そこまでして匿ったからには、兄には何か考えがあったんだろう。でもどんな考えだったのか……。いままでずっと久能から何か聞き出せないかと思っていた。真相は別にあるというケースを疑い、暇を見つけては調べてもいたのだ。

でも、それは自分一人で調べたかった。羽瑠に首を突っ込んでほしくはない。素人に探偵気取りで踏み込まれたのではかえって邪魔になるし、下手をするとここに久能を匿っているという情報が洩れかねないからだ。

「あの事件については、わたしも調べてるの。でも自分一人で調べるから、羽瑠は心配しないで」

説得しようとすると羽瑠は納得しない顔で見返してくる。

「亜季が使えるのは休日だけでしょう？　捜査がはかどらないわよ。その点わたしは専業主婦だから自由に時間が使えるし」

「でも……」

「嫌だなんて言わせないわよ。光爾さんのことをバラされたら困るんでしょう？」

さりげなく脅迫してくる。

「まさか、バラす気はないよね」

「もちろん。わたしだって共犯になるんだから。でも、あの事件については調べさせてもらう！」

もはや気がすすまないなどと言っていられなくなってしまった。

「それで、どこまでわかったの？」羽瑠が身を乗り出してくる。「光爾さんはどこまで話した？」

そう言われても、まだ何もわかっていないことを説明せざるを得なかった。

「ほら、亜季一人じゃ何も結果を出せてないんじゃない」

「ゆっくり時間をかけて調べてるのよ」

久能のように、自分から何も話そうとしない被疑者を取り調べるには時間がかかるものなんだと説明した。

「何も話そうとしないなら、関係ない会話をしていて口を滑らせるのを狙えばいいんじゃない？」

「だから、いままでずっとそれをやってきたのよ」

ここで『乱歩城』や『妖精の足跡』の話をしたのも、それを狙っていたのだと話す。

「そうか……」

と、感心の声を洩らした後で、羽瑠は急に目を輝かせた。わたしは経験から知っているが、嫌な目の輝きだ……。

「だったら今日もまた事件の話をしない？」

大喜びで提案してきた。やはり、嫌なことを思いつきやがった。

「でも……」

「話を聞き出すためよ。少しでも多く光爾さんにしゃべらせないと……。そうすればうっかり口を滑らせるかもしれないでしょ？」

また探偵ゴッコをしたいだけだろう！　とツッコミたい気持ちもあったが、それが正しいのも事実だ。実際わたしはそのつもりでいままで事件の話をしてきたのだ。

それにいまちょうどお誂え向きの事件があった。いや、事件性のないただの事故である可能性が大きい。だからこそ久能の前で話すにはちょうどいいように思える。

「ぴったりの事件があるみたいね」

まだ何も言っていないのに、わたしの表情を読んできた。

「さっそく光爾さんのところに行きましょう！」

そして羽瑠は気がすすまずにいるわたしの耳もとで「光爾さんのことをバラされたら困るんでしょう？」と囁きかけてくる。もはや抵抗することはできないようだ。

2

地下室に下りると、久能はベッドに腰かけて本を読んでいた。

羽瑠は彼と再会の挨拶をし、わたしが食料を渡し終えるとさっそく、また事件の推理をしようと切り出した。

「気がすすまないなら断っていいんだけど」

微かな願いを込めて訊くと、久能はかるく笑って、「いや、この前のもおもしろかったし。やろう」と言う。その表情はわざとわたしを困らせて楽しんでいるようでもあった。

もう覚悟を決めるしかなさそうだ。

羽瑠はいそいそと鉄格子の前に椅子を二つ並べる。わたしはその一つに腰かけた。

「じゃあ、はじめて！」

羽瑠は好奇心に輝いた笑顔を向けてくる。

仕方がない……。わたしは羽瑠の顔から目を背け、久能の表情を見ながら話しはじめた。

「不思議な事件がおきたの。死体が発見されたんだけど、殺人なのか事故なのか、それとも他の理由なのかわからなくて、でもすごく奇妙な死体だった……。その話でいいかな？」

羽瑠が身を乗り出してくる。

「どんな死体？」

「うん……。男性の死体が発見されたのは山奥にある採石場の跡地で、検察によると十五メートルほどの高さから転落して、全身を強く打って死亡したってことだった。でも、死体があったのは山が削られて平らな広場のようになった場所の中央で、周囲に高いものなんてなくて……。つまり、どこから転落したのかわからないの」

すると羽瑠がつまらなそうな顔で声を上げた。

「それが不思議な事件？　別の話にしてくれない？」

どんな事件を期待しているんだ？　充分不思議だろう。

「だって、それって落ちてくるはずのない場所に転落死体があったってだけでしょ？」

「そうだけど」

「理由なんて簡単に思いつくでしょう」

「どんな？」

「空から落ちてきたんじゃない？　ヘリコプターとか熱気球とか……。たぶん強風に煽られて転落して、気球はどこかに流されたとか、そういうことでしょう」

「被害者の知人の証言によると、彼は高所恐怖症だったの。飛行機に乗るのも避けてたくらいで、当然熱気球に乗る趣味なんてなかった」

「恐怖症だって絶対に乗らないってわけじゃないでしょう？　それに、殺人なら強引に乗せたとか、薬物で眠らせてからっていうのもあるでしょ」

「何のためにそんな手間のかかる殺し方をしたの？」

「それは……」

黙り込んだので、続けた。

「少なくともわたしが知ってるかぎりで、殺人を犯すのにとくに理由もなくヘリや熱気球を使った犯人はいないわ」

人が誰かを殺害しようと思いつめたとき、どんな方法を選ぶのか？　一般的なのは刺殺や絞殺、撲殺、車で轢き殺したり、ビルの屋上から突き落とすなどだろう。そういった事件はいままで何度も扱ったことがある。しかしヘリコプターや熱気球を使った例なんて知らない。大がかり過ぎて手間もかかるし証拠も多く残してしまうからだ。

それでも、被害者がもともと熱気球を趣味でやっているのなら、事故に見せかけて殺した可能性はある。でも今回の被害者にはそんな趣味はないし、高所恐怖症であることは知人のあいだで知られていた。だとすれば、そんな方法で殺害する意味はない。

「それなら……」久能が言った。「死体をどこかから移動してきたのかもしれない」

「死体があった地点には転落した跡があったのよ。地面の窪《くぼ》みとか出血の跡とか」

「偽装することも可能じゃないかな？」

「そうだとしても、どこから運んできたの？」

「現場がどんな場所かわからないけど、採石場なら切り立った崖もあるんじゃないか？　十五メートルくらいあるような」

「あるけど、何のために死体を移動したの？」

「例えば……、その場所にあったら犯人を特定されてしまうような理由があったのかもしれない」

「転落したのが別の場所だったと思わせたいのなら、別の崖の下に移動させればいいわけでしょ？　でもそうじゃなくて、死体をわざわざ広場の真ん中の、そんな場所に落ちてくるはずない地点まで移動して、そこに落ちてきたかのように偽装したのよ。何のためにそんなことをしたの？」

久能は黙り込んだ。

「それにもう一つ、不可解なことがあるのよ。発見されたとき被害者は全裸だったの」

すると羽瑠が「全裸？」と大声を上げる。

「っていうと、下着も？」

久能の問いかけに、わたしは頷いた。

「被害者は男だって言ってたよね」

もう一度頷く。

「じゃあ性的なイタズラが目的とか、そういうんじゃないよな……」

羽瑠は「いまの時代、わからないわよ！」と言っていやらしく微笑む。そして、目を輝かせて身を乗り出してきた。

「おもしろくなってきた！　その事件がいい。もっと詳しく聞かせて」

久能も同意し、さっそく話を再開することにした。

「じゃあ最初から説明するね。現場は群馬県の山奥にある、もう使われなくなった採石場でね、そこに自転車でやってきた高校生のグループが死体を発見して警察に通報してきたの。地元の警察は殺人事件なんてほとんど扱った経験がなくて、ましてそんな不思議な現場でしょう。警視庁に応援要請が来て、わたしも含めて数人の刑事が出向することになって……」

「でも、高校生がどうして採石場に？」

「学校で自主映画を制作する部活があって、そこのメンバーなんだって。採石場っていうのは昔から特撮ヒーローものの撮影によく使われていたらしいわ。アクション・シーンとか、火薬を使って大きな音をたてても苦情が来ないでしょう？」

するとと羽瑠が、「その高校生も火薬を使ってたの？」と訊いてくる。

「まあ、そのへん問題もありそうなんだけど、今日はそこはスルーすることにして」

「わかった」

「とにかく、自由にできる撮影場所としてその採石場跡地を使ってたんだって。人里離れた場所にあって周囲に迷惑もかからないし、石材を運搬するのに使われていた広い舗道が通ってるんで、遠くても自転車ならスムーズに行けるらしくて」

「それで、死体を発見したわけだね」

「新作を撮ろうと久しぶりに採石場を訪れたら、人が倒れているのを見つけて、近寄ってみたら亡くなっていたって。最初は……どうして裸になってるのかはわからないけど、登山者が道に迷って行き倒れたのかと思ったそうよ。そういう服装だったから」

「服装？」

「ズボンとボクサーパンツ、靴と靴下は近くに落ちていたの。それが登山用の装備で……」

「シャツとか上着は？」

「見つかってない」

「周囲に登山用具は落ちてたのかな？　リュックとかそういう……」

「何もなかった……。それで、検察が死体を調べたところ、死後一週間ほど経っていることがわかった。それから胃の中には何もなくて、死亡時には三日くらい何も食べてない状態だった。所持品から身元を調べたところ、被害者は大和田《おおわだ》という名の、地元の会社に勤める三十代のサラリーマン。十日ほど前から行方不明になっていたことがわかったの」

「被害者は普段登山は？」

「もともと登山が趣味で、休日になるとふらっと近くの山に出かけることも多かったって。それで被害者宅を捜索したところ、登山用具一式が無くなっていたのがわかった」

「つまり被害者が持って外出したってことかな？」

「そう見えるわね」

「でも現場には落ちてなかったと」

「付近の山中も捜索したんだけど見つからなかった。もちろんまだ見つかってないってだけかもしれないけど」

「つまり、登山の途中で道に迷って、荷物をすべて落として、上半身裸になって山中をさまよっているうちにたまたま採石場に出て、そこでズボンやパンツを脱いでから行き倒れになったように見える状況だったわけか？」

「死因が転落死で、どこから落ちてきたのかわからない点を除けば、その通り」

するとと羽瑠が口を開いた。

「わかった！　被害者はボディ・ビルダーなのよ」

何が言いたいのかわからず、「え？」と聞き返した。

「ボディ・ビルダーなら筋肉見せるの大好きだもん。上半身裸で山登りしてたっておかしくないわ。それで転落して致命傷を受けたあと、最後の力を振り絞って全裸になり、ポーズをつけて自分の肉体美に陶酔しながら死んでいったのよ」

そんな変態いるわけないし、ボディ・ビルダーだった事実もない。そう言おうとすると久能が先に口を開いた。

「それだとリュックがどうして近くにないのか説明がつかないよ」

羽瑠は「そうか……」と黙る。

「それよりさっきの説明におかしな所がある……。死後一週間で、その三日前から何も食べてなかったんだろう？　十日前に行方不明になったんだとすると、大和田はその直後から何も食べてなかったってことじゃないか」

「そうなるわね」

「でも、登山に行くのなら食料くらい持って行かないか？　日帰りの予定でも昼食は持って行くだろうし、それで道に迷ったなら少しずつ口に入れてしのいでいくだろう。三日間も食べてないなんておかしい」

「食料をリュックごと川に落として流されてしまったとか、そういうことも考えられるけど」

「そうだな……」

久能は頷き、また質問してきた。

「行方不明が十日前からってことは確かなのか？」

「うん。勤めていた会社に連休前の金曜日には出社していて、翌週の月曜から無断で休んでいた。その後連絡もつかず、心配になった同僚が自宅のアパートを訪ねても誰もいなくて、そのうちに死体が発見されて……」

説明していると、羽瑠が思いついたように訊いてきた。

「被害者はスマホは持ってなかったの⁉」

「発見されたときには身につけてなかった」

「それは持ってたけど、どこかに落としてきたってこと？」

「そう」

「ＧＰＳ機能で場所がわからないの？」

「捜索したところ、付近の森の中で見つかったわ」

「リュックとかシャツは、近くには……」

「なかった」

そう説明すると羽瑠は残念そうに、「どうしてスマホだけ落とすかな……」と独《ひと》り言《ご》ちた。それはわたしだって残念だ。

「あるいは犯人が捨てたかだね」

　たしかにその可能性はある。

「持っていたら助けを呼ばれてしまうんで、都合が悪かったのかな？」

「遺体が発見された現場はスマホの圏外だったから、それはないわ」

「そんなに山奥なのか？」

「付近には誰も住んでなくて、ハイキングのコースにもなってない、普段は誰も行かないような場所なの」

「すると、高校生が撮影に行かなければ、死体の発見はずっと遅れていたってことになるのかな」

「そう。普段そんな場所に行く人はいないし……」

「ミイラとか、骨になってから発見される場合だって考えられるわけだね」

「何が言いたいの？」

「犯人の意図さ……。これが殺人だとして、犯人が何をしたのかはわからない。でも、何かをしようとしたからそんな結果になったんだろう？」

「滅多に発見されないような場所に死体を隠したってこと？」

「隠したいなら広い場所の真ん中に死体を置いたりはしない。採石場のまわりには森が広がってるんだろう？」

　たしかに、隠すなら森の中に埋める。

「でも、例えば犯人がアリバイ工作のためのトリックを使う場合、死体を早く見つけてもらって死亡推定時刻をある程度正確に出してもらわなければ意味がないんじゃないか？」

「そうだね」

「そう考えると、そんな場所に死体が放置されていたということは、犯人がやろうとしていたのはアリバイ・トリックではない」

たしかに、そう考えられるが……。

「でも、そんな謎の残るかたちで死体が放置されたのは、犯人の計画が失敗したからじゃないの？」

「おそらくそうだろうね」

「だったら、計画が成功していたら早期に発見されるような場所に死体を捨てるはずだったのに、たまたま失敗したんであんな場所に放置される結果になったってこともあり得るんじゃない？」

わたしがイメージしたのは、例えば犯人が被害者を飛行機でどこかに連れて行こうとしていたとき、彼が途中で飛び降りてしまったために死亡してしまったというようなケースだ。つまり、犯人は被害者をどこかで殺す計画ではあったにしても、採石場のあの場所で殺す予定はなかったのかもしれない。

久能は少し考えてから、「いずれにしても、まだ決めつけるのは早いだろうね」とだけ言った。

すると羽瑠が別の質問をしてきた。

「被害者に殺意を抱く人間はいたの？」

被疑者については詳しい話を聞いてきた。

「一人だけ。大和田の友人に有賀《ありが》という男がいて、彼には動機があったわ。けっこうおもしろい話なの。聞きたい？」

「いや。動機がある人物がいるってだけでいい」

素っ気なくそう言われて、残念な気持ちで黙った。

「その有賀にはアリバイはあったの？」

「あったわ。死亡推定時刻の前日からその日の夜にかけて遠くの町まで出張していたの。証人は何人もいる。だから何かアリバイ・トリックを使ったんじゃなければ彼には犯行は不可能よ。どう？　さっきはアリバイ工作じゃないって言ってたけど」

話を振ると、久能は答えた。

「たしかに……。そっちの線も捨てないほうがいい気がしてくるね」

「それがそうでもないのよ」

「え？」

「もともとその出張は有賀の予定じゃなかったの。行くはずだった社員が急病になったんで、前日の夜になって急に有賀が代わることになったの」

「どういうこと？」と羽瑠が訊いてくる。

「アリバイ・トリックを仕掛けるにしてはあまりに突然出来上がった状況だったたってこと」

「その急病の社員って、有賀に頼まれて仮病を装ったってことはないのか？」

「ない。これは医師を含めて何人もの証言があるわ」

久能は黙り、わたしは続けた。

「つまり、有賀の目的がアリバイ工作だったとしたら、偶然に完璧なアリバイができてしまった状態なの。計画殺人ならそんな日に実行する予定なんて立てないでしょう？」

羽瑠はまだ少し納得がいかない顔で、「うん……」と答えた。

「被害者は三日間絶食していたんだから、犯人はその間監禁していたはずでしょう？　どこに閉じこめていたのかはわからないけど、そんなふうに監禁できる場所があったのなら、わざわざそんな日に実行しなくてもいいいんじゃない？」

「いや。逆かもしれない」久能は反論した。「監禁しておいて、もっと後になってから殺すつもりだったんだけど、たまたまその日に完璧なアリバイが成立する条件が揃ったんで、予定を繰り上げて実行に移った……」

たしかに、それも考えられるか……。考え直していると久能は続けた。

「それで、有賀に共犯者がいたとか、彼以外の人間が犯人だっていう可能性はないのかな」

「もちろん可能性は否定できないけど、捜査線上にあがっているのは有賀一人だし、もし共犯者がいたところで、何であんな場所で転落死することになったのかわからないわ。どうして裸だったのかもね」

「うん……。結局すべての謎はそこにもどってくるようだね」

そう言って久能は大きく息を吐いた。

「どう？　お手上げ？」

そう訊くと、彼は「まさか」と答えた。

「おもしろい謎だよ。推理する意味がある」

すると即座に羽瑠も同意する。

不敵に微笑む久能の表情に、淡い期待感が込み上げてきた。なにしろこの事件はまったく何が何だかわからず、捜査が袋小路にはまっていたからだ。

3

久能はベッドからゆっくりと立ち上がり、かるく背を伸ばしてから言った。

「まずどっちの謎について考えようか。広場の真ん中への転落死か、裸か……」

すると羽瑠が大声で「裸！」と声を上げる。

久能は微笑んでから、「じゃあ、そっちからにしよう」と決め、話しはじめた。

「被害者は全裸で横たわっていて、ズボンや靴といった下半身の衣服は近くに落ちていたのに、上半身のは現場にはなかった。なぜだと思う？」

羽瑠が答えた。

「犯人が盗んだんじゃない？」

「何のために？」

「ブランドものの高価な服で、欲しかったとか」

「そんな服を登山に着ていくかな？」

「じゃあ、置いておくと犯人が誰かバレちゃうような、そういうものだったんじゃない？」

「それが考えやすいね」

「胸に犯人の名前がプリントされてたとか」

「それはないだろう」久能はかるくスルーして言う。「たぶん一番多いのは、格闘したときに犯人も出血して、その血液が被害者の衣服に付着してしまったってパターンだ」

それはよくあるケースだ。衣服に血が付着してしまえば完全に拭い去るなんて不可能だから、脱がせて焼却するしかない。

「……でも、そう考えるとおかしい点がある。何でアンダーシャツまで持ち去り、ズボンや靴は残していったのかだ」

「血は下着まで染みてて、ズボンや靴には飛び散ってなかったんじゃない？　ズボンを脱がせて慎重に調べてみて、大丈夫だってわかったから残していったのよ」

「飛沫《ひまつ》なんてけっこう広範囲に飛び散るもんだよ。下着に染みるほど出血してたなら、ズボンにも肉眼じゃ気がつかないような微小な飛沫が付着している可能性が高い。そんなものを残していくより、シャツと一緒に持ち去ったほうが早いだろ？　脱がせたんならね」

そう言われると羽瑠もその通りだと思ったらしく、黙って考え込み、そして再び口を開いた。

「ダイイング・メッセージじゃない！」

「え？」

「憎き犯人の名前をシャツの胸に書き込んだのよ。自分の血で。そしたらそれが下着まで染みちゃってて……」

何でそんなものを胸に書き込むのか。そんなの小説の中でだって読んだことない。でも、それよりもわたしは指摘した。

「それなら何でズボンまで脱がしたの？」

「他にもダイイング・メッセージが書いてないか確認したのよ。ほら、パンツとかお尻にも書いてあったら、シャツだけ持ち去っても意味がないじゃない？」

「犯人の名前なら地面に書けばいいじゃない。岩場だったのよ」

「すぐバレて消されちゃうでしょう？」

「シャツに書いたってバレて消されるでしょう」

実際シャツは脱がされて持ち去られている。もちろん、ダイイング・メッセージが書かれていたからという理由ではないだろうが。

「じゃあさ」羽瑠がまた何か思いついた。「裸にすることが犯人からのメッセージだったってことはない？」

「メッセージって？」

「劇場型犯罪ってあるじゃない。被害者の腹を切り裂いて内臓を持ち去った連続殺人犯だっているくらいなんだから、次々に被害者を裸にして自分の犯行だとアピールする犯人……みたいな」

「他に被害者を裸にした殺人事件なんておきてないわ」

「今回が一回目なのよ。これから連続させるつもりなの」

「じゃあ何でシャツだけ持ち去ったわけ？」

「それは……」

するといままで黙って聞いていた久能が口を開いた。

「それより、犯人は何がしたかったのかが問題じゃないか？」

「え？」

「登山中に道に迷って死んだように見せかけたかったのか？　それなら裸にするのはおかしい」

「だからダイイング・メッセージを書かれたんで急遽脱がせたとか、そういうことなのよ」と羽瑠。

わたしは別の点を指摘した。

「それなら、そもそも広場の真ん中に転落死体を置いておくことがおかしいじゃない。何に偽装するつもりだったの？」

久能はかるく微笑んで、言った。

「そろそろそっちの話もしようか。どうして転落死なのか……」

羽瑠も頷いた。

「その点でいくと……」久能は言った。「やっぱりヘリや飛行機を使った可能性をもう一度考えてみるべきじゃないか」

「だから……」

「たしかにヘリを使ってそんな場所に転落させる理由はない。でも、本来の計画が失敗したために被害者がそこに転落して死亡してしまったという可能性は消えてないだろ？」

たしかにその可能性はわたしも考えていた。けれど、まずは久能の考えを探るため、「どういうこと？」と聞き返した。

「その周囲は人里離れた山林だったんだろう？　犯人の計画はその森の中に落とすことだったのかもしれない……。その有賀って男はヘリか飛行機の操縦はできるのかな？」

「できないはずだけど」

「でも、密かに海外に行ってセスナ機の操縦の訓練を受けていたとか、あるいは操縦できる共犯者がいた可能性はあるわけだね」

「可能性はね」

「例えば有賀が出張先まで電車を使ったように見せかけて、実は共犯者が操縦するセスナ機で向かったとしよう。もちろん被害者も乗せてね。そしてその途中、発見現場近くの森の上空で突き落とそうとしたんだ。でも、被害者は当然抵抗するだろう？　もみ合っているうちに予定の場所に落とせなくなって、あやまって採石場に落としてしまったんじゃないかな」

　すると羽瑠が声を上げた。

「それよ！　機内で格闘しているときに服が破れて上半身裸になったの。だから犯人は地上へ行ってパンツも脱がせた」

　スルーして久能に訊いた。

「どんな目的で飛行機から落としたの？」

「監禁して絶食させていたことを考えれば、山で遭難して死亡したように見せかけるのが犯人の狙いだったんだろう。登山用の服を着せていたのも、被害者の家から登山用具が無くなっていたのも、それが理由さ」

「でも、森の中に落ちたとしたって、転落するはずのない場所で転落死してたらおかしいってことにならない？」

「やってみたことはないからわからないけど、たぶん十五メートルくらいの高度から森の中に落ちたのでは即死はしないんじゃないか？　途中で枝に引っかかったりしてスピードが緩まるからね。でも大怪我をするから人里まで自力で辿り着くのは無理だろうし、スマホで連絡をとろうにも現場付近の山林は圏外だ。たぶん、しばらくさまよった後に死ぬ。それが犯人の本来の狙いだったんじゃないかな。移動した形跡があれば、どこで転落したかは勝手に解釈してくれる。近くに崖があれば、おそらくそこで落ちたあと這ってきたんだろうってね」

「それで、まさか飛行機から落としたとは思わないから、犯人のアリバイは成立するってこと？」

「そう」

たしかに、それならあり得るように思えてきた。

「でも、採石場の目立つところに落ちて即死してしまったわけよね。犯人はどうして放置したの？」

「これもやってみたことはないからわからないけど、セスナ機から何かを落とした場合、落下地点は確認できないんじゃないかな。落ちて行く間にも飛行機は前進してしまうからね」

「たぶん森に落ちたんだろうと思ってたってこと？」

「あるいは採石場に落ちたことに気づいていても、それでもかまわないって思ったのかもしれない」

「どうして？」

「どうせ誰も行かないような場所なんだろうし、後で行って、死体を森の中に移動する工作をしたりすると、そのことでかえって足がつくかもしれないって考え方もあるさ」

「じゃあ、どうやって被害者を裸にしたの？」

「それは犯人の仕業じゃないとしたらどうだ？　高校生の前に誰かが死体を見つけていて、でも彼は警察には通報せずに、何かの目的で服を脱がせたんだ」

「どんな目的？」

「それはまだわからないな」

それじゃあしょうがないじゃないか！

と思いつつも、裸以外の部分は説得力がある。

そうなんだろうか……。でも、やっぱりちぐはぐなかんじがした。

「犯人がそんなことをしたのって、アリバイ工作のためよね？」

「そうさ」

「でも、死体が発見された現場って、ほとんど人が行かないような場所なのよ。たまたま採石場の真ん中に落ちたから高校生が見つけただけで、予定どおり森の中に落ちてたら、たぶんまだ見つかってないかもしれない。でも、アリバイ工作でそんなことをするなら、早めに発見してもらって、死亡推定時刻をできるだけ正確に出してもらわなくちゃ意味ないんじゃない？」

「このトリックは『保険』のためのものだって考えられないかな？　死体が発見されないならそれでいい。よしんばすぐに見つかってしまったとしてもアリバイは成立する」

「でも、死体が見つからないのが一番いいわけよね」

「そりゃあ、死体が無ければ殺人事件として立件もされずに、行方不明って扱いになるだろうからね」

「そうだとすれば、死体に錘《おもり》を結びつけて海に落とすのが一番確実よ。ロープが切れて浮かんで来ないかぎり、まず見つからないわ。それで、飛行機があるなら海まで飛ぶのはそう難しいことじゃない」

すると久能は少し黙考してから「そうだな……」と認めた。すると今度は羽瑠が口を開いた。

「やっぱ気球なんじゃないかな。あれってそんなにスピードは出ないでしょう？　海まで行くのが無理だったんで、森の中に落としたんじゃない？」

「気球なんて大きなものを飛ばしたら遠くからでも見えるわよ。そんな証言は無かったし、あんな目立つものはトリックに使えないでしょう？」

「夜、飛ばしたんじゃない？」

「飛ばしてるときに見えなくても、離陸したり着陸したりする所を見られてもアウトなのよ。現実的な手とは思えない」

あんな目立つものは、当初から熱気球の事故に思わせるとか、堂々と人目に曝《さら》すことができる状況でしか犯罪には使えないだろう。密かに移動するために使うものではない。

久能は少しのあいだ考えていたが、表情を変えずにまた口を開いた。

「考え方を変えよう。やっぱり死体は現場に落下したわけじゃなくて、別の場所から移動してきたんじゃないかな？」

「そのこともさっき話したよね」

「どうしてそんな場所に移動したのかが問題だったね」

「そうよ」

「つまり、何か必然性さえあれば、充分考えられるわけだろう？」

「どういうこと？」

「まず、どこから移動してきたのかだけど、現場の様子を聞いたかぎりでいえば、近くにある崖で転落死したのを引っ張ってきたとは考え難い。発見された採石場がそんな山奥の人里離れた場所なんだとしたら、少しくらい移動させたところで意味があるとは思えないからね」

「じゃあ、どこ？」

「一番考えやすいのは出張先とか、つまりは有賀の身近な場所だな。十五メートルっていったら、五階建てのビルの屋上くらいの高さだろう？　たぶん彼はそんな場所から突き落として殺した後で死体を隠しておき、数日後に採石場まで運んでいって、そこで殺されたように見せかけたのさ。殺害現場がそこだとしたら自分には殺害は不可能だと思わせるアリバイ工作だね」

「それなら、どうして採石場になんて置いたの？　さっきも言ったように死体の発見が遅れ過ぎたらアリバイは成立しなくなるのよ」

「でも、考えてごらん？　例えばマンションの裏庭に死体を置いて、そこの屋上から飛び降りたように見せかけたとしよう。でも、裏庭なんて人目につく場所だ。もし死亡推定時刻から死体を移動させるまでのあいだにそこを通った住人がいて、あの時刻にはあの場所に死体は無かったなんて証言されたらトリックがバレてしまう。つまり、移動させるのは、死体を移動するまでの数日間他人が訪れないような場所じゃなきゃいけないんだよ」

「でも、高校生が行かなかったらどうなっていたと思う？」

「その高校生が訪れることを知っていたのかもしれない。自主映画の撮影だろう？　思いついてすぐに行くもんじゃない。何日に採石場にロケに行こうって予定をたてて準備をしてたんじゃないかな？　有賀は何らかの方法でそれを知っていたのかもしれない」

「そうだとしても、どうして広場の中央なの？　周りに崖もあったんだから、そこから落ちて死んだように見せかけたほうがいいじゃない」

「そこなんだけど……」と言って久能は指を一本立ててみせた。「ひょっとすると犯人の計画に狂いがあったんじゃないか」

「狂いって？」

「殺害した犯人と死体を移動した犯人が別だったらどうだろう」

「共犯者がいたってこと？」

「ああ。当初の計画では犯人は被害者を撲殺して立ち去り、その後で共犯者が現場にやってきて死体を移動する手筈だった。だけど、何らかの事情があって転落死させてしまったんだ。でも、そのことを共犯者に伝える手段がなかったとしたらどうだ？　後からやってきた共犯者は撲殺されたものと思い込んで、死体を転落死するはずのない場所に運んでしまったんだ」

「でも、現場は転落死したように偽装してあったのよ」

「そのつもりはなかったのかもしれない。転落した跡って言っても、衝撃で地面が窪んでいたのと、出血の跡があったことくらいだろう？　地面には元からたまたま窪みがあったのかもしれないし、撲殺現場だと偽装するためだって、やっぱり血は撒《ま》くだろう？」

「凶器も落ちてなかったし」

「犯人が持ち去ることだってあるだろう？　むしろ何もない採石場に死体と並んで凶器が置いてあったほうがわざとらしくないか？」

「裸にしたのは？」

「そこはまだわからないな」

わたしは少し考え、それから言った。

「でも、撲殺じゃなくて突き落としたってことを、そのときは伝えられなかったかもしれないけど、後で連絡を取り合うことはできたんじゃない？」

「まあね」

「だったら、そんな不都合が生じてしまったってわかった時点で、また採石場に行って崖の下まで動かせばいいじゃない」

「でも、その場所が現場だと偽装するために血を撒いたりしたわけだから、あらためて移動なんてしたら、そのことが謎として残ってしまうんじゃないかな。血痕って、肉眼では見えないくらい拭き取ったとしても、薬品をかければバレるんだろう？　転落死した場所に血痕が妙に少なくて、他の場所に血痕があったら事故ではなく殺人だとバレてしまう……」

そうなんだろうか……。やっぱりちぐはぐな気がする。

「共犯者に死体の移動を頼んだのって、つまり殺した後すぐに運ぶためよね」

「そうだね。犯人は殺した後すぐにアリバイを作って、そのあいだに共犯者に死体を移動させて殺害現場が遠隔地だと思わせ、彼には犯行は不可能だと思わせるトリックだよ」

「でも、さっき採石場を選んだのは、死体を運ぶまでのあいだに誰かがその場所を訪れて、そのときには死体は無かったって証言されたら困るからだって言ってたでしょう？　でも、殺してすぐに運ぶんならそんな必要はないわよね。それこそマンションの裏庭で充分なんじゃない？」

久能は何か言い返そうと口を開いたが、すぐにまた閉じた。答えに窮している様子だ。わたしは続けた。

「そもそも登山用の服を着せられていたことから見て、犯人の計画は被害者が山で遭難して死亡したように偽装することだったんでしょう？　そのために三日間監禁して絶食させたりしてたんだから。それで何で撲殺なわけ？　むしろ最初っから転落死させる計画だったっていうほうが理解できるわよ。遭難して山中をさまよっているうちに、うっかり崖から転落して亡くなるってことはあり得るから。でも、遭難して亡くなったように見せかけるのに、当初の計画が撲殺ってことはないんじゃない？」

わたしの反論が痛いところを衝《つ》いていたのだろう。久能は「そうか」とだけ言って、そのまま黙考しながら部屋の中を歩き回りはじめた。

すると今度は羽瑠が口を開いた。

「こういうのはどう？　犯人の計画は別の場所で被害者を転落死させて、その死体を採石場の崖の下まで運ぶことだったの。でも、いざ実行してみると予定外の事態がおきて、広場の真ん中に置いてくることになってしまった……」

「予定外の事態って？」

「採石場に来てみたらちょうどいい崖が見当たらなかったっていうのはどう？　やってみると死体を担いで歩くのは大変だし、そのうち面倒になってきて、もうここでいいやって広場の真ん中に置いてきたのよ。謎が残るだろうけど、べつにそれで自分が捕まるわけじゃない……ってね。案外真相ってその程度のことなんじゃない？」

「わざわざ人里離れた採石場まで運んでいったのに、そこで最適な場所を探すのが面倒になるわけ？」

「石材を運び出してた道路があるでしょう？　採石場までは車で簡単に運べるわよ。でも、そこから先は車で移動するわけにはいかなかったんじゃない？　そこで初めて死体を担いで運ぶことの大変さを知ったのよ」

「死体のあった広場は車でも乗り入れられるの。もともとはトラックをそこに停めて石材を積むのに使ったところよ。人が担いで運ぶ必要はないし、車に乗せたままでももっと崖寄りの場所まで行けたはずよ。それなのに死体は広場の真ん中にあったの」

　すると久能も続いた。

「そもそも死体を放置するのにそんな採石場を選ぶ犯人だ。行き当たりばったり行動するタイプじゃないだろう。実行の前に下見くらいしたはずだし、そのとき死体をどのあたりに運ぶのかも目星をつけておいたんじゃないか？　当日になってどこに置くか迷ったりしないはずだよ」

　しかし羽瑠はめげずに新しい話をはじめた。

「こういうのはどう？　そんな犯人なら下見に来たとき、死体を置こうって決めた場所に目印くらいつけておいたんじゃない？　でも、地面に書き込んだんじゃ後で消すとき困るから、何か目立つものを置いておいたのよ」

「それくらいやったかもね」

「それで、下見は当然昼に行ったんだけど、死体を運ぶのは夜にしたのよ。死体を運ぶのを誰かに見られないですむから」

「そうね……」

「でも採石場だから当然外灯なんてないでしょ？　辺りは完全な真っ暗闇だったの。そんな中で車のヘッドライトや懐中電灯をたよりに目印を探して、そこまで死体を運んだのよ。でも、そのときその目印が犯人が置いた位置から移動していたとしたらどう？」

「目印がそこに移動してたんで、広場の真ん中に置いてしまったってこと？」

「考えられるでしょう？」

「どうして移動するの？」

「例えば強風に飛ばされて転がったとか、野生の動物がイタズラしたとか、どんなものを目印にしたかわからないけど、何かの事情で動いちゃうってことはあるでしょう？」

「周囲を確認しなかったの？」

「真っ暗闇の中の作業だから……。山の中とかで、ほんとうの暗闇の中に行ったことがある？　びっくりするくらいに周囲が何もわからないものよ。懐中電灯の光なんてそんなに遠くまで届かないし、ヘッドライトは一方向しか照らさないでしょう？」

「でも目印があったのは崖のすぐ近くのはずでしょう？　懐中電灯の明かりだって、すぐ近くに崖があるかないかくらいわかるでしょう」

「崖から少し離れた場所に置くつもりだったんじゃない？　天然の崖から足を踏み外したら、普通真下には落ちないものなんじゃない？　途中で突き出た岩にぶつかったりして、少し離れた場所に落ちていたほうがリアルでしょう？」

「それだって確認すればすむことよね。少し離れた場所に崖があるかどうか……。その程度の手間も惜しむなら、はじめから昼間に死体を運べばいいのよ。慎重を期して目撃者に見られないように夜間に運ぶくらいの気持ちがあるなら、死体を置くときにも当然慎重に周りを確認するくらいするんじゃない？」

そんなやりとりを久能はベッドに座り込んで腕を組みながら聞いていたが、羽瑠が黙り込むとゆっくり口を開いた。

「実際の殺害現場から運んできたっていう線を想定すると、どうしても何でそんな場所に死体を置いたのかが問題になってしまうね。考え方を変えたほうがいいのかもしれない」

わたしもそう思う。でも、そうすると他にどんな可能性が考えられるのだろうか？　質問すると、久能はゆっくりと答えた。

「空から落としたわけでもない。転落死したのを運んできたわけでもないのなら、あとは地上から高所に持ち上げて落としたっていうケースを考えるべきだろう」

「地上から？　でも、どうやって持ち上げるの？」

十五メートルといえば五階建てのビルくらいの高さだ。そう簡単に運び上げられはしない。

「大型のクレーン車を使えば運び上げられない高さじゃないよ。それに、採石場へは石材を積んだトラックが出入りしてたはずだから、かなり大型の車両でも大丈夫なんだろう？」

「それはそうだけど、どうしてそんなことをしたの？」

「犯人は遭難して転落死したように見せかけて殺す計画だったんだろう。でも、被害者を崖の上まで連れていって突き落とすのは大変だし、抵抗されたら自分にも危険がおよぶ。薬で眠らせてから落としたのでは、検視された場合体内から薬の成分が発見されるおそれがある。両手両脚を縛って落とすのは問題外だ。そこで一番安全で確実な方法は、クレーン車を使って運び上げて落とすことだと考えたのかもしれない。ちょうど崖と同じ高さから落とせば、そこから落ちたように見せかけられる」

とんでもない考えだと思った。そんな犯罪は聞いたことがない。でも考えてみれば、大型のクレーン車さえ簡単に利用できるのなら、転落死に見せかける方法としては合理的なような気もしてきた。

でも、今回の場合大きな疑問が残る。

「でも、それならどうして広場の真ん中なの？　崖から落ちたように見せかけるなら崖の近くに落とせばいいじゃない？」

「何か不都合なことがおきてそうなってしまったんじゃないかな」

「どんな？」

「そこはまだわからないけどね」

けっきょくダメじゃないか。と、心の中で独り言ちた。

するとまた羽瑠が目を輝かせて口を開いた。

「ねえ、前にテレビで逆バンジー・ジャンプっていうのを見たんだけど、あれじゃない？」

突飛な発想にわたしは目を丸くした。

逆バンジーは、わたしもテレビで見たことがある。たしかに大がかりな逆バンジーなら地上十五メートルまで飛ばすことも可能なのかもしれないし、崖から落ちたように見せかけられるのかもしれない。

「でも、どうして広場の真ん中なの？　崖から落ちたように見せかけるんじゃないの？」

「最初はそうするつもりだったのよ。でも、思わぬ事態がおきたの。崖の下から逆バンジーで真上に打ち上げるはずだったのに、何かの不具合がおきて斜めに打ち上がってしまったのよ。それで死体は放物線を描いて広場の真ん中に転落したの」

おもしろいアイデアだ。でも、ツッコミどころがいくらでもある。

「それなら、どうして死体を崖の下に移動しなかったの？」

「さっき光爾さんが言ってたじゃない。一度転落死したら痕跡が残っちゃうって……。どっちにしろ謎が残っちゃうなら、余計な証拠を残さないよう、あえて手を加えなかったんじゃない？」

そうは言っても、あんな場所に転落死していても事故には見えないだろうと再びツッコミたくなったが、それより他の点を指摘することにした。

「十五メートルも打ち上げるとしたら、その逆バンジーってかなり大がかりな装置よね。そんなものをどうやって運んで行ったわけ？　分解して運んで行って崖の下で組み立てたの？　それだけでも大変な作業よ。一人じゃたぶん無理だろうし、共犯者が一人くらいいたって……」

するとと久能が口を出してきた。

「それなら方法はあるよ。まずその装置を大型のトラックの荷台に設置しておいたらどうだ？　そうして採石場の崖のなかで、近くまでトラックで近づける場所を探すんだ。犯行時にはそこにバックで入れて、荷台の装置に被害者をセットしてから打ち上げる……」

「それは無理。採石場に崖はあるけど、石材を切り出した跡だから、そんなきれいに切り立った崖にはなってないのよ。大きな階段状になってたり、凸凹《でこぼこ》した坂になっていたりして、トラックで近づくなんてできないわ」

すると羽瑠が口を挟んでくる。

「すぐ近くは無理としても、ぎりぎり崖から落ちたように見える所まで寄れないの？」

「だめ。人間が運ばないと無理よ」

「じゃあ……、むしろ逆なんじゃない？　平らな場所に停めたトラックの荷台から、被害者を逆バンジーで斜めに打ち出して崖の下まで運ぶのが犯人の計画だったんじゃ……。それがコースが狂って真っ平らな場所に落ちちゃったのよ」

「それも無理。その場合、死体は放物線を描いて飛んで斜めに着地するわけよね」

「うん」

「そんなふうに着地した場合、斜めに落ちた痕跡が残るのよ。死体には斜めに力が加わった跡が残るし、出血した場合、血は真下にではなくて斜めに飛ぶの」

「そんな痕跡は無かった？」

「そう。死体は真上から落下してきたの。それが検察が出した結論よ」

「それなら、死体があった場所でトラックを停めて、斜めに打ち出す予定だったのに、間違ってほぼ真上に打ち上げてしまったっていうのは？」

「あり得ないでしょう？　死体があったのは広場の真ん中なのよ。どうしてそんな場所から打ち出すの？　斜めに飛ばすにしたって、もっとトラックを目的の崖に寄せて停めるでしょう。どうしてそんなに遠く離れた場所から飛ばすわけ？」

　すると羽瑠もその通りだと思ったらしい。俯いて、しゅんとなってしまった。

「だいたいそれじゃあ、どうして被害者が裸だったのかもわからないじゃない。どう？　降参する？」

　さっきからあまりしゃべらない久能にそう言うと、「まさか」と返してきた。

「アイデアが出ないの？」

「いや、ちょっと思いついたことがあるんだけど、あまりにも空想的な気がしてね……」

「何？　とりあえず言ってみたら」

　羽瑠の奇妙なアイデアをさんざん聞かされた後だ。いまさら何を言われても驚きはしない。

「そうだな……。あまりにも奇妙だと思うけど、他の可能性が否定されたのなら、それも考えてみるべきなんだろう……」

　ずいぶん勿体ぶった言い回しだ。じれったくなって「どんなアイデアよ」と訊いた。すると久能は言う。

「犯人は……、現場に櫓《やぐら》を建てたんじゃないかってことさ。十五メートルくらいのね」

「櫓？」

「もちろん、しっかりしたものではなかったろう。たぶん工事現場の足場みたいなかんじのやつさ」

「何のために？　だって大変な手間でしょう？　そんなのを作るのって。一人で建てられるわけ？　他人に頼んで二人がかりでやったなら、その共犯者から足がつくことも考えなきゃいけないのよ」

「そのへんはわからないところなんだけど、追い追い考えるとしよう。とにかく崖から突き落とすのでは不都合な点があるんで、転落させたい地点に櫓を建てて、そこから落として崖から転落したように見せかけることにしたんだ。ところが急拵《きゅうごしら》えの櫓だ。被害者が最上階まで上がったところで一方の柱が崩れて、そのまま崖と反対方向に倒れてしまったんだ。それで被害者は櫓の最上階から転落して地面に叩きつけられて死亡した。そこが死体のあった地点さ」

崖から突き落とすのでは不都合な点というのが一番疑問だが、久能が言うようにそこは後回しにしておこう。それでもおかしな点がある。

「崖以外の場所から転落させるためにそんなものを建てる必要はあるの？　十五メートルなら消防署のハシゴ車でも充分届くのよ」

「消防署から盗むわけにもいかなかったんじゃないのかな？」

たしかにそうかもしれないが、もっと大きな疑問がある。

「櫓を建てたとして、倒れたとき犯人はどこにいたの？」

すると久能は頷いて、「それも疑問だね」と返してきた。

「被害者が一人で櫓に上がっていって飛び降りるわけないよね。たぶん犯人も一緒にいたはずでしょう？　それで櫓が倒れたのなら、犯人も一緒に十五メートル上から転落したんじゃない？」

十五メートルも転落して無事でいられる人間なんていないわけない。それなら死体は二つ転がっていたはずだ。

その時羽瑠が勢い込んで口を開いた。

「こういうのはどう？　被害者は三日間絶食してたんでしょう？　その間どこかに監禁されてたのよね。だとすれば、その櫓の最上階に閉じこめられてたんじゃない？　つまり犯人は被害者をそこまで上げて、自分だけ下に降りた後で、最上階まで上がる梯子《はしご》を取り去ってしまったのよ。被害者は高所恐怖症だって言ってたよね。だから怖くて身動きもできずにじっとしていたの。犯人はそうやって被害者をしばらく絶食させた後で、頃合を見計らって再び最上階に上って突き落とす計画だったんじゃない？　ところがその間に櫓は倒れてしまった……」

たしかにそれなら櫓の最上階に犯人がいなかった理由にはなる。でも、わたしは反論した。

「いくら高所恐怖症だって、そんな櫓の最上階に取り残されたら柱を伝って降りようとするでしょう。そんな急拵えの櫓なら、たぶん最上階が完全な檻になってるわけでもないだろうし、夜なら何も見えないんだから下を見ても足がすくんでしまうこともないんじゃないの？　三日もあったら何とか自力で降りようとするでしょう。だって、そのままじっとしていたって殺されるのを待つようなものなんだから」

するとと久能がおもむろに口を開いた。

「それ以前に、さっき自分で説明していて思ったんだけど、やっぱりいままでのアイデアには根本的な無理があるね。広場の真ん中に死体があった謎に気をとられすぎていた……。いまの羽瑠ちゃんの説にしても、そもそもそこまでして絶食させなきゃならない理由がない。犯人の目的が遭難したように見せかけることだとすれば、三日間さまよった後に崖から転落したように見せかけるのも、ただ登山中に道に迷って崖から落ちたように見せかけるのも同じことだよ。どっちにしろ崖から落ちたら死ぬんだからね」

「つまり、崖から転落死したように見せかける計画なら、監禁して断食させる理由はないってこと？」

「さらに言えば、そこまでして転落死を装う必要もない。遭難死に見せかけるのが目的なら、それ以外の殺し方だってあるはずだ。もっと手がかからなくて証拠を残さないやり方が……」

たしかにその通りだ。飛行機や熱気球の使用にしろ、死体の移動にしろ、バンジー・ジャンプや櫓にしろ、現場の謎を説明するアイデアとしてはおもしろいかもしれないが、犯人側の計画として見るならば、そもそもそんなことをする必要はない。現実的に考えれば、遭難死に見せかけたいのなら、被害者が登山に行った形跡を偽装し、あとは自分が偽装した証拠を残さないことだけを考えればいい。しかし、それだと採石場の真ん中に転落死体があった謎は説明できない。

久能はベッドから立ち上がり、鉄格子の向こうをゆっくりと歩きまわっていた。そして数分してから静かに足を止め、俯いたまま言った。

「犯人の目的が被害者を餓死させることだったとしたらどうだろう？」

わたしと羽瑠は同時に、「餓死？」と聞き返した。

「そうだ。餓死させてから山中に放置すれば遭難して自然死したように見える。そのために死ぬまで監禁しようとしたんじゃないか？　でも、町中で監禁するわけにもいかない。大声で助けを呼ばれたり、ドアや壁を叩かれて誰かに気づかれたりしたら困るからね。だから大声を出しても誰にも聞こえないような人里離れた場所に監禁したんだよ」

「それが採石場？」

「たぶん犯人は高校生が撮影に来るなんて知らなかったんだろう。そこなら誰にも見つからないと思ったんだ。それに周囲は山林だから、餓死した死体はどこかに運ぶ必要もなく、そのへんに捨てられる。それで、被害者が絶対に抜け出せないような頑丈な檻を作るのは大変だから、被害者が高所恐怖症であることを利用して、高所に監禁することを考えたんじゃないかな？　ノックスっていう作家が書いた短編にそういうのがあるんだ。たぶん犯人はそこからヒントを得たんだよ」

さっき羽瑠が言った、櫓の上で監禁したという説だろうか。

「でも、それだって櫓は建てなきゃならないわけでしょう？」

「いや、そんな必要はない」

「でも……」

「櫓って言ったのは、あくまで転落死を装うのが目的なら崖の近くに建てたはずなのに、死体は広場にあったことを説明するためだ。はじめから餓死させるのが目的なら監禁するのは広場の中央でいい」

「でも、どうやって高所に？」

「例えば被害者を自動車に乗せて、さっき言ったような大型のクレーン車で地上十五メートルまで引っ張り上げておけばいい。周囲に背の高い樹木がない広場の真ん中なら、どこかに飛びついて逃げられる心配はない。採石場なら地面は岩だから、転落すれば即死だ。つまり、そのまま放置しておけば確実に餓死するはずだ」

たしかに、被害者を薬で眠らせるなどして車に乗せ、そのままクレーン車で持ち上げれば、高所恐怖症の被害者を閉じこめておくことは可能かもしれない。餓死するまで放置しておけば体内から薬の成分も消え、検視してもわからなくなるはずだ。

すると羽瑠が訊いた。

「それじゃあ、被害者はそこから脱出しようとして、失敗して転落死したわけ？」

「このまま待っていても誰も助けには来ないし、死ぬのを待つだけだってことは二、三日も吊り下げられていれば覚るだろう？　生き残るためにはイチかバチか脱出を試みるしかない。自動車の屋根に上り、吊ってあるロープをよじ登って、クレーン車のアーム伝いに降りられないかって……」

「そんなことできるの？」

「いくら可能性は低くたって、それしか方法が無いならやってみるだろう。そうしなければ、ゆっくり餓死するのを待つだけなんだからね」

わたしは指摘した。

「被害者は高所恐怖症なのよ」

「さっき言ってたろう？　夜になれば周囲なんてまったく見えなくなる。地上を見て足がすくむってこともなかったはずだ」

そうなんだろうか……。

たしかにそう考えれば、被害者があんな場所で転落死していたことの説明はつく。

「そのクレーン車や吊っていた車は、犯人が後からやって来て運び去ったわけね」

「ああ。たぶん様子を見に来たんだろう。クレーン車が誰かに見つかって、被害者が救出されているって可能性もないわけじゃないんだから」

それで転落死している被害者を見つけ、犯人はクレーン車だけ運び去ったわけか……。

それならなぜ死体を崖の下に運び、そこから転落死したように偽装工作しなかったのだろう？　でも、それはさっき久能が説明した通り、手を加えることで証拠を残してしまう可能性を考えれば、放置したほうがいいと思ったのかもしれない。

「じゃあ、裸は？　どうして犯人は服を脱がせたの？」

羽瑠が訊いた。たしかに、その謎がまだ残っていた。

「羽瑠ちゃんが言ってたダイイング・メッセージってアイデア、あれが正解だったんじゃないか？」

「ほら！」と羽瑠は得意そうな笑みを浮かべる。「でも、どうして？」

「被害者は車に乗せられて吊られたまま長時間放置されてたんだ。その間に犯人の名前を書き残しておこうと考えたとしてもおかしくない。でも、どこに書く？　地面には手が届かないし、車体に書いたって犯人に運び去られてしまうはずだ。スマホも持ってないから打ち込むわけにもいかない。だとしたら、書き込む場所は自分の身体しかないじゃないか」

そうか……。だからシャツに。久能は説明を続けた。

「自分の死体を最初に見るのは犯人だろうと思っていたはずだ。車から降ろして、遭難したように偽装する必要があるからね。だから見やすい場所に書いたのでは犯人に見つかって消されてしまうと考えた」

「じゃあ、どこに？」

「上着を脱いで、シャツの背中に書いたとか、そんなところだろうね。上着を着てしまえば見えない」

「でも、見つかってしまったのね」

「筆記用具もなかったはずだから、自分の血を指先につけて書いたとか、そんなところだろう。だから血がアンダーシャツや上着にも付着していて、丹念に科学捜査されたら見つかってしまうかもしれないと思って、犯人は上半身の衣服をすべて持ち去ったんだ。そして他にも書いていないか確かめるためにズボンもパンツも脱がせた……」

「そう！　わたしもそう推理したからさっきダイイング・メッセージだって言ったの」

手柄を横取りした表情で羽瑠が言う。

たしかに、そう考えればあんな場所に転落死していたことも、被害者が裸だったことも説明がつく。でも、ほんとうなんだろうか？　少なくともこの線でもう一度調査し直してみたほうがいいだろう。

「どう？　いまので正解？」

羽瑠がニコニコしながら訊いてきた。真相かどうかはわからないが、具体的な反論ができない以上、探偵ゴッコとしては正解とすべきだろう。

そう答えると、羽瑠は大喜びで「やったあ！」とはしゃいだ。

4

一週間ほど後、わたしは報告を胸に地下室にやって来た。

「解決したわ！」

はやる気持ちのまま、階段を下りながら叫ぶ。見ると、鉄格子の向こうの久能はベッドの上でうつ伏せに横たわっていた。眠っているのかと思ったが、わたしの声に即座に反応してゆっくり仰向けに転がった。

「寝てた？」

「いや。目が疲れたんでね……」

そう言いながら片手で眉間を揉みながら、もう片手で枕元の本を指さす。

「あの事件、解決したの！」

わたしがもう一度くり返すと、久能はぼんやりと目を向けてきた。

「採石場の広場に転落死体があった事件よ」

そう説明すると、彼は思い当たったようで、「ああ」と興味なさそうに答える。相変わらず、自分なりに謎を解いてしまうとその事件への興味を急速に失ってしまうようだ。しかしわたしは強引に、その耳の中に押し込むように一気に説明した。

「あれからあのときの推理を捜査会議で提出して、真相なのかどうか調べたのよ。そうしたら有賀の親戚に土建業を営んでる男がいるってことがわかってね、そこの従業員に聞き込みをしたところ、会社で使っているクレーン車が一台、十日ばかり無くなっていたことがわかったの。それで検察が当該のクレーン車を調査したところ、アームの先端部分から被害者の指紋が見つかったの」

「先端から指紋？」

「そう。大和田は車を吊っていたロープをよじ登って、クレーン車の本体にまで手をかけていたのよ」

すると久能は初めて興味深そうに微笑んで、「凄いな」と声を洩らした。生き残るためにイチかバチかの賭けに出たとしても、まさか被害者がそんなところまで辿り着いているとは思ってなかったのだろう。わたしだってそうだ。

「人間の生きようとする一念って凄いものよね。大和田はもう少しで無事生還できるところだったのよ」

すると久能は大きく息を吐いた。

「助かった……、と思ったところで足をすくわれたのかな」

一瞬答えに窮した。大和田がどんな状況で転落したのかはまだわかっていない。けれど、たしかにもう大丈夫だと油断した一瞬に手を滑らせたというのはありそうな話だ。

「それで、有賀を逮捕して尋問したところ、すべて吐いたわ……。案の定、彼は大和田を薬物で眠らせて軽自動車の助手席に乗せ、採石場まで運転して行って、あらかじめ借り出してそこに停めておいたクレーン車で車ごと吊り上げて放置したのよ。そのまま餓死させるのが目的でね。それで一週間後に様子を見に行ったら被害者が転落死しているのを発見したそうよ。それで最初は死体を崖の下まで運ぼうって考えたらしいの。でも、死後時間が経っていたせいで、被害者の傷口の血液は完全に乾いていて、動かしたとしたら、死体には傷があるのに地面には血痕がまったく無いっていう奇妙な状態になってしまうんで、あきらめてそのまま放置したんだって。被害者を裸にした理由も推理した通りだったわ」

久能は「ああ……」と興味なさそうな返事をしてくる。

「動機は有賀の妹の復讐だったの……」一週間前には説明を拒否されたが、この機会に話してしまうことにした。「五年前、大和田と有賀の妹は一緒に登山に出かけたの。当時、二人はつきあっていてね。それで、有賀の妹は滑落して死亡し、大和田一人がもどってきたの。大和田は不幸な事故だったと話して、当初は有賀もそれで納得していた。でも、後で大和田が事故当時、社長の娘と二股をかけていたことがわかってね。そっちの結婚話を進めるために、邪魔だった有賀の妹を消したんじゃないかって疑いが出てきたのよ」

久能はつまらなそうに、「でも、証拠なんてなかったんだろ?」と言う。

「なかったけど、有賀は大和田が妹を殺したって固く信じていた。だから、あえて餓死なんて方法を選んで、大和田を苦しめてから殺そうとしたのね……」

そう説明しながら、わたしはまださっき久能が言ったことがずっと気にかかっていた。助かったと思ったとき足をすくわれたんじゃないかという言葉だ。

車を吊っているロープをよじ登り、クレーン車のアームに手をかけるまで、被害者はどれだけ苦闘したろうか。それに比べればアームを伝って降りてくるのはずっと容易な作業だ。しかし被害者はどこで手を滑らせたのか、勝利を九分通り手にしながらあえなく転落し、命を落としてしまったのだ。危険を充分に認識し、慢心せずにリスクコントロールできているうちは、一見どんなに危険に見えることでも案外大丈夫なものだ。それはバイクの運転と同じことだと思う。もう大丈夫だと油断したときこそ悲劇が訪れる。それは、どんな分野でも同じことかもしれない。

鉄格子の向こうでまた本を読みはじめた久能を見ながら、わたしは言い知れない不安に駆られていた。

檻に入った久能との生活をはじめてからもうだいぶ時間が経った。最近ではとりあえずこのまま続けていけば、少なくとも警察に見つかりはしないような気になってきている。

でも、ひょっとしたらいまが一番危ない時期なのかもしれない……。

第四話

防波館事件

1

「もし光爾さんが犯人じゃないとすれば、可能性はだいたい二つだよね」

羽瑠は紅茶を一口啜《すす》ってから話しはじめた。

「犯人は家族のうちの別の誰かなのか、あるいは家族以外の誰かで、トリックを使って足跡をつけずに現場から逃走したのか……」

初夏の日差しがリヴィングいっぱいに溢れていた。

今日はわたしの仕事は休みで、羽瑠が午前中から家に押し掛けていた。採石場の転落死体の話をした夜から約一月、あのとき羽瑠は自分も久能の一家殺害事件について調べると宣言した。その調査結果を報告に来たのだという。

「それで、まず家族の中の別の誰かが犯人ってほうを調べてみたの。光爾さんはその人を庇《かば》って罪を被ってるんじゃないかって……」

この家に移り住んでから、暇を見つけては久能の事件について調べてきた。そういう気持ちになった理由は説明しなくてもわかってもらえるだろう。

休日を利用しながら少しずつ調べているだけなので、まだそれほど解明されたとは言えないが、一家に殺人の動機を持つ者がいないかなどということは、当然もう調べてある。でもその情報は一切羽瑠には伝えなかった。だいたいのところ捜査のほとんどは地味で退屈な作業の連続である。そういう経験をすることで羽瑠が興味を失ってくれれば、わたしとしてはむしろ大歓迎だからだ。

「事件の頃の光爾さん一家と交友関係のある人たちを探し出して、話を聞いていったんだけどね……」

羽瑠はわたしの返事も待たずに、メモを記したらしいスマホを見ながら一方的に説明していった。

「まず光爾さんのお父様については、悪く言う人は誰もいなかった。大手の都市銀行に勤めていてね、人あたりは温和で勤務態度も至って真面目。だけど仕事よりは家庭を大切にするタイプで……これは昔会ったときの印象のままね。あまり出世には縁がなかったみたいだけど、銀行員なんだから収入は多かったはずよね……。お父様を知る人はみんな絵に描いたような理想的な父親だったって言ってたわ。もちろん家族を殺す動機なんて全然見当たらなかった」

わたしの調査結果と同じだ。羽瑠は続けた。

「お母様のほうはフラワー・アレンジメントの仕事をしていてね、勤務は不定期でそれほど収入はなかったみたい。たぶん旦那さんが高収入なんでとくに働く必要はなくて、趣味半分で仕事をしてたんでしょう。これも家の花壇をいつも花で埋めつくしているような、理想的な母親で、家族を殺す動機なんて全然見当たらなかったわ」

そして紅茶を一口飲み、羽瑠はさらに話を続けた。

「それから妹の里奈さん。事件当時は有名私立女子大学の大学院に在学中だったんだけど、事件の少し前まで両親と同居していた。友人も多くて、何人かに会ってみたけどみんな良家の子女ってかんじの女性で、現在では良縁に恵まれるか有名企業に就職していたわ。当時の里奈さんのことを訊いたら、周囲の評判は良くて、いわゆる悪い仲間とつきあっているという噂はなかったみたい。でもちょっと気になったのは、当時里奈さんは売れないロック・ミュージシャンの氷見《ひみ》という男とつきあっていて、プロポーズされていたそうなの。でも、お父様に強く反対されていたんで、家を出て彼の家で同棲していたそうよ。事件がおきたのは里奈さんがもう一度お父様を説得しようと、家にもどっていたときだった……」

わたしが調べた結果と同じだったが、答え合わせのつもりで黙って聞いていた。それにしても素人がよく調べたものだ。羽瑠は完全にこの作業にハマったようだ。

実際、知らない人たちではないだけに、久能の家族を調べることは妙な興味を引かれる作業だった。調べるほどに、小学生のわたしが見た光景に奥行きが生まれてきて、あの「理想の家族」は、あの頃の美しい姿のままで年月を経ていたことが浮かび上がってきた。

しかしその中で唯一、久能光爾だけは予想通り、理想的とは言えない人生を歩んでいた。羽瑠の話もそこに向かっていった。

「光爾さんはちょっと変わっててね、大学に入学と同時に家を出て一人暮らしをはじめて、卒業後には有名企業に就職したんだけど一年くらいで辞めてしまったらしいの。それで、『旅に出てくる』って一言だけ言い残して約一年間音信不通のまま海外を放浪していて、帰国してからは家にもどって両親と同居、高校まで使っていた自分の部屋に引きこもって、事件の日まで就職もせずに過ごしていたんだって」

「引きこもって何をしていたの？」

わたしが調べたかぎりではわからなかった。

「それがわからないの。亜季のほうこそ光爾さんから聞いてない？」

やっぱりか……。

「それとなく訊いてはみたんだけど、答えようとはしなくて……、はぐらかすばかりでね」

「話せないようなことをしてたわけ？」

「それもわからない」

しかしどうであれ、彼が家族のがんのような存在になっていたことは窺えた。

「亜季はどう思った？　そんなふうだったから、家族を殺したんじゃないかって？」

「それが動機になるのかもわからないわ。仕事もせずに両親に寄生していたのにそんなことをしたら、けっきょく自分の首を絞める結果になるわけでしょう」

「仕事しろって強く詰め寄られて逆上したとか……」

「それもただの臆測でしょう？」

「でも警察は光爾さんが犯人だって見てるんでしょう？」

「それは、現場の雪の上に彼が出ていった足跡だけが残されていたからよ。外部犯が出入りすることは不可能な状況だし、凶器にも指紋が残っていたから」

しかし動機の点から見ても、家族の中から怪しい人間を探すなら、やっぱり久能ということになるだろう。確とした動機はないが、仕事を辞めて引きこもって何をしていたのか謎だという点が怪しすぎる。

「別の誰かが凶器に光爾さんの指紋を付けて偽装したって可能性は？」

「そもそも凶器は家のキッチンにあった包丁だから、指紋が残っていること自体はおかしくはないの。家族なんだから」

「他の家族の指紋もあったの？」

「残ってたわ」

「家族の内の他の誰かってこともあるのね。動機はわからないけど」

その可能性はもちろん考えることはできる。家族のうちの誰かが他の全員を殺して自殺し、久能だけは逃げた……というような例だ。

「でも、それなら久能はどうして何も話さないの？」

「庇ってるんじゃない？」

「亡くなっている人を庇って、生きている人間が犠牲になるわけ？」

「でも、何か理由があるのかもしれないし……」

「理由って何？」

「それは……、わからないけど」

そう。わたしもそこがわからずにいるのだ。すると羽瑠は話を変えてきた。

「家族以外の誰かが犯人だっていうこともあり得るのよね」

「足跡の件がクリアできればね」

「どうやって現場から逃げたのかってことよね……」

「まあ、逃げたとはかぎらないけどね」

そう指摘すると、羽瑠は目を丸く見開いて「どういうこと？」と訊いてくる。

「第一発見者を疑えっていうのは捜査の基本よ」

「じゃあ、翌朝やって来て死体を発見したっていう、里奈さんのボーイフレンドの氷見って男？」

「可能性はあるんじゃない？」

「でも家に到着したときの足跡はあったんでしょう？」

「そう」

「死亡推定時刻は雪が止んだ後だって言ってたわよね」

「雪が止んだのが深夜の一時過ぎ、死亡推定時刻は同じく深夜の三時前後……。もし氷見が朝になってからじゃなくて深夜の一時過ぎに家を訪れたんだとすれば、犯行は可能よ」

「深夜一時は非常識じゃない？　いくら恋人の家だとしたって……」

「もっと早い時刻に里奈さんを送ってきて、そのまま家に一泊する……っていうのなら自然でしょう」

「じゃあ、足跡は？」

「計画犯罪なら、殺害現場を発見したときの足跡を偽装することは可能でしょう。例えば犯行時に氷見と、もう一人共犯者が現場にいたとしたらどう？　それでその共犯者が雪が止んだ後に氷見の靴を履いて後ろ歩きで現場から逃走したとしたら……。もちろん氷見の靴はあらかじめもう一足用意しておいて……」

「それで朝になってから、いま家に到着して殺人を発見したふりをして警察に連絡するわけ？」

「そう」

「それじゃない！　どうしていままで黙ってたの？　その氷見を逮捕すればいいじゃない！」

「それが、そうでもないの」

「どうして？」

「たしかに可能ではあるんだけど、これって実行された可能性はほとんどないトリックなのよ」

「どうして？　動機がなかったから？」

「その点は措いておくとしてもね。これってつまり、雪が降った日に、止んでから殺すトリックよね。前々から雪の日に決行しようと計画していて、たまたまその日にお誂え向きの雪が降ったので実行に移ったのかもしれないけど、でもその雪がちょうどいい時刻に止むなんてどうしてわかったの？」

「朝まで止まなかったら実行しないつもりで、たまたま止んだから殺したんじゃない？」

「また降り出したらどうなるの？」

「天気予報で止むって言ってたとか」

「外れたらどうするつもりだったの？」

天気予報なんてそれほど確実なものではない。そんなものに運命をゆだねて殺人を犯すなんて、現実的な計画とは思えない。

するとと羽瑠は何かを思いついた表情で言った。

「じゃあこういうのはどう？　犯人は現場から逃げてなかった」

「どういうこと？」

「氷見が通報したときにはまだ家の中のどこかに隠れていたの」

「でも氷見は警察官が到着するまで現場にいたのよ」

「だから、警察官が何人もやって来てから、それに紛れて逃亡したのよ。犯人は警察の制服を着てたんじゃない？　もしかしたら警官だったのかもしれないわ」

映画の見すぎだと思った。しかし不可能とも言い切れない。いまの時点で否定もできないと考え直した。

「そうだとしても疑問が残るよね」

「何？」

「それなら久能はその犯人から逃げたってことになるわけよね。だとしたら警察に自首して、真犯人が誰なのか証言すればいいわけじゃない。どうしてそうしないの？」

「それは、その犯人を庇ってるからじゃない？」

「だとすれば犯人は親しい人物のはずじゃない？」

「そうでしょ」

「なら、何で逃げたの？」

すると羽瑠は少し考えてから口を開いた。

「ひょっとしたら自分を犯人に見せかけるために、わざと足跡を残して行ったのかもしれない。真犯人を庇うために……」

「誰かを庇いたいのなら、自分が犯人だって自首すればいいのよ。それが一番確実じゃない。誰かを庇いたいけど刑務所には入りたくないから海外に逃亡するとかならまだ話がわかる。でも、いまの久能は刑務所に入ってるのとたいして変わらないじゃない？　何で自首しないの？」

「それは……」羽瑠は言葉に詰まり、しばらく黙ったあとで言った。「何かあるんじゃない？」

「その『何か』って何？」

「それがわかったら苦労しないよ！」

その通り。わかったら苦労しない。しかし何もわからず、久能は何も話さないのだ。

もう一つの問題は、久能にそうまでして庇いたい人物がいるのかということだ。調べたかぎりでは、事件当時の久能は部屋に引きこもっていて、とくに親しくしている友人等はいないようだった。したがってそんな人物は見当たらないと言ってもいいだろう。

でも嫌なのは、それでも思い当たる人物がいないわけでもないことだ。

それはつまり、兄だ……。

学生時代の親友とはいっても、事件当時兄が久能と頻繁に連絡を取りあっていたという形跡はない。しかし事実として久能は兄に匿われていたのだ。なぜ兄はそんなことをしたのだろうか？

久能が兄に助けを求め、自分の潔白を訴えたのかもしれない。そうだとすれば、そのとき兄に何を話したにせよ、警察に突き出さなかったということは兄はその話を信じたということになる。でもなぜ信じたんだろう。もし犯人ではないという証拠があったのなら、兄はそれを警察に提出すればいいはずだ。

しかし証拠が何にもないにもかかわらず、兄が久能を無罪だと確信していた状況というのも考えられる。それはつまり、兄こそが真犯人であった場合だ。兄ならば久能の友人であり、密かに侵入しなくても普通にドアから招き入れられるだろう。そして何らかの理由で三人を殺害し、しかし親友である久能だけは殺すにしのびなくて監禁したとしたら……。

もちろんあの兄が殺人犯だなんて信じられない。でも、そうだとすれば久能がわたしたちに真相を話したがらない理由は説明がついてしまう。兄がもう亡くなっている以上、あえて妹の耳には入れたくない真実だからだ。

しかし、まさか……。

可能性を考えておかなければならないことだと、頭では思うのだが……。

そのとき羽瑠が両手を上に伸ばして「あーっ」と大声を上げた。しばらく考え込んでいたのだが、集中力が途切れたようだ。

「光爾さんに訊いてみようよ」

「それができたら苦労はしない」

いままで何度話を聞き出そうとしても、上手くかわされて何も情報を得られずにいるのだ。

「亜季がやってだめだったとしてもさ、わたしだったら上手く聞き出せることもあるんじゃない？」

安易なアイデアだが、考えてみれば一理あると思った。

刑事として認めるのは悔しいが、子供の頃から羽瑠は話を聞き出したり嘘を見破ったりするのがわたしより上手かった。

他に手段があるわけでもないのだし、ここは一度羽瑠にも協力してもらって話を聞き出すことを試みるのも手だ。わたしは肯定の返事をしていた。

2

わたしたちが下りてゆくと、久能は地下室の鉄格子の向こうでベッドに横になっていた。本を読んでいたが、足音に気づいて一瞬顔を上げ、興味なさそうな顔でこちらを一瞥《いちべつ》した後に、また本のページに視線をもどした。羽瑠が訪ねてくるのも回数を重ねたせいで、もはや挨拶をする気もないらしい。

「上でね、光爾さんが犯人じゃないって可能性を考えていたの」

羽瑠は明るい口調で語りかけた。無実かもしれないと言われてるのだから少しは嬉しそうな表情をしてもいいはずだが、いつも通り、まったくそんな顔は見せなかった。

「犯行現場が目撃されてたわけじゃないんだから、別の可能性も考えられるわけよね」

羽瑠はめげずに続けた。しかし久能はこちらの魂胆を透かし見ようとする視線を向けてきた。

「指名手配犯を匿ってるんじゃなくて、無実の容疑者を守ろうとしてるんだって自分に言い聞かせたいわけかな？　罪の意識が軽くなるから……」

「そんなんじゃない……」

「ほら、この前の推理ゲーム、楽しかったじゃない。『乱歩城』の事件とか『妖精の足跡』のときも。あのときみたいに、光爾さん自身の事件のこともみんなで話し合えないかなって思って……」

羽瑠は久能を、あの事件を推理する探偵ゴッコに参加させようと試みるようだ。たしかにいい案かもしれない。あの三つの事件に対する反応から見れば、久能は実際の事件を推理することに興味があるようだ。それなら久能自身の事件を客観的に見て推理させ、他にどんな真相が考えられるのか推理させてみてはどうだろう。彼の推理自体を聞きたい気持ちもあるが、それ以上に推理する過程で警察がまだ知らない、しかし彼は実際に目で見て知っている情報を洩らすかもしれない。もちろん久能がそのゲームに乗ってくればの話だが。

するとと久能は本をパタンと閉じて立ち上がり、かるく背を伸ばした。

「ふん。僕じゃなきゃ誰が犯人だと？」

「可能性はいろいろ考えられるわけでしょ？」

「可能性だけならね。でも、現実的に考えるなら僕が犯人だっていうのが一番自然なんだよ。だから指名手配されてるわけだろう？」

「でも、別の可能性を考えてみたっていいじゃない」

「どんな可能性？」

「例えば……、物取りに侵入した者による犯行とか」

「事件当夜、現場に外部から侵入した形跡はなかった。だから内部犯による犯行だということになったんだよ」

「でも、もっといろいろ考えてみてもいいじゃない。……ゲームのつもりで」

「ゲームにできないから困るのさ。僕は登場人物に先入観がありすぎるんで、客観的に見るのが難しい」

やはり話に乗る気はないようだ。しかしわたしはこの機会に、いままでずっと訊きたかったことを確かめてみることにした。そんなにストレートに訊くのはどうかと躊躇していた質問だ。

「じゃあ、やっぱりあなたが三人を殺したの？」

真っ直ぐに目を見て問うと、久能は笑みを浮かべる。

「それは意味のない質問だね。やってないって答えたところで、それが真実かどうかどうしてわかる？」

「じゃあ、やってないの？」

「言えることは、状況証拠からすれば僕が犯人だって考えるのが妥当だってことだけだ。そうだろう？」

「それでもあなたの言い分が聞きたいの。その話が信じられるかどうかはわたしが判断するわ」

「そんな質問に答える気はないね。話したところで無意味だ」

問い詰めたところで答えないようだ。すると羽瑠が質問した。

「お兄ちゃんにはどう話したの？」

「え？」

「お兄ちゃんは光爾さんを警察に突き出さずにここに匿うことにしたわけよね。そのときどう説明したの？」

久能は黙って羽瑠を見た。羽瑠はさらに問い詰める。

「お兄ちゃんには話せて、妹には話せないわけ？　そんなの差別じゃない！」

「話したところで、それが夏彦にしたのと同じ説明かどうかをどう判断する？」

「それでも話してよ」

羽瑠はすがりつくような目で久能を見つめる。

すると久能は少し黙ってから、あきらめたような表情を浮かべた。

「そう二人がかりで責められたんじゃたまらないな」久能は苦笑いを浮かべる。そして視線を天井に向けて考えを巡らしてから再び口を開いた。「夏彦にどう説明したかを言えばいいのかな？」

やってみるもんだ。久能は何かを話そうとしている……。

わたしたちは二人で、それでいいと頼んだ。話してくれるのなら理由はどうでもいい。たとえそれが完全な作り話だったとしても、それをこちらで裏取りし、証拠を突きつけることで、真実を聞き出していく取っ掛かりになる。

「じゃあ、こうしよう。その前にもう一つゲームをしてみないか？」

何を言い出すのかと、思わず「ゲーム？」と聞き返した。

「取り引きみたいなもんさ。こっちが話すかわりに、そっちも何か話してくれないかな」

一瞬何を訊かれるのかと身構えたが、すぐに考え直した。答えたくない質問だったら嘘でも話しておけばいい。

「何が聞きたいの？」

「亜季ちゃんはいままで自分が扱ってる事件について話すことを拒んできたね。捜査上の秘密を明かすわけにはいかないとか……」

「そりゃ、そうでしょう……」

「こっちも秘密を明かすんだ。亜季ちゃんも一つ事件の話をしてくれ。実際の殺人事件で、解決していない、不可解な事件がいいな」

「捜査情報が聞きたいわけ？」

「その事件を、ゲームとしてここで解いてみようじゃないか。いままでみたいにね」

「また探偵ゴッコがしたいの？」

「僕が話せば、僕の事件も同じようにゲームとして扱われるわけだろう？　だったらその前に見ておきたいじゃないか。どんなふうに扱われるのか」

たしかに、自分の事件が俎上《そじょう》に載せられる前に、それを見ておきたい気持ちはわかる。

しかしわたしは一度黙った。捜査上の機密情報を久能に伝えるのは、それでも気がひける。たとえ相手は檻から出られないとしてもだ。

でも、今回はちょうどお誂え向きの事件があった。

北海道のある離島で奇妙な殺人事件がおき、いままで殺人事件など発生したことのない地域のため現地の警察官では対処できず、本庁の知り合いの刑事が捜査協力のために派遣されているのだ。『妖精の足跡』の事件や採石場の転落死体の謎を解いたことで、わたしには奇妙な事件の謎を解く才能があるように思われたようで、今日助けてほしいと相談を受けた。

もちろん奇妙な謎を解いてきたのはわたしではなく久能であるが、そのことを言うわけにはいかない。そして今回の事件の不可思議さも、まさしく久能に相談に乗ってもらいたいものだった。いままで奇怪な推理を披露してくれた彼ならば、今回も何かの示唆を与えてくれるかもしれない……。

とはいえ、本当に捜査上の情報を話してしまってもいいものか……。

でも、わたしが話せば久能も話してくれるというのなら、ここは覚悟を決めるときかもしれない。

「わかった。でも羽瑠には出て行ってもらっていい？」

すぐに羽瑠が文句を喚《わめ》きはじめた。しかし捜査中の事件の情報を羽瑠に話すわけにはいかない。久能だけなら、少なくとも檻の中なのだ。通信機器さえ与えなければ情報が外に洩れることはない。

「だめだね」しかし久能は言った。「僕の話は羽瑠ちゃんもいる前で話すことになるんだろう？」

すると羽瑠が、そうじゃなかったら久能のことをバラすと脅してくる。

仕方がない……。これが刑事として間違ったことだとはわかっている。でも、わたしは何としてでも彼から話を聞きたい。それに、間違いというならとっくに、この地下室の檻の中に久能がいるのを見つけ、彼を匿うことを決めたときに決定的な誤りを犯してしまっているのだ。

どういう結果になるかわからないが、ここは行くしかないだろう。覚悟を決めた。

「わかった。話すわ」

すると久能と羽瑠の意識が一気にこちらに集まるのを感じた。

わたしは、一つ深呼吸をした。

3

「じゃあ、密室殺人の話をするわ」

わたしはそう断った。すると羽瑠は嬉しそうに微笑んで身を乗り出してくる。

「フィクションじゃなくて実際の事件の話をしてくれないか」

久能はこちらの心を探るような目で見てきた。

「実際の事件よ」

「小説の中の話だろう？　密室なんて」

「そうでもない。ポーが『モルグ街の殺人』を書いたのだって、当時実際におきた密室殺人事件にインスピレーションを得たからだし」

「その話、聞いたことある」と羽瑠が同調した。

「つまり実際におきたことなのか」

「そう」

すると久能は、「わかった、その話でいい」と促してくる。

わたしは気を取り直して説明をはじめた。

「現場は北海道の近くにある離島。漁業が主な産業の人口の少ない島なんだけど、風光明媚な場所なんで別荘地としても開発されているの。殺人事件があったのは島民から『防波館』とか『六角館』と呼ばれている建物でね」

「旅館か何か？」

「個人宅よ」

「ただの家に名前が付いているのか」

「特徴のある家なんで、島内を案内するときの目印にもなっているし、見物に来る人もいるんだって」

「どんな特徴？」

「小高い丘の上に建ってる、上から見ると正六角形の二階屋なのよ。周囲は窓が少なく、ほぼグレーの壁で覆われていて、ちょっと見には中世の砦みたいに見えるそうよ」

「どうしてそんな家を？」

「その島は何度か津波に襲われたことがあってね、とくに二十年前のは大きくて、島内のほとんどの家が崩れたり流されたりしたんだって。でも、ある建築家が建てた家だけが、波を受けてもそのままの姿で残っていて……」

「特別な建てかたをしたのかな？」

「そうなの。あらかじめ津波が来ることを想定して、海側は窓を少なくして頑丈な壁で覆って、ドアも陸側に取り付けて、波が来ても耐えられるように設計したんだって。でも、建物自体は津波に抵抗して残ったんだけど、引き波に流されてきた倒木がドアを突き破ったんで、一階は水浸しになっちゃったらしいんだけどね」

　すると羽瑠が声を上げた。

「じゃあ『防波館』っていうのは、津波を防ぐ家って意味？」

「そう。家主がそのことをふまえて、その建築家に津波がどの方向から来ても、倒木が流されてきても大丈夫な家を建ててくれって頼んで、出来上がったのが現場の家ってわけ。全体を六角形にして、中庭を作って、窓は主にその中庭に向かって開いていて、外向きの窓は小さいうえにすべて嵌め殺しの分厚い強化ガラスなの。ドアから入るとまずエレベーターか階段で屋上まで上がって、そこから階段を下りて二階に入って、そこから中庭に下りて、一階の部屋には中庭から入るようになっているの……」

わたしは聞いた通りのことを、図を描いて説明した。(左図)

「つまり、ドアが壊れて水が浸入してきたとしても、家の中は浸水しない設計にしたってことだね」

「その通り。玄関ホールだけは水浸しになったとしても、屋上を越えて中庭に水が入ってこないかぎり大丈夫なように造ったんだって」

「屋上を越えてきたら?」

「いままでの記録を調べて、歴史上最大の津波が来ても大丈夫な壁の高さにしたらしいわ」

「丘の上に建ってるっていうのも、それが理由かな」

「そう」

「しかし、ずいぶんカネをかけたんだろうね。そんなに津波が怖けりゃ内陸に住めばいいのに」

「家主は貿易関係の仕事で大儲けして、早めに引退してその島に住むことにしたんだって。もともと海が好きだったんで海岸近くに住みたかったし、島の風景や自然環境が気に入ったそうで。資金はあり余るほどあったし、古書の蒐集《しゅうしゅう》が趣味だったんで、自慢のコレクションが水に浸かるのが何より嫌で、そんな館を作ったそうよ」

「まあ、自分で稼いだカネをどう使おうが自由だからね。それで?」

「家主は館野《たての》昂一《こういち》って名前にしておくわ。彼はもう十年以上もそこに住んでいて、一年前に奥さんを

一階

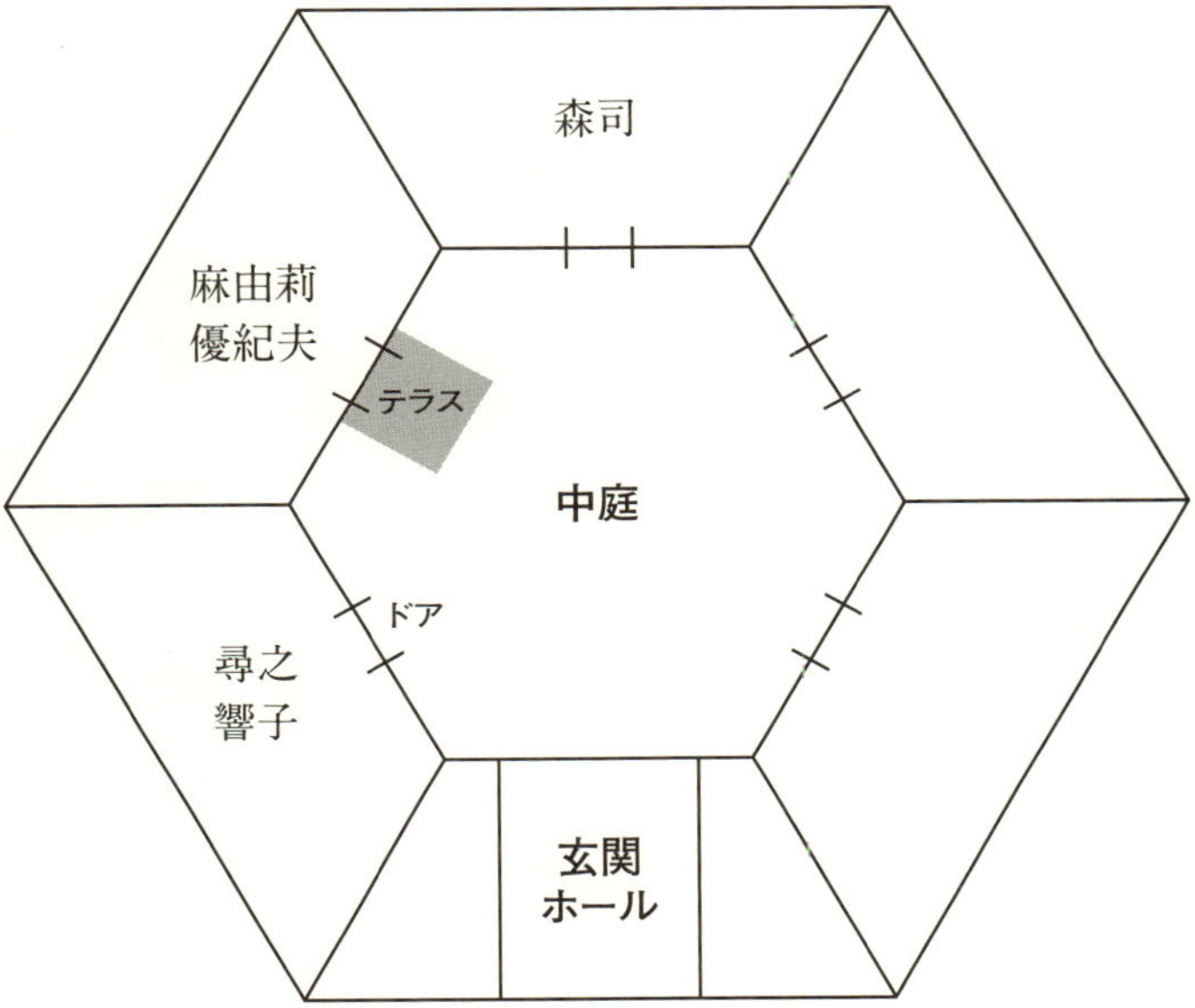

二階

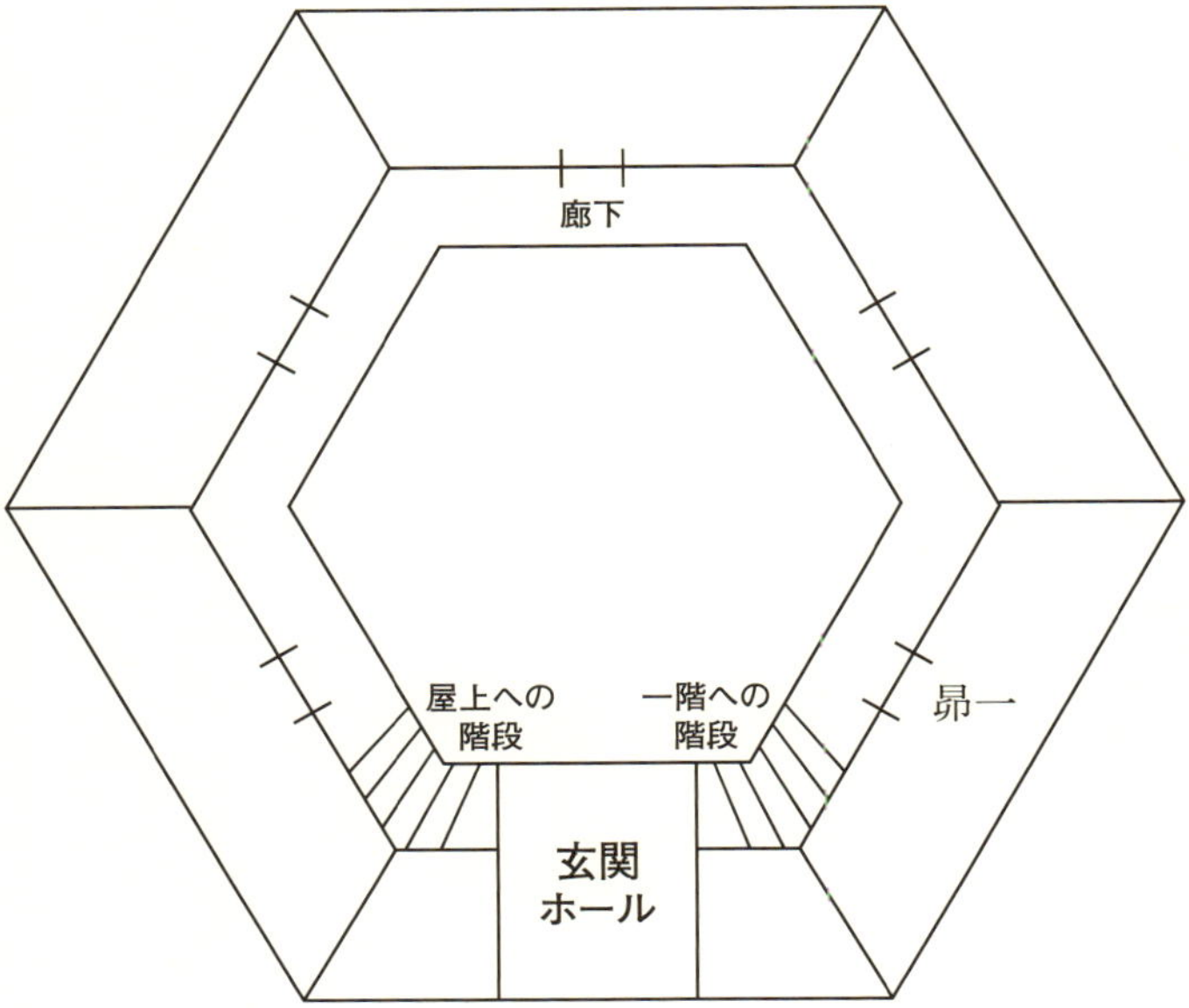

亡くしてからは一人で暮らしてたの。事件がおきたのは正月、普段は離れて暮らしている子供たちが家族を連れて訪ねていたときよ。来たのはベンチャー企業を経営している息子の尋之《ひろゆき》とその妻の響子《きようこ》。その長男で大学生の森司《しんじ》と、その妹でやはり大学生の麻由莉《まゆり》、それから麻由莉の恋人の優紀夫《ゆきお》の五人。昂一も入れて計六人が館にいたわけ」

そこまで説明したあと久能と羽瑠の顔を見て、続けた。

「事件がおきたのは三日の早朝、目覚めた尋之が中庭を見ると麻由莉が椅子に座ったまま動かないでいるのを見つけたの。雪が降った翌朝の寒い朝なのに、薄着でそんな場所にいるのを不審に思って行ってみるともう冷たくなっていたそうよ。地元の警官が行って調べたところ死因は絞殺、死亡推定時刻は前日の深夜零時頃だったわ」

すると羽瑠がつまらなそうに「それのどこが密室なの？」と言った。

「まあ聞いて。麻由莉がいたのは中庭のなかでもテラスになっていた所よ。石畳の上にいくつか椅子が並べられていて、上には透明なアクリル製の屋根があって、雨の日でもゆっくり庭が眺められるようになっているの。それで、その朝庭には全体に数センチの雪が積もっていた。前日は昼過ぎから夜十時くらいまで降っていたから……」

「死亡推定時刻は零時って言ったよね」

「そう」

「つまり、積もった雪に犯人の足跡が無くて、雪が止んだ十時以後、そのテラスに近づいた者なんて誰もいないはずなのに殺されていたから密室殺人ってわけかな？」

「そう。さっきも説明した通り、一階の各部屋には中庭を通らないと行き来できないのよ。中庭は中央に水盤があって、その周囲に芝生や植え込みがあって、一番外側が石畳の回廊になっているんだけど、回廊にはテラスの部分以外屋根はないの」

　すると羽瑠が不思議そうに言った。

「雨の日には傘をささないと部屋から出られないわけ？」

「どうしてそんなふうにしたのかなんて訊かないでね。家主が趣味でそういうふうに設計したんだから、理由なんてわたしにもわからない」

「とにかくその回廊にも雪が積もっていて、そこに犯人の足跡は無かったわけだね」

「そう」

「その夜、一階に宿泊した者はいたのか？」

「五人の客はみな一階に泊まっていた。二階は昂一の部屋と、あとの部屋はほぼ大量の古書で占領されていてね」

「そのテラス部分には屋根があったってことは、その下は雪は積もってなかったってことかな？」

「そう。前日は風は無かったみたいでね」

「その図だと、テラスに接している部屋があるけど……」

「麻由莉が泊まっていた部屋よ。恋人の優紀夫も一緒」

「そこからテラスへは直接出られなかったのか？」

「ドアを開けたらテラスよ。そこが部屋の唯一の出入口」

「じゃあ、優紀夫には殺人が可能じゃないか?」

「そうじゃないの。一階の部屋のドアは全て外開きで、麻由莉の死体はそのすぐ近くに庭に背を向けて、膝をドアに接するかたちで椅子に腰かけていたの。ドアを開こうとすると死体の膝にぶつかってしまって、それ以上は椅子を動かさないかぎり開かなかったのよ」

「それなら、窓からはテラスに出られなかったのか? 各部屋とも中庭に向かって窓があったんだろう?」

「窓があるのは、テラスの屋根がある部分の外なの」

「でも、跳び移ればなんとかならないのかな?」

「窓枠には雪がきれいに積もっていたの。開いたら多少でも崩れるはずだけどそんな跡はなかったし、ましてて積もった雪に触れずに窓から出入りすることもまず不可能よ」

「優紀夫には犯行は不可能ってわけか」

「そう見えるわね」

「でも、優紀夫は死体が見つかるまで何をしてたんだ? 気づかずに眠ってた?」

「その通り。他の四人は年末から館に来てたんだけど、優紀夫だけは遅れて一月二日にやってきたの」

「犯行の前日だね」

「そう。それで六人で一緒に夕食をとって、そのときにワインを飲んで、八時には部屋に行って就寝したそうよ。優紀夫はもともと酒に弱いんだけど、昂一が年代もののワインを開けて勧められたんでつきあいで口にしたみたい。それで、前日まで働きづめで疲れが溜まっていたこともあって、翌朝警察が到着するまでぐっすり眠っていたんだって」

「すると麻由莉が何時頃に部屋を出て行ったとか、そういったことはわからないわけだね」

「そう」

とりあえず現場の状況の説明は終わった。

「何か訊きたいことある？」

わたしが訊くと、久能は口を開いた。

「その日の天気予報がどうなっていたかわかるかな？」

わたしは何を訊きたいのか察した。

「雪は夜には止んで、翌日は晴れるっていう予報だったわ」

現場がそのような密室状態であったなら、はたして犯人は意図的にそうしたのか、あるいは偶然そのような状況が出来上がったのかを考えるべきだろう。つまり、犯行時雪が止んでいたとしても、また降り出すだろうと考えていたのか、あるいはもう降らないと判断したうえで足跡をつけずに殺害したのかということだ。

「すると犯人は雪が止んだ後に、たぶんもう降ることはないだろうと考えて犯行におよんだことになるね。つまり意識的に密室状態を作り出したわけだ」

「そうでしょうね」

つまり犯人は雪に足跡をつけないことによって、足跡をつけなければ現場に行き来できない優紀夫以外の全員を被疑者から外したことになる。

「でもさあ……」羽瑠が口を開いた。「何かトリックを使えば密室が作れたんだとして、何でそんなことをする必要があるの？　もし犯人が優紀夫以外だったら死体をドアから少し遠ざけて置いとくでしょう。そうすれば優紀夫に容疑がかかるんだから。逆に優紀夫が犯人なら雪が降っているうちにやったほうがいいわよね。容疑は自分以外の全員にかかるから。もし思ったより早く、犯行の前に雪が止んでしまったのなら、他の部屋まで足跡を偽装しておくべきじゃない？　その部屋の主に容疑がかかって自分は逃れられるんだから……。でも、完全な密室状態なら、じゃあ犯人は何のためにトリックを使ったわけ？」

その通りだ。その動機がわからないこともこの事件の謎である。

「他に知りたいことはある？」

あらためて訊くと、久能が質問してきた。

「犯行当日、その家にいたのは六人で全員なんだね」

「そう。それから六人以外の誰かが外部から侵入した可能性もまず考えられないの」

「どうして？」

「警察が到着したとき、館の玄関前には雪がきれいに積もっていて、足跡は一つも残ってなかったそうよ。それに波を防ぐ特殊な設計のせいで、玄関ドア以外の場所から侵入することも不可能なの。屋上を越えて侵入したとすれば、その足跡が残っているはずだし」

「屋上の雪には何も跡が無かったわけだね」

「そう」

「それじゃあ、五人の犯行時のアリバイは？」

「優紀夫はさっき言ったように眠っていた。他の四人ももう眠ってたとか、部屋で読書していたとかで、でも、そうしてたっていう証拠はないんだけど……」

「部屋から出た足跡が無いんだから、部屋にいたってことは確実なんじゃない？　トリックを使ったんじゃなければ」

「そういうことね」

「その夜、麻由莉と優紀夫以外の四人はどの部屋に泊まっていたのかな？」

「麻由莉の部屋のドアに向かって左の部屋に尋之と響子が夫婦で、右の部屋に森司。それから麻由莉の部屋のちょうど反対側の二階が昂一の自室。そこが港を見下ろす一番眺望のいい部屋でね」

「五人のなかに麻由莉を殺す動機がある者はいたのかな？」

「その点では、誰が犯人だとしてもおかしくはないの」

「ずいぶんな家族だね」

「麻由莉は平和運動にハマっていたのよ」

「平和運動？」

「そんなふうに説明していたらしいけど、正体はカルト教団みたいなものだったようでね……」

「宗教関係？」

「そういうわけでもないんだけど、社会を良くするための運動だとかいって若者を洗脳して、所持金を寄付させてデモとか反対運動を続けていくっていう……」

「よくあるやつだね」

「そういうグループって、一見誰も反対できないようなもっともらしい活動理由を示すものじゃない。いまの日本ならまず『平和』。誰も反対できないでしょう?」

「家族はみんな反対していたのか。でも、殺すほどか?」

「世間知らずのお嬢様がそんなものにハマると果てしなくなるみたいでね。いままで恵まれた生活をしてきたことを罪悪だと感じるようになって、身のまわりにあるありとあらゆる物をグループに寄付していったそうなの。亡くなったお祖母さんが彼女に遺してくれた貴金属類や高価な絵画も全部ね。それが終わると家のものを勝手に持ち出して売ってしまったり、金庫から土地の権利書を持ち出したこともあったらしいわ。それと同時に、父親が経営する会社について悪い風評を流して営業を妨害したり、家に放火して火事にしようとしたこともあったらしいわ。ボヤで消し止められたらしいけど」

「何でそんなことを?」

「自分たち家族が恵まれた生活を送っていることが罪悪だと思い込まされているからよ。一家が財産を失ってみんなと平等になることが正しいことだって信じているの。みんな何度も家族会議にかけてやめさせようとしたんだけど、そういうことをする人って自分だけが正義だと信じてるもんじゃない? 誰が何を言っても聞く耳をもたないから、どうすることもできなかったみたい」

「それじゃあ、家族には動機があったって考えてもおかしくはないね。優紀夫との関係は?」

「これも問題アリでね。もともと麻由莉をそんな平和運動に引き込んだのは優紀夫だったのよ。事件の夜わざわざ優紀夫を呼んだのは二人一緒に家族会議にかけて運動をやめるよう説得をするためだったの。彼が到着した二日の午後にさっそく全員で話し合ったんだけど、その席で優紀夫はむしろ麻由莉以外の家族のほうに賛成したらしくて、どうも、自分で引き込んだんだけど、麻由莉があまりにも過激にグループに染まってきて怖くなっていたらしいわ。すると麻由莉が怒って、いままで優紀夫が手を染めてきた悪事をすべてバラすと言いはじめて……」

「どんな悪事なんだ？」

「まだ捜査中なんだけど、彼らのグループはとあるテロ事件に関わってる可能性があるらしいから……」

「テロ？」

「たんなる事故だって報道はされてるんだけど、数人の死傷者が出てる。どんなふうに関わっていたのか詳しいことはわからないけど、バラすって脅されていたなら、優紀夫にも動機があったと見るべきじゃない？」

「そうだな……。すると、優紀夫が犯人で、何らかのトリックを使って自分が部屋から出られない状態に偽装したっていう可能性もあれば、優紀夫以外の誰かが犯人で、どうにかして足跡をつけずに自室とテラスのあいだを行き来したって可能性もあるわけだね」

「そういうこと。どちらにしろどんなトリックを使ったのかはわからないけど」

「そうだね。まずそこが問題ってことか」

「というより、そこだけが問題なのよ」

　そこさえクリアできたら誰が犯人かってことは警察が捜査する。素人が推理するよりずっと有能だ。

そう指摘すると久能は微笑み、それから徐々に表情を変え、何か思案している表情になった。

4

「おもしろそうじゃない！」

羽瑠は満面の笑みを浮かべる。何となく不吉な予感がした。

「つまり、どうやって雪に足跡をつけずにテラスまで行ったのかって話でしょう？」

「まあ、そうだけど」

「でも、まずつまらないアイデアから潰していきましょうか。第一発見者を疑うっていうのが捜査の鉄則よね。今回もそれじゃない？」

羽瑠が高らかに発言した。わたしがさっき羽瑠に向かって言った言葉だ。

「どういうこと？」

「早朝に死体を見つけたって言ってるけど、実は第一発見者の足跡っていうのは犯人のものだったとしたらどう？　その後犯人は部屋で一泊して、朝にテラスまで往復してきたふりをして警察に連絡したのよ」

「それはない。尋之はテラスまで行って麻由莉の死亡を確認してすぐにスマホで警察に連絡したの。それで駐在が駆けつけるまでずっと遺体のそばにいたのよ。狭い島のことだからすぐに到着したし」

「つまり警察が来たとき、庭の雪にはテラスに向かったひと筋の足跡だけが残っていたってわけ？」

「そう。尋之は現場の保存を考えて、警察が来るまで家族の誰にも知らせなかったそうよ。雪が積もった庭がいくつもの足跡で荒れてたら後の捜査の妨げになると思ったのね」

「つまり残ってた足跡からすると、尋之は前夜零時に殺しには行けたけど、その後部屋にもどって来れないわけか」

「そう」

「じゃあ、前夜零時に麻由莉を殺してから、一晩中ずっとテラスにいたとしたらどう？　寒いのを我慢して立ってたの。それで早朝になってから、いま死体を発見したようなふりをして警察に電話をかけたの」

　また妙なことを思いつく……と、わたしは感心した。けれど……。

「それはない。前夜の深夜一時過ぎに響子は知人と電話をしているの。相手は海外に旅行してて、時差の関係でそんな時刻になったらしいんだけど。そのとき尋之も電話に出てしばらく会話しているの」

「つまり深夜一時過ぎの時点で尋之と響子は一緒の部屋にいたってこと？」

「そう。麻由莉の死亡推定時刻は多少の誤差はあるにしても、深夜一時を過ぎることはないそうよ。だから、殺害後ずっとテラスにいることは不可能なの」

「じゃあ、こういうのはどう？　響子がドアロで電話をして、尋之に代わるって言ってからテラスに向かってスマホを放り投げたの。それで、受け取った尋之が会話した後でまた響子に放った……」

「さすがに相手が気づくわよ。それに受けそこなってスマホを落としたらどうなると思う？　そんな手を使うのは危険すぎる賭けじゃない？」

「賭けたのかもしれないじゃない」

「負けたら殺人犯になるのよ。そんなことをするより、もっと別の方法を考えるでしょう」

そう言われて羽瑠はしぶしぶ納得した様子で口を閉じ、しかしすぐにまた言葉を続けた。

「じゃあ、長い棒の先にスマホを結び付けて手渡したらどう？」

「そんな棒は現場にはなかったわ」

「警察が見逃したってことはないの？」

「プロが現場検証してるのよ」

「うん……」

羽瑠は少し黙考し、また口を開いた。

「じゃあ、殺害現場が尋之たちの部屋だったとしたらどうかな」

「どういうこと？」

「まだ雪が降っているあいだに麻由莉を自分の部屋に招いて、深夜零時に殺害するのよ。それで夜が明けたら死体を担いでテラスまで行って、椅子に腰かけさせてから警察に電話する……。それなら深夜一時に電話もかけられるでしょう？」

「まあ、かけられるけど……」

「麻由莉が雪が降っているあいだに尋之たちの部屋に行った可能性はある？」

「麻由莉は八時頃に優紀夫と一緒に部屋に行ってその後目撃者はいないし、雪は十時頃まで降っていたからあり得るわ」

「そうでしょう」

「でも、それだとテラスに向かうとき尋之の脚に二人ぶんの体重がかかるわけでしょう？　雪の上の足跡って体重によって沈み込みかたが違うのよ。でも、現場に残っていた足跡がそんなに深く沈んでたとは聞いてないわ」

わたしがそう答えると、羽瑠はさらに発言した。

「それならもっとシンプルに考えて、左右の部屋からテラスまでジャンプして行き来したって可能性はないの？」

「それができたらみんなが頭を悩ましてるわけないでしょう？」

「無理なのかな」

「隣の部屋のドアロからテラスまでは七メートル近くあるのよ」

「オリンピック記録って何メートルだっけ？」

「距離だけじゃなくて植え込みの上を跳び越えなきゃいけないの。植え込みに積もった雪に乱れはなかったから、最低でも一メートル以上は跳び上がらなきゃならないのよ。オリンピック選手でも無理！」

「ドアじゃなくて窓からなら、テラスまで跳び移れないのかな」

するとク能が口を開いた。

「窓枠には雪がきれいに積もっていたって言ってたね。どの部屋もみんなそうなのかな？」

「そう」

「だったら無理だな。積もった雪に触れずに窓から出入りすることはまず不可能だ」

しかし羽瑠はめげずに、さらにアイデアを提示した。

「じゃあドアロから跳んだとして……、棒を使ったらどう？　棒高跳びじゃなくて棒幅跳びってかんじで」

「どこに棒を突いたにせよ跡が残るはずじゃない？　そんなのどこにも無かったのよ」

「植え込みの中に突いたんで気づかなかったんじゃないかな？　木の根のあたりに突けばわからないでしょう？」

「そんなことをしたら植え込みの上に積もってる雪が乱れるはずじゃない。でも、そんな跡は無かったの」

「じゃあ、ロープを使うっていうのはどう？　あらかじめ屋上の手すりに端を結び付けておいて、それにぶら下がってターザンみたいに移動するのよ」

「それを考えた刑事がいたみたい。でもね、屋上の手すりには雪が積もっていて、ロープをかけたのならそれが崩れているはずなのよ。でも、そんな跡なんて無かったの」

「どこか他に結べるところはないの？」

「二階の手すりがある」わたしは図を指さして説明した。「二階の回廊は中庭に面した側は壁が無くて、手すりだけが付いてるの。陽光が部屋の窓に直接届くようにしたかったみたいでね。ここには屋根があるから手すりに雪が積もってないし、結び付けたとしてもわからないと思うわ」

「じゃあ、そこに結べば」

「でもね、ロープにぶら下がったら、支点から等距離の円周に沿って移動することになるわけじゃない？　ロープの端をドアよりテラス寄りに結び付けた場合、身体はジャンプした地点から弧を描いて沈み込んでいくわけで、けっきょく雪に足をつくことになるのよ」

「ジャンプと同時にロープをよじ登るとか、両脚を高く上げた状態で支持すればいいんじゃない？」

「さっきも言ったとおり植え込みの上を通過しなくちゃいけないのよ。瞬時に一メートル以上よじ登らなけりゃならないの。そんなの可能だと思う？」

「無理だって言い切ることもできないんじゃない？」

「それに、自分はよじ登ったとしてもロープが垂れてたらやっぱり跡を残してしまうのよ」

「よじ登ると同時にロープも引き上げたのよ。家族に器械体操の経験者とかいなかったの？」

「いないわよ。それに手を滑らせたら完全に跡を残してしまうわけでしょ？　危険すぎる賭けじゃない」

「でも、可能性がないわけじゃないでしょう？」

「だいたい二階の手すりからだとロープもそれほどの長さにはならないのよ。それでよじ登ったりしたら、七メートルも届く？」

そう言うと説得力を感じたらしく、羽瑠は少し黙った後で別のアイデアを提示してきた。

「それなら、ロープを自分の部屋のドアの真上に結び付けたらどう？　それなら移動すれば身体は弧を描いて上に持ち上がるはずでしょう？」

「ロープは進行方向に固定しなきゃターザンみたいに移動できないでしょ？　真上じゃただぶら下がってるだけよ」

「ターザンじゃなくて空中ブランコみたいに移動するのよ。左右にブラブラ大きく揺らしていって、勢いがついたところでジャンプするの」

「左右に揺らしたって意味ないでしょ。斜め前に跳ばなきゃテラスへは行けないのよ」

「じゃあ、壁を蹴って一気に斜め前へジャンプする」

「それじゃあ普通に跳ぶのとたいして変わらないじゃない？　それからターザン・ジャンプも含めてだけど、使用後のロープをどうするかも問題よね。結び付けるのは雪が止む前にやったとしても、解《ほど》くのはどうしたのか……。警察が到着したときにはロープなんて結んでなかったんだから、足跡をつけずに解きに行ったってことにならない？」

「結んだんじゃなくて、どこかに引っかけて二重にして垂らしていたんだとしたらどう？　犯人はその二本のロープを持って移動して、事が済んだ後には一本だけを引っ張って回収したのよ」

「それじゃあ落ちてきたときに雪に跡がつくでしょう」

「落ちるスピードより速くロープを引き寄せて回収すればいいのよ」

「可能だと思う？」

「できないとは言い切れないでしょう？」

「たしかに言い切れはしないけど、ロープを使ったジャンプも含めて、ほぼ無理でしょうね。殺人を考えるなら、いくら何でももっと成功率の高いマシな計画を立てるんじゃない？　殺人なんて捕まったら一生が台無しになる大事なのよ。ミスは許されないの」

わたしが撥《は》ねつけると、羽瑠は少し落ち込んだ表情をしたが、すぐにまた話を変えてきた。

「それならもっと単純に考えて、駐在が共犯者だったとしたらどう？　それなら現実的でしょう？」

「そこまで疑っていたらどうしようもないわね」

「あらゆる可能性は考えるべきでしょう？」

たしかに羽瑠の言うとおりだろう。それに、雪に足跡を残さずにテラスに行く方法については、他にアイデアを思いついた刑事もいたそうだけど、仮に上手い方法があったとしてももう一つの謎に辿り着いてしまう……。

「でもね、いままでの案すべてに言えることなんだけど、犯人は何のためにそんなトリックを仕掛けたわけ？」

「そりゃあ、優紀夫に罪を着せるためじゃない？　足跡がなければ普通疑われるのは彼でしょう」

「だけど、優紀夫の部屋のドアは開かなかったのよ。被害者が座っていた椅子がドアに近すぎたの。いままでのどのトリックを使ったにしても、それならどうして椅子をドアが開く位置に移動しておかなかったの？　犯人がテラスへ行ったなら簡単にできることでしょう？」

それを言われると羽瑠は一瞬目を見開き、黙り込んだ。その謎を解く答えが見つからないようだ。

すると久能が話を変えてきた。

「別の方向からアプローチするべきかもしれないね」

「どういうこと？」

「別の部屋からトリックを使って来たんじゃなくて、優紀夫が犯人で、トリックを使ってテラスへ出るのが不可能な状況を作り出したんだとしたらどうだろう」

たしかに椅子の位置の件から考えれば、そっちのほうが自然な気はする。でも……。

「それならどうして足跡を偽装しなかったの？　雪の庭に足跡が無いんじゃ、他の部屋から犯人がテラスには来れないってことになるんじゃない？」

「また雪が降り出すだろうってくらいに考えてたのかもしれないね。まあいい。その件は措いておくとして、優紀夫に犯行が可能なのかってことを考えてみるよ」

「う……ん」

まあ、可能性を考えてみることは正しいだろう。

「テラスへ出るドアは開かないうえ、窓から行き来することも不可能だって話だったよね」

「そう。窓枠には雪がきれいに積もっていて、その雪を崩さずに出入りするのは無理よ」

「だとすれば、ドアを閉めた後で死体が座った椅子を引き寄せたというのはどうだ？」

「どうやったの？」

「ドアの上下に少しくらいの隙間はあるんじゃないかな？　例えば椅子の脚に釣り糸を引っかけて両端をドアの下の隙間から内に引き入れておいたらどうだろう。それでドアを閉めてから糸を引っ張り、椅子をドアのすぐ近くまで移動させた……」

「テラスの床は石畳なのよ。自然石を模した荒い岩肌で、継ぎ目も段差がある。人一人が乗った椅子が糸一本で動くと思う？」

「丈夫なピアノ線なら、もしかしたら……」

「それじゃあ椅子に痕が付くわよ」

「椅子の脚にローラーは付いてなかったのかな？」

「付いてない。事務用じゃないのよ」

「じゃあ、何か特別な方法で椅子の滑りを良くしたってことはないのか？　例えばテラスに滑らかなシートを敷いてその上に椅子を置き、ドア下の隙間から引いてって最後は抜き去ったみたいな……」

「そんなものを使ったのなら優紀夫の部屋に残っているはずでしょう？　その部屋はテラスに接しているだけに警察が徹底的に調べたのよ。でも、そんな特殊なシートはおろか、釣り糸一本見つからなかったのよ」

「何か上手い隠し場所に隠したんじゃないか？　自分の身体に巻き付けておいたとか」

「そんなの警察が見逃すわけないでしょ？　関係者の身体検査くらいやったわよ」

「そうだな……。じゃあこういうのはどうかな？　現場は冬の北海道だろう？　犯人は石畳の上に氷の層を作って表面を平らにしたのさ」

「氷？」

「どうやって作るかは後で考えよう。とにかく凸凹の石畳の上に水を流して凍らせ、表面を平らに均《なら》して滑らかな床にしたんだ。そうすれば釣り糸で引いただけでも簡単に椅子が動かせるだろう？　石畳の氷は死体が発見されるまでのあいだに融けたのさ」

　わたしはドキリとした。久能を認めなくてはいけないと思うのはこういうときだ。いい加減なことばかり言っているように見えて、ときどき的を射てくる。そんなトリックはわたしは絶対思いつかなかっただろうし、たしかにそのような方法でなら釣り糸で椅子を動かせるかもしれない。そして、釣り糸だけでいいなら、たしかに上手く隠せたかも……。

しかし、少し考えるとそんな訳はないとわかった。

「死体が見つかったのは早朝なのよ。冬の北海道の早朝に氷が融けることはないわ。むしろ水も凍りつく気温だったの」

「そうだな……」

その通りだと覚ったらしく、久能はそう言って黙った。

「どう？　もう終わり？」

問いかけると、久能は微笑んで言った。

「いや。いままで考えてきたのは犯人が一階にいた四人のうちの誰かだっていう線だよ。それが否定されたとしても、二階にいた昴一への容疑がまだ残ってる」

「でも、二階からは中庭を通らないと一階の各部屋には行けないのよ。足跡をつけなければ現場に近づくこともできないわ」

「だからこそのトリックじゃないか」

たしかにそれはそうだが……。

「じゃあその、トリックというのを教えてよ」

そう問うと、久能は少し考えてから口を開いた。

「例えば、こういう筋書きが考えられないかな？　昴一はまだ雪が降っているあいだに自分の部屋に麻由莉を呼び出して深夜零時に殺し、その死体を何らかの方法でテラスまで運んだんだ」

「どうやって運んだかが問題なんじゃない？」

「うん。その前に訊きたいんだけど」そう断ってから質問してきた。「二階の廊下の中庭側は壁はないんだよね。採光のためにそうしてるなら、部屋の窓も大きく開いてるんじゃないか？」

「そう。壁一面が窓で、開くと歩いて入れるくらいよ」

「それで屋根があるから、廊下にも窓枠にも雪は積もってない」

「そう」

するといままで黙っていた羽瑠が口を開いた。

「手すりに雪が積もってないのなら、手がかりを残さずにいろんなことができるんじゃない？　例えばロープを使って死体をテラスまで運んだっていうのは？」

「どうやって？」

「例えばテラスのどこかにロープを結び付けておくの。いや、結ぶんじゃなくて、ロープを通して二重にして両端を二階の昂一の部屋まで運んでおいたほうがいいわね。雪が止む前にそんなふうにセットしておいて、深夜零時に麻由莉を殺したら、そのロープを死体の衣服のどこかに通して、そこからロープウェイみたいなかんじに死体をテラスまで滑り降ろすのよ。その後で一端を引っ張ってロープを回収する……。可能でしょう？」

「死体は椅子に座っていたのよ。どうやって座らせるの？」

「だったら椅子ごと運べばいいんじゃない？　あらかじめテラスから部屋に椅子を持って来ておいて、死体をそこに蝶結びで縛り付けておいて、そのロープの一端を長く伸ばしておくのよ。それを引っ張れば結び目が解ける状態にしてね。そうした上で死体を椅子ごと、さっき説明したのと同じような方法でテラスまで運んで、到着したらロープの一端を引っ張って解くの」

たしかに、そうすれば死体を縛りつけたロープは解けそうだ。でも……。

「現実的に可能だと思う？　人間の体重を支えられるくらいロープをピンと張るのって大変よ。少しでも緩んでいたら真ん中に差し掛かったときに撓《たわ》んでしまって、そこから先には行かなくなるんじゃない？　というより、たぶん庭に着地してしまうと思うわ」

「綱渡り師がロープを張るときに使う道具があるでしょう。あれを使えばいいんじゃない？」

「そうなると、そのロープの端の一方は二階の手すりに固定するにしても、もう一方をテラスのどこに固定するのかが問題ね。よほど頑丈な場所にしないと、ロープをピンと張ることはできないわ」

「どこかいい場所ないの？」

「テラスの屋根は、壁側はドア上の壁面に直接固定してあって、突き出した側は左右両端に支柱が立てられてるんだけど、死体の荷重に耐えられそうな場所っていったらそこしかないでしょうね。でも、支柱は屋根の先の部分に立っているわけだから、そこにロープを固定したんじゃ、滑り降ろした椅子は屋根の手前の庭に降りることになるけど……」

「他には？」

「そこしかないわ」

そう説明すると羽瑠は頭を掻き、それから言葉を継いだ。

「正面から降ろせばそうかもしれないけど、テラスの横側から降ろしたらどう？　ロープはそこから遠いほうの支柱に通しておくのよ。そうすればテラス内に降ろせるんじゃない？」

「たしかに上手くやればテラス内には置けるかもしれないけど、ドア前に降ろすのは無理よ。ドアと支柱は二メートル近く離れているんだから。ロープを固定した場所より手前に降ろしてドア前に来るようにするためには、ドアの真上から降ろさなければならないわ。でも、そこには屋根があるんだから無理なの」

羽瑠は黙り込んだ。わたしは続けた。

「それにね、それをするには雪が止む前にテラスのどこかにロープを固定して二階まで伸ばしておかなきゃならないわけでしょう？　その場合ロープの上にも雪が積もって、トリックに使ったときにはその雪が崩れて庭に落ちてるはずでしょう？　それならその部分だけ積もった雪が乱れてるはずよね。でも、中庭の雪はそんな乱れのないきれいなものだったの。つまり雪が止む前にロープを通しておいたはずがないのよ」

羽瑠は難しい表情を浮かべ、それから口を開いた。

「つまりトリックを仕掛けたとすれば、雪が止んだ後ってこと？」

「二階とテラスを繋ぐような仕掛けはね」

すると羽瑠はまたしばらく黙って考えた後、突然突飛なことを言い出した。

「じゃあ、こういうのはどう……。二階からテラスまで大きな滑り台を架けたのよ。それで死体を椅子ごと一気に滑り降ろして、そのとき勢い余ってドア前まで行ってしまったのよ」

「本気で言ってるの？　そんなのどこから持ってきたのよ？　警察が来たときどこに隠したの！」

すると、しばらく黙っていた久能が口を開いた。

「いや、ものは考えようだよ。滑り台って言ったって公園にあるものを連想する必要はない。要は死体を椅子ごと滑り降ろす仕掛けであればいいんだから、板じゃなくてもいいし、左右に手すりが付いている必要もない。丈夫な棒が二本もあれば滑り台の役目を果たすんじゃないかな？　その二本の棒を跨《また》ぐように椅子をセットするか、椅子のどこか……背もたれの下の隙間にでも通して、滑り降りるようにしておけばいいんだ。あらかじめ死体を縛り付けておけば椅子から落ちることもない」

「それだって長くて丈夫な棒が二本も必要なのよ。その棒をどこに隠したの？」

すると力を得たように羽瑠が声を上げた。

「館の外に投げるっていうのはどう？　外で待っていた共犯者が受け取って隠す……とか」

「言ったでしょう。現場の館の外に向いた窓は嵌め殺しなの。中庭に向いた窓しか開かないのよ」

「だとすれば館のどこかに隠したのよ」

「どうやって隠すのよ」

「方法はいろいろ考えられるんじゃない？　一本の長い棒じゃなくて、釣竿みたいに短い棒をいくつも継いで長くするとか……」

「釣竿みたいに先にいくほど細い棒なんて無理よ。死体の荷重を支えなくちゃいけないんだから」

「同じ太さのをネジで留めていくとか、そういう方式かも」

「だとすれば短くても何十本もの棒を隠さなくちゃいけないわけでしょ？　どうやったの？」

「部屋のあちこちに隠したとか」

「棒ってそんなに隠せるもんじゃないの。さっき言ってたロープなら上手くやる方法があるのかもしれないよ。自由に折り曲げたり巻き付けたりできるから、ソファーやベッドの中に入れてもバレないかもしれないし。でも棒ってなるとね。死体を載せても折れないものならそれなりの太さもあるだろうし、そんなものを何本も置いておいたら目立つ……」

　すると久能も声を上げる。

「『盗まれた手紙』の方式で見えるところに隠したのかもしれないね。例えば二階の手すりはどうだ？　外して使えるようになっていたのかも……」

「長さが足りないわよ。二階から斜めに降ろさなきゃならないんだから」

　すると羽瑠も続ける。

「たしかに昴一の部屋の前から降ろすには足りないだろうけど、横からだったらどう？　テラスの屋根に引っかかりさえしなければ上手くいきそうな気がするんだけど」

「引っかかるわ。ドアは屋根のある部分の一番奥にあるわけだから、急角度で上からドア前に滑り降ろすのは無理なのよ。緩い角度で遠くから滑り降ろすならともかくね」

「そうだね……」羽瑠は上に腕を伸ばして大きく深呼吸した。「やっぱり滑り台は無理か……」

「わたしも、その考えは捨てて、犯人は一階にいた誰かって線でもう一度考え直したほうがいいと思うわ」

　すると久能が反論してきた。

「いや、それが一番現実的な線なんだよ」

わたしは思わず「どうして？」と聞き返した。

「なぜ現場が密室状態になっていたのか……？　今回の事件の場合、普通に考えれば密室にしないほうが犯人にとって圧倒的に有利なんだ。そして、もしトリックを使ってテラスまで行けたとすれば、そうすることは容易《たやす》い。優紀夫以外の誰かが犯人なら死体を載せた椅子はドア前なんかに置かなければいい。そうすれば優紀夫に罪を着せられる。逆に優紀夫が犯人なら別の部屋まで足跡を偽装しておけばいい」

「じゃあ、どうして密室にしたって？」

「犯人は椅子をドアの真ん前なんかに置くつもりはなかったんだ。優紀夫に罪を着せようとしたのさ。だから雪が止んだ夜に決行したんだ。現場には足跡が無くて、優紀夫以外の人間には犯行が不可能だっていう状況を作りたかったんだよ」

「それならどうしてドア前に？」

「トリックが失敗したのさ。いや半分は成功した。優紀夫以外の誰にも犯行が不可能な状態は作り出せたんだからね。でもミスをして優紀夫にも不可能な状態にしてしまったんだ」

「つまり、誤って椅子をドア前に置いてしまったってこと？」

「そう。犯人は死体を移動したんだ。椅子ごとね。それが必要もないのに密室が生まれた理由だよ」

「でも、そんなミスを犯す？　犯人はそこまでマヌケなわけ？」

「たしかに殺人を犯すには慎重を期すだろうさ。でもね、暗闇の中で遠くから操作したのなら充分あり得ることじゃないか？　椅子を降ろす位置が多少狂ってしまったのは、たぶん棒が長すぎて上手くコントロールできなかったんだろう」

「つまり、滑り台？」

「そう考えるのが一番自然なんだよ。もちろん棒を隠す上手い方法さえ見つかればの話だけどね」

「でも現実的にあり得る？　棒をレールにして椅子を滑り降ろしたとしたら、椅子に棒の痕が残ると思うけど」

「間に板でもかませればいい。板に窪みをつけて、椅子に固定されるようにしてね。そうすれば痕が残るのはその板だ。もちろん板には紐をつけて後で回収できるようにしておく……」

たしかに、椅子をテラスに降ろしたらまず板を棒の上を滑らせて回収し、その後で棒を回収するようにすれば、雪に跡を残さずに実行することは可能だろう……。

「あるいはその板は氷で作ったのかもしれないね。それなら、犯行後に融かせば完全に証拠隠滅できる」

久能はそう言葉を継いだ。

「でも、問題は棒をどうしたのかだよね」

結局そこがネックになる。

島の駐在だって無能じゃない。現場を見回って怪しいものがあったら気づいただろうし、その後には事件捜査の経験のある応援が駆けつけた。建物の内に怪しいものがあったり、関係者が怪しい行動をとったら気づくはずだ。警察の目を盗んで棒を隠したり持ち出したりすることはまず無理だろう。たとえ短い棒に分解できたとしてもだ。

5

久能は部屋のなかをぐるぐる歩きまわった。黙って俯いたまま。それで時々立ち止まって顔を上げ、しばらくのあいだ宙を睨み、また俯いて歩きはじめる。羽瑠もただ黙っていて、何も思いつかないようだった。沈黙が続いた。

「あきらめる?」

じっと待っているのに耐えきれなくなって声をかけてみた。でも久能も羽瑠も返事もしない。

わたしは半ばあきれて、スマホをいじりながら気長に待つことにした。

すると久能が急に思いついたような声を上げた。何か思いついたのだろうか?

「そうか……。ロープなら隠せるって言ってたよね」

「でも、それじゃ無理なの」

ロープ説はすでに否定したはずだ。

「いや、ロープを棒にできるんだよ」

「え?」

何が言いたいのかわからなかった。

「冬の北海道だよね……」

「だったら何だっていうの?」

「前に見たことがあるんだ。冬の北海道での実験さ。熱湯に浸けておいたタオルを引き出して、空中でぐるぐる回す……。すると回しているときのその形のままで凍るんだ」

「真冬ならね。氷点下何十度かに下がってればそうなるでしょう……。それで？」

「同じ方法を使ったとしたらどうだ？　水をよく吸う材質のロープを二本用意して、水に浸けたあとで屋外に出して振り回したら……。カチコチに凍って、二本の棒になるんじゃないか？　それなら、犯行後は融かしてしまえば普通のロープにもどるから、隠すのも簡単だ」

「そんな……、無理でしょう！」

わたしは声を上げた。そんなやり方でテラスまで届く長い棒ができるのか？　そんなに長いロープは振り回すだけで大変だし、まして真っ直ぐな棒になんかならないだろう。

「少しずつ凍らせていけばいいのさ」わたしの疑問に答えるように久能はつけ加えた。「まず手ごろな長さだけ水に浸けて振り回し、凍ったらもう少し水を吸わせて凍らせる……。そうやって端から徐々に凍らせていけば長いロープでも大丈夫だよ」

「でも、そんなので死体を運べるほどの強度が出るの？」と羽瑠。

「ロープの太さによるだろうね」

「でも太ければ太いほど凍りにくいし隠すのも大変だよ」

「そのへん、ギリギリの線でやったんだろうね。たった一回、死体が滑り落ちるまで保《も》てばいいんだ。それに折れたところでポッキリと割れて死体が落下するなんてことはない。元がロープだからね……」

「でも……、上手くいくと思う？」

「たぶん、そんなに上手くはいかなかったんだ。ロープは折れかけて、でもなんとか立て直してテラスまでようやく運んだんじゃないか？　だから椅子を降ろす位置が狂ってドア前に行ってしまったのさ。それで不本意ながら密室が出来上がってしまったんだよ」

「それが密室の真相？」

「一番考えやすい線だと思うね」

「犯人は昂一？」

「そういうことになるね」

ほんとうにそんなことをしたのだろうか？　信じられない気持ちがあった。突飛すぎる思いつきだと思う。でも密室殺人というもの自体が突飛なのであり、それを説明するアイデアが他にあるわけでもない。

久能は微かな笑みだけを浮かべている。謎を解いたと確信し、勝利の気分を味わっているのだろう。たしかに、いまの久能の説にそって捜査してみる必要がありそうだ。

すると羽瑠がにこやかに微笑みながら話題を変えてきた。

「それで、光爾さんの話は？」

「え？」

「事件の話をしたら、そっちも話すって約束だよね。あの事件のことをお兄ちゃんにどう話したのか」

そうだ。そこが最重要の点だった。

すると久能は表情をさっと変え、「ああ、そうだったな」と言って横を向く。

とぼける気だろうか？　わたしは念を押した。

「守るんでしょうね。約束」

「ああ。守るよ」

「じゃあ、話してよ」

「今回話を聞いて、僕の家族の事件のことが推理ゲームのネタにされたらどんなふうになるのか理解できたよ。それで、その上でどうするか、もう少し考えたい……」

「考えるんじゃなくて話してよ。約束でしょう！」

だからこそわたしは指名手配犯に現在捜査中の事件の情報を話したのだ。ここで逃がすわけにはいかない。

「話さないとは言ってない」

「お兄ちゃんに話したことをそのままくり返すだけでいいから」

「でも、今日はもう疲れたから……」

逃げようとする久能に、羽瑠が「約束を破るつもり!?」と詰め寄る。

「話さないとは言ってない。話すよ。でも、今日じゃない。今日話すとは約束してない」

また屁理屈を言いはじめた……。そして抗議するわたしたちの言葉を背に、ベッドまで歩いて行き、ごろんと寝てしまった。

「ちょっと待ってよ」

すると振り向いて面倒くさそうに、「待つよ。だからそっちも待て。ちゃんと話すから……」とだけ言って、また背を向ける。

こうなるとコイツは始末におえない……。

わたしと羽瑠は目を見合わせ、今回は仕方ないと確認しあった。

別に話すことを拒否しているわけじゃない。ただ、いまは話さないと言っているだけなのだから。

それから防波館の密室殺人はほどなく解決した。昂一に任意同行を求め、久能が言ってたトリックを突きつけて尋問してみたところ、案外あっさりと自白したのだ。麻由莉のために家族がぼろぼろになっていくのを見るにつけ、もう殺すしかないと思い詰めてしまって犯罪計画を立てた。そして犯行の夜、ちょうどいい具合に雪が降り、止んだことが神の命令のように思えて、あの計画を実行するのはいましかないと急き立てられるような気持ちで犯行におよんでしまった。しかしそれからずっと後悔し、自首しようかと考えていたところだったそうだ。

防波館の事件がすんなりと解決したのに対して、久能の事件の究明は止まったままだった。

あれから何度となく久能に約束どおり事件の話をするよう迫ったのだが、一週間がたち、二週間がたってもいっこうに話そうとはしない。「今度話す」「また今度」とくり返すばかりだった。

それでもあきらめずに毎回、会うたびに話すように迫っていると、ある夜、久能はいつもとは違うことを言った。

「そのことなんだけどさ……。事件の話をしてくれたら、こっちも話すって約束したろ?」

「たしかに、約束した」

「あれ、後悔してるんだ。あのときネットの使用を許可してくれたら話すって頼むべきだったたってね。いまからでも……、インターネットを使えるようにしてくれたら、すぐに話すんだけど」

それはお断りだ！

第五話
魔術的な芸術

1

「まだ話さないわけ？」

羽瑠は玄関から入ってくるなり言った。そしてリヴィングに移動すると、「涼しいぃ……」と言いながら真っ直ぐエアコンの前に向かっていく。

窓の向こうはもう夏の盛りだ。緑を濃くした木々の向こうでは午後の青空が雲一つなく晴れわたっている。

最近、羽瑠から何度も連絡が来ていた。調べた結果を話したいので時間がとれないかと言うのだ。そこで今日の午後ならと承知した。久しぶりの休日に自分と同じ顔なんて見たくもないが、仕方がない。

「もう一ヶ月でしょう」

羽瑠はエアコンに顔を向けたままで言う。考えてみればもうそれくらいになる。あの防波館の密室殺人の謎を解いて、久能が自己の事件について話すと約束してからである。その間、久能は「今日は気分じゃない」とか「話さないとは言ってない、いつか話す」などと言い逃れるばかりで、何も話そうとしなかった。

「わたしから強く言ってみようか？」

羽瑠の提案に、わたしはあきらめ顔で返す。

「やってみてもいいけど、たぶん無駄よ」

「約束を破る気なのかな」

「そう言うと、『約束は守る』って断言してくるのよ。でも何も話そうとしないの」

「それより喉が渇いた、何か冷たいものない？」

そう言って笑顔を向けてきたので、仕方なくアイスコーヒーを二つ用意した。そして、ソファーに移り、一口飲んでからまた羽瑠があらためて口を開いた。

「どうして話さないのかな？」

「話したくないからでしょう？」

「どうしてそんなに話したくないの？」

それればかりは何とも答えようがない。羽瑠は続けた。

「警察があの事件をどんなふうに考えてるのかなんて誰だって想像はつくよね。引きこもっていた光爾さんが何かのきっかけで逆上して、家族全員を惨殺して逃亡したっていう……」

事実そんなところだ。引きこもりであることが直接動機になるとは思えないが、社会と没交渉になっている人間の肥大化した自意識が何かのきっかけで爆発するというのは、いかにもありそうな筋書きではある。

「でも、もしその通りだったらどうして話さないのかな？　自分が殺人犯だって認めたくないってこと？」

「わからない。でももう一年近く久能を観察しているけど、その間に逆上したり突飛な行動をとっているところを見たことがないの。あんな檻の中にずっと閉じこめられていてもよ……。引きこもっていたからって、カッとして家族を殺すなんて想像できない」

「犯人は別にいるってこと？」

「別の動機があるってことかもしれないけど」

「その動機って見つかった？」

「まだよ」

「わたしも。調べたけど、動機になりそうなことなんて見つからないの」

冷静に考えるなら、引きこもっている人間が家族を殺すなんて、むしろ自殺行為なのだ。そして、わたしが見たかぎり久能はいつも冷静だ。

「動機なんてないのかもね」

そう考えざるを得ない状況ではある。

「でも何も証言しなければ、みんな光爾さんが犯人だって思うよね？　なのにどうして何も話さないの？」

たしかに妙だ。

「やっぱり誰かを庇ってるのかな？」

「そうかもね」

「誰を？」

それがわかれば苦労はしない。そして羽瑠は深く深呼吸を一つしてから口を開いた。

「この前は、光爾さん以外の誰に犯行が可能だったのかってことを話したじゃない？　あれから動機のほうを調べてみたの。光爾さんの一家を殺す動機がある人物が他にいたのか」

羽瑠にはこれ以上深入りしてほしくないのだが、無駄のようだ。

「それで考えたんだけど、何も一家全員を殺す動機を持つ人間を探す必要はないのよね。殺しの現場を見られたから、その目撃者も殺してしまうってこともあるでしょ？」

「最低一人にたいして殺意を抱いているなら、そのために家族全員殺すってこともあり得るわ」

理不尽な話だとは思うが、そもそも殺人を犯そうなどという人間は異常な精神状態にある。常識的な判断なんて期待できない……。

「それでこの前、事件当時の光爾さんの家族の様子を聞きに行った人たちにもう一度会って話してきたの。家族以外で誰か動機がある人がいないかって……」

仕事をしていないので時間が充分にあるのだろうが、スゴい行動力だ。

「どうだった？」

わたしも一通り調べたことではある。でも、羽瑠の調査結果も聞いてみたかった。

「それが光爾さんの家族はすごく評判が良くて、どこにも動機を持つような人は見当たらなかったの。まあ、みんな亡くなってるんで悪いことは言わないってこともあるかもしれないけど……。けっきょく調べたかぎりでは、当時光爾さんの家族が抱えてたトラブルは一つだけ、里奈さんの結婚に父親が反対していたってことぐらい」

わたしが調べた結果と同じだ。羽瑠は続けた。

「そこで里奈さんにプロポーズしていた氷見って男を調べてみることにしたのよ。反対されて結婚が破談になりそうになったんで自棄《やけ》になって……って線は考えられるわけじゃない？　それに氷見って売れないロック・ミュージシャンって話だったし、世間知らずの女の子が口だけは達者なロッカーに騙されてっていうパターンかもしれないなって。それで会ってきたのよ」

「え？　会ったの？」

もうそこまで深入りしているのかと、思わず声を上げた。実はわたしもそのうち訪ねようとは思っていたのだが、まだ実現していない。時間があるのはわかるが、それにしても驚くほどの行動力だ。

「どうだった？」

すると羽瑠は「うん」と答えてから表情を曇らせた。

「それが、実際会ってみると想像していたのとだいぶ印象が違ったの」

「どういうふうに？」

「氷見って現在は、そんなに有名じゃないけど、その業界ではそれなりに名の通った音楽プロデューサーなんだって。外見はそのへんのサラリーマンと変わらないような温和なタイプの人で、過激なロックン・ローラーっていうかんじじゃないの」

「どういう人なの？」

「氷見さんは音楽一家に生まれて、子供の頃からピアノの英才教育を受けたんだって。それで音大のピアノ科に進んだんだけど演奏家としての限界を感じて、でも音楽は捨てきれなくて、ポピュラー音楽の世界で自分を試してみたいとバンドを組んだんだそうよ。事件当時は、音楽的には業界内では高い評価は得ていたんだけど全然売れなくて、かなり貧乏な生活を送っていたみたい。里奈さんと知り合ってつきあいはじめ、妊娠が発覚したのを機にプロポーズしたんだって。けっして軽い気持ちでつきあっていたわけじゃなくて、妊娠を知る前からゆくゆくは結婚したいと思っていたって言ってたわ……。真面目なかんじの人だったし、嘘をついてるようには見えなかった」

「でも、昔からそういう人だったのかはわからないでしょう」

事件からは七年が経過しているし、人は変わるものだ。

「うん。そう思ったから、氷見さんに当時のバンド仲間の連絡先を教えてもらって、話を聞きに行ったの」

もはや完全にハマったようだ。

「それで、当時ベース担当の島村《しまむら》って人に会って聞いたんだけど、氷見さんは当時から地味なかんじで、ミュージシャンっていうより学者って雰囲気の人だったって。音楽理論の小難しいことばかり言ってて、スター性なんてまるでなかったけど、ボーカリストがイケメンで、ギタリストが派手だったんで、バンドとしては成り立ってたって。いまは裏方にまわってるけど、もともとそっちのほうが合っているみたいだったって言ってた」

「でも、久能のお父さんは結婚に反対してたんでしょう？　どうして？」

「光爾さんのお父様は安定した仕事をしている人のところに里奈さんを嫁に出したかったみたい。公務員とか有名企業のサラリーマンとかね。ミュージシャンなんて浮ついた仕事をしている人間は認めなかったそうよ。偏見って言えば偏見だけど、娘を持つ父親の心境としては理解できないものでもないよね」

「というと、否定された氷見にはやっぱり動機があるってこと？」

「それが、氷見さんは当時バンドを辞めてお父様が勧める会社に再就職する決心をしてたんだって。全然売れてなかったから、自分の才能に見切りをつけるのにいい機会だって思ってたそうよ。里奈さんがあんなことになったんで、逆にバンドが解散してもミュージシャンを続けることになったらしいんだけど」

もしそれが本当なら、氷見には動機はない……。

「つまり、氷見は犯人じゃないってこと？」

「当時の警察もそう判断したわけだし、けっきょくそれが正しいんじゃないのかな？」

警察の判断が正しかったのかどうかはわからないが、氷見の線が弱いということは確かなようだ。

「でも、そうだとすると、他に動機がある人間がいるの？」

そう訊くと、羽瑠は眉を顰《ひそ》めて答えた。

「そうなのよね……。調べたかぎりでは誰も見つからなくて」

そして、その後でがっかりした顔で言った。

「けっきょく、わからないのは光爾さんなのよ。引きこもって何をしていたのか、ご家族との関係はどうだったのか……。誰も会った人がいないから、まったくわからないのよ」

そしてわたしに、久能は何か言ってなかったのか訊いてくる。

「だから、何を訊いても話をそらされるの」

何か隠しているのか、あるいは話しても理解されないと考えているのかはわからない。問い詰めたことはないのだが、そうしたところで答えるのかどうか、かえって心を閉ざされてしまう気がして、いままでは何気ない会話から探ろうとしていたことを説明した。

「本を買って来るように言われてるのよね。頼まれるのって、どんな本なの？」

「それが、半分以上は洋書なの」

「ネットで検索すればどんな内容かくらいはわかるんじゃない？」

「前に検索したんだけど、脳科学とか行動科学、心理学、とくに犯罪心理学関係の学術書が多かった。それから犯罪実話の研究書、犯罪心理小説もあって……」

「何のためにそんな本を？」

「犯罪について調べてるみたい。自分がどうして凶行に走ったのかを分析しようとしているのかもしれないし、別にいる犯人の心理を探ろうとしてるのかも……」

するとと羽瑠はイタズラっ子のように目を輝かせて言った。

「ねえ、問い詰めてみない？」

「でも……」

「だって、いままでそれとなく探ろうとしてきてだめだったんでしょう？　このへんで戦術を変えたほうがいいんじゃない？」

たしかに、それも一理ある。

ストレートに訊いたら久能はどう答えるのだろう。まともに答えなかったとしても、どう反応するのか……。この際試してみたい気がして、わたしは羽瑠の提案に頷いていた。

2

地下への階段を下りていくと、今日も久能光爾はベッドに仰向けに寝転がって本を読んでいた。わたしたちの足音に気づいているだろうに、その気配も見せずに本に夢中の様子だ。

階段を一段ずつ下りるごとに覚悟が決まってきた。最初はいま一つ気がすすまなかったが、やはりこのへんで正面から問うてみるべきではないか。自分の内からそんな衝動が湧いてきた。そろそろどうするか決めたかった。もう半年以上この状況を続けながら、どうしてこんな状態になったのか、いつまで続ければいいのか、もうやめるべきなのか判断する材料が欲しかったのだ。

「今日は羽瑠ちゃんも一緒か」

わたしたちが鉄格子の前に立つと、久能は視線をチラッとだけこちらに向けてそう言い、また本のページにもどした。

「羽瑠も揃ったことだし」わたしは確認することにした。「そろそろあの事件のことを話してくれない？　お兄ちゃんにどう話したのか」

久能は当然のように無視する。

「話す約束でしょ？」

「ああ、約束は守るよ。でも今日じゃない。気分がのらないんでね」

やはり、素直に話す気はないようだ。

ここで本題に入るところだが、どう切り出そうか迷っているうちに、羽瑠が先に口を開いた。

「会社を辞めてから、ずっと家にいたのよね」

「いまもいるよ。こうやって」

と久能はベッドを叩いてみせる。

「事件がおきる前のことよ」

「ああ……」

「家に引きこもって何をしてたの？」

すると久能は羽瑠のほうをチラッと見てから言った。

「別に、大したことはしてないよ」

「だから何してたの？」

「そんなことに興味があるのか？」

「あるから教えて？」

すると久能は「話すほどのことでもないさ」と言って微笑んで見せた。

「そう言わないで教えてよ」

「そのうちね……」

やはり普通に訊いても答える気はないようだ。

「話せないようなことをしていたわけ？」

羽瑠が食い下がる。

「いや。事件とは関係ないし、面倒くさいだけだ」

「関係がないかどうかはこっちが判断するわ」わたしは割って入った。「匿ってあげてるわけだし、差し支えないことなら話してくれてもいいんじゃない？」

「だったらインターネットを使わせてくれよ。差し支えないならね……」

嫌みったらしく言ってくる。すぐに断ろうと思ったが、そのとき頭にひらめいたことがあった。

「わかった。使わせてあげる」

すると久能は「ほんとうか！」と言いながら起きあがった。そして本を置いて立ち上がり、鉄格子の前まで歩いてくる。

「でも、今度はそっちが先に話して」

わたしはそう要求した。久能は話すと約束しながら、いまだに何も話していない。それならわたしだって同じことをすればいいのではないか。つまり話を聞いた後で、ネットは使わせてあげる。しかし今日からではないと言えばいい。

「いや。そっちが先だよ。まずパソコンを返してくれ。スマホもね」

わたしの思惑を察しているかのようにそう言ってきた。

「それじゃあこの前と同じじゃない。ネットを使わせてあげたところで、いつか話すよって言われたらどうなるの？　あなたは信用がないのよ」

「そうしたら接続を切るなり電源を落とすなり、それなりの方法があるだろう？」

そう言ってくるところを見ると、一瞬でもネットを使わせたらマズいんじゃないかという気がしてきた。久能は何かを企んでいて、スマホを持ったとたんにそれを実行するのかもしれない……。

すると羽瑠が口を出してきた。

「ネットぐらい使わせてあげたらいいじゃない」

久能は勝利を確信した瞳でわたしを見てくる。

「ネットを使って何をするかわからないのよ！　犯罪に利用するのかも」

わたしはネットを悪用すれば他人を操作して新たな犯罪を引き起こすことも可能であることを説明した。指名手配犯に許可するのは危険だと。羽瑠はしゅんとして黙る。

「わかった、話すよ」見かねたように久能が言った。「そもそも隠すほどのことでもない」

「じゃあ、どうして話さなかったの？」

「面倒だからさ。理解を得るのがね……」

久能はそう断ったあとで黙り込み、俯いたまま二、三歩歩き、またもどってきて口を開いた。

「就職する前から決めていたことなんだけどね。ある程度働いて、会社の仕組みを理解できたと判断したら、退職するのが予定の行動だった……」

「何のために？」

「投資でカネを稼ぐためさ」

「そんなことのために仕事を辞めたの？」

「大学時代に投機で当ててね。贅沢しなければ二、三十年は暮らせるくらいの貯金はあったんだ。だからギャンブル的な投機は卒業して、企業の財務内容を理解したうえでの投資を目指してみようと思って勉強していたのさ」

「仕事なんてバカらしいから、マネー・ゲームで楽して荒稼ぎしたいってわけ？」

「そういう反応を受けるから説明するのが嫌だったのさ。たいていの日本人は投資やトレードに対して偏見を持っていて、労働以外の方法でカネを得ることを犯罪みたいに考えてる。親父がそうだったよ。しまいには仕事は単なるカネを稼ぐための手段じゃないって言い出す……」

「わたしもそう思う」

「仕事がカネを稼ぐための手段じゃないなら、それ以外の方法でカネを稼いで何が悪い」

「だからマネー・ゲーム？」

「カネなんかのために一生あくせく働くのが嫌なだけさ。カネがあれば、たいしてカネにならない好きな仕事だって続けられるだろ？」

「でも投資なんて、仕事を続けながらでもできるんじゃない？」

「だから、最初から辞める予定だったたって言っただろ？　企業がどんなかんじかを知るために一度就職してみただけさ」

わたしはあきれて、羽瑠に「どう思う？」とふった。

すると羽瑠は笑顔で、「いいんじゃない？　おもしろそう。今度わたしにも投資の仕方を教えて！」と言う。コイツに訊いたのがバカだった。

わたしはあらためて久能の顔を見て、訊く。

「それ、ご家族には理解されてたの？」

「親父には強烈に反対されたよ。公務員とか大会社のサラリーマンとか、そういう安定した職業の人間しか認めない人だったからね。働かないでカネを得ようとするなんて、それこそ詐欺師かなんかのように悪態をつかれた」

「それでも家に引きこもってて、家族内で問題にならなかったの？」

「なってたって言うべきだろうね。どうしようもなくなったら家を出るつもりだったよ。でもできるかぎり実家にいたかった。一番カネがかからないし」

「働かなくても二、三十年暮らせるだけの貯金があったんでしょう？」

「資産を増やすのに一番大事なことは、無駄な出費はできるかぎり抑えることだよ」

だから忠雄さんにいくら怒鳴られても実家に居座っていたというのか。

そんな家庭内の不和が犯行の動機になった可能性はあるだろうか……。

普通は親子喧嘩がそこまでいくことは、まずないのだが……。

すると羽瑠が訊いた。

「ネットを使いたいっていうのはそれが理由？」

「そう。株の売買にネットが必要なんだよ」

まったく、不覚にも初恋をしてしまった相手がこんな男だったとは、自分の人を見る目の無さに落胆した。でも、彼のような生き方が正しいのかはともかく、そう考える人がいてもおかしくないことは認めざるを得ないだろう。仕事を辞めて引きこもっていた理由としては、一応筋は通っている。

しかしだからといって真実とはかぎらない。

わたしは探りを入れてみることにした。

「いままで頼まれて買ってきた本の中に経済関係のものはなかったわ。洋書で、何の本かわからないのもあったけど、ほんとうに投資の勉強なんかしてたの？」

「基本的な本はもう揃ってるからね。最新の情報はもちろん欲しいけど、ネットが使えないんじゃ知ったところでどうしようもない」

それは、そうかもしれない。それに彼がネットで株の売買をしているのかどうかは後で調べればわかるだろう。でも、仮にそれが本当だとしても、それ以外の目的にもネットを使おうとしているかどうかは、久能の頭の中を覗いて見もしないかぎりわからない。もちろん事件の前、引きこもっているあいだに彼がしていたことが投資の勉強だけだったのかどうかも確かめようがない。

やはりネットを使わせるべきではないんじゃないか。

しかしこの間ずっと久能に接してきて、与えても大丈夫ではないかという気持ちもあった。仮に彼が犯人だったとしても、ネットを悪用した犯罪を企むタイプではないように思える……。それならネットの使用を許可することで協力関係を築くことが、新たな証言を聞き出すことに繋がるのではないか？

どうしようか迷っていると、いままで黙っていた羽瑠が突然口を開いた。

「それで、あの事件の真相は？」

「光爾さんの事件よ。お兄ちゃんにどう話したのか、事件の真相を教えてくれるって約束だったじゃない」

「あの事件って？」

久能は「いや……」と言いながら羽瑠のほうを向いた。

「ネットを使わせてあげるんだから、それも話してよ」

「今回は引きこもってるあいだ何をしていたのかって質問だったろう？」

「でも、前に約束したじゃない。わたしも来てるんだし、いま話してよ」

たしかにネットを使わせるのと引き替えにあの話を聞き出すのはいい案だと思った。そもそも事件のことについてはこっちは約束を守り、久能が引き延ばしていたのだ。

わたしも羽瑠に続いてそう叩きつけた。

「話ができないってことは、都合の悪い秘密を隠してるってことじゃない？　そんな人にネットを使わせることはできない！」

「話せば本当にインターネットを許可してくれるのか？」

「もちろんデタラメな嘘じゃだめよ。ちゃんと事実を証言してもらわないと……」

すると久能は頭を掻き、少し黙り、それからあきらめた表情で言った。

「話が事実かどうかなんてどうやって判断する？　僕が正直に話したって、それは嘘だから使わせないって言うことはできるだろう？」

「あの事件についてはわたしたちもずいぶん調べさせてもらったわ。現場に残されていたいろんな証拠や関係者の証言と矛盾する話なら嘘だって判断するわ。でも、整合性のある話なら正直に話してるんだって認める」

現場からどんな痕跡が見つかっているのか久能もすべては知らないだろう。警察が外部に洩らしていない情報もあるので、一般人がどんなに調べたところでわかりっこないからだ。

「こっちは話したのに、気が変わったからやめるって言うこともできるよね」

「そこはわたしを信じてもらわなくちゃ」

「やっぱり先にネットを使わせてくれよ。あとで話すから」

「それはだめ。そう言っていままで話してないんだから」

久能は黙り、立ち上がってゆっくり部屋のなかを歩き回りはじめた。いままでにないくらいに悩み、迷っている様子だ。

すると羽瑠が見かねたように提案してきた。

「じゃあ、こうしない？　亜季がまた事件の話をしてよ。実際の事件じゃなくて、クイズみたいなものでもいいから、できるだけ難しいのがいいわ。それで、光爾さんとわたしとで正解まで辿り着けるかどうかで、どうするのか決めるのよ……。見事正解できたら光爾さんはあの事件のことを話して、ネットは使わせてあげる。謎が解けなかったら今回は見送る……っていうのはどう？」

また探偵ゴッコがしたいだけだろう……とは思ったが、久能の反応を見てみたかった。

目を向けると、久能は少しのあいだ考えてから微笑んで答えた。

「いいよ。亜季ちゃんが出題してくれるならね」

自分では決めかねて、そんなゲームに託す気になったようだ。それならもう羽瑠の思惑なんてどうでもいい。こんな千載一遇のチャンスを逃す手はない。

「わかった。それでいいわよ」

すると羽瑠が急に目を輝かせはじめた。

ほんとうにこれでよかったのか。ネットを使わせる約束なんて……。一瞬疑念が浮かんだ。

「じゃあ、出してくれ」

久能は椅子にどっかりと腰を下ろし、背にもたれて指示してくる。

やはり彼から事件の話は聞きたい。このチャンスを摑もうと覚悟を決めた。

でも何を話したらいいだろう？　わたしは迷った。実際の事件でなくてもいいということだが、推理クイズなんて子供の頃に本で読んだきりだ。まして難しい問題なんて知らない。

でも実際の事件であれば、ちょうどいま謎に満ちた難解な事件に遭遇していた。あれをフィクションとして話したらどうだろう。細部をぼかして、あくまでクイズとして話すのだ。解決していない事件だから何が真相かはわからないが、フィクションとすれば正解はこっちで勝手に決めていいはずだ。つまり、わたしが納得できる推理を聞かせてくれたら、それが真相であるかどうかはともかくとして正解にすればいい。

あの話をしてみよう……。わたしは心に決めた。

3

「警察に連絡が来たのは台風が過ぎた翌日で、今日みたいな快晴の日だったわ。現場は小高い丘の上で、その高台の周囲を回り込むように細い川が流れていた。現場に行くにはたよりない一本橋を渡らなければならなくて、警察が通ったとき橋の上は流されてきた瓦礫《がれき》が散乱していたの。前夜の台風はそれほど大きなものではなかったんだけど、上流で豪雨が降ったんで、増水で橋は一度水没したらしくてね……」

わたしは初めて現場に到着したときのことを思い出しながら話しはじめた。高台の上では豪雨に洗われた森が濃緑に輝き、その間から数軒の家が、海から突き出す岩礁のように顔を出していた。どれも「屋敷」と表現したくなるほど大きく立派な姿だった。

「現場は広い庭のある洋風の大きな邸宅でね、部屋の隅に置かれた段ボール箱に死体が押し込まれていたの。亡くなっていたのは二十歳の女性で、名前は……今津美砂《いまづみさ》としとくわ。その家に住んでいる大学生よ」

関係者はすべて偽名で話すことにした。

「死体が入っていたってことは、段ボールはかなり大きなものだったのか？」

「そうだけど、遺体は窮屈そうに膝を抱えた体勢で、いかにも押し込まれたってかんじ。それでこの事件の一番の謎というのは、犯人はどうして死体を箱に押し込んだのかってことなの」

すると羽瑠が口を開いた。

「隠そうとしたとか？」

「隠したことにならない。箱は堂々と部屋に置かれてたの」

「自分が殺した死体を、なんとなく見たくなかったってこと？」

「たしかに犯人が被害者の知人である場合、上に何かがかけてある例は多いわ。死体を見るのに忍びないみたいで。でも、現場にはベッドがあって毛布もあったから、一時隠しておくだけならそっちを使ったほうが簡単」

すると今度は久能が訊いてきた。

「現場をもっと説明してくれないか？」

「死体があったのは一階のリヴィングに隣接したフローリングの広々とした部屋でね、被害者の自室よ。その部屋の隅に段ボール箱が置かれてたの。箱の上に何か置かれていたとか、布で隠されていたということもなくて、堂々と置かれていたわ。蓋もかるく閉じられていただけで、ガムテープで封じられてもいなかった」

「段ボール箱はその部屋にあったものなの？　それとも外から運び込まれた……」

「部屋にあったものよ」

「人が入るほどの箱なんだろう？　どうしてそんなものが部屋に？」

「その部屋はもともと美砂の祖母の部屋だったんだけど数年前に亡くなって、最近美砂が移ってきたの。大きくて陽あたりのいい部屋なんでね……。荷物を入れ替えるときに、部屋にあった祖母の遺品をいくつかの大きな段ボールに詰めていって、衣服や雑貨を詰めた箱はすぐに運び出したんだけど、本とかＣＤを詰めたのは重すぎて運び難かったんで、後でもっと小さな箱を見つけて詰め替えるつもりで、とりあえず部屋の隅に置いておいたんだって」

「同じ大きさの箱に詰めたら、まあそうなるね」

わたしもそう思う。本はかなり重い。

「すると、箱に入っていた本を出して、死体を入れたってこと？」

「そう」

「じゃあ、入っていた本は？」

「ウォークイン・クローゼットの中に乱雑に散らばっていたわ」

「その部屋の？」

「そう」

久能は「うん……」と言いながらしばらく黙考していた。羽瑠も何も話さない。その気持ちはわかる。犯人が何でそんなことをしたのか見当もつかないのだ。

わたしは少し待ってから説明を再開した。

「他にも不思議な点があるの」

「何？」

「箱の中には……、死体の背中のあたりに一冊の大判の本が差し入れられていたの」

「本？」

「アンドレ・ブルトン著の『魔術的芸術』という本よ。何でその本が入れられてたのか……、犯人からのメッセージかもしれないと思って調べたんだけど、犯人によると思われるような書き込みはなかったし、手紙の類が挟まれているってこともなかった」

「その本は、家にあったもの？」

「美砂の祖母の蔵書で、もともと箱に入れられた本のうちの一冊。でも、そうだとしても何でその本だけが残されていたのか……」

久能は「ふん……」と言いながら俯いて考え込んだ。わたしは説明を続けた。

「検視官が調べたところ、死因は後頭部を鈍器で殴られたことによる撲殺で、出血はみられなかった。死亡推定時刻は前日の夜十時頃で、誤差は前後三十分程度。部屋を調べてみたけど、凶器らしきものは見あたらなくて、犯人が持ち去ったのかもしれない」

「その死亡推定時刻に、その家には誰かいたのかな？」

「住み込みで家政婦をしている京子《きょうこ》のほか、被害者の友人が何人かいたわ」

「友人？」

「説明するね……。美砂の両親は仕事の都合でドイツで生活していて、二人いる姉はともに結婚し独立してるんで、その大きな家には美砂と京子だけが暮らしていたの。死体発見の前日はその家に美砂の大学での演劇サークルの仲間を呼んで、一階のリヴィングでちょっとしたホーム・パーティーを催していた。美砂は大学の映画制作サークルの自主映画に頼まれて出演したんで、その上映会を兼ねた集まりだったそうよ。その後友人たちは家に泊まって、翌朝になって朝食をとろうとしたんだけど美砂がなかなか起きてこないんで、京子が様子を見に行ったところ死体を発見した……」

「おかしいね」久能が声を上げた。「死亡推定時刻は夜十時なんだろう？　大学生のホーム・パーティーなら盛り上がってる頃じゃないか。そんな時間に殺されて誰も気づかなかったのか？」

「それが、パーティーの席で美砂は友人と口喧嘩になって、怒って自分の部屋にこもってしまったの。怒るとすぐ自室にこもるのは美砂の癖らしくて、そんなときは何を言っても聞かず、でも数時間もするとケロッとして出てくるのがいつものパターンだったそうよ。友人たちもそんな美砂の性格を知っていたから、しばらく放っておくことにしたんだって。でもその夜は遅くなっても出てこなくて、たぶんそのまま眠ってしまったんだろうと思って、それほど気にもしなかったって……」

「美砂が部屋にこもったのは何時？」

「八時過ぎ」

「犯行時の物音がリヴィングまで聞こえて来ることはなかったのかな？」

「現場は亡くなった祖母の部屋だったって言ったでしょう。その祖母は大のワグネリアンで、大音量でオペラを聴くことを最大の楽しみにしていたんだって。深夜でも早朝でも、家人や近所に気兼ねなくボリュームを上げたいからって、部屋を完全な防音にしていたの。だから部屋でどんな大きな物音がしても外部には聞こえないのよ」

「現場の状況はどうだったのかな？　死体が箱に入ってたっていうこと以外は」

「一見すると物取りの犯行に見えたわ。部屋全体が荒らされていて、タンスとかの引き出しも中を探った形跡があったし、それに部屋に置いてあったはずの高価な首飾りがなくなっていた」

「盗まれた？」

「そう見えるわね」

「被害者がその高価な首飾りを持ってるってことは知られていたのかな？」

「それが、被害者のものじゃないの。美砂が自主映画出演の際、本物を身につけたいっていって友人から借りたものなんだって。それで、来週の日曜に友人宅で行われるパーティーにもつけていきたいから、もう少しのあいだ貸しておいてくれって頼んだそうで……」

「それが部屋に置いてあった？」

「化粧台の上のアクセサリー・ケースに入れられていたと家政婦の京子が証言してるわ。それでね、そのケースが開けられてて首飾りはなかったんだけど、その横には丸められたロープとスカーフがきれいに纏めて並べられていたのよ」

「ロープ？　何でそんなものが？」

「友人に訊いてみたら、ロープのほうは美砂が最近演劇で使用したものだそうよ。でも、何でこんなところに置いてあるのかわからないって。スカーフのほうは美砂のものなんだけど、でも、乱雑に探られていた化粧台で、何で上に置かれたロープとスカーフだけがきれいに並べられていたのかはわからない」

「どんなロープ？」

「長さは二、三メートルくらいの、細めのロープよ」

久能は少しのあいだ黙考し、それからまた口を開いた。

「もし物取りの犯行だとするなら、犯人はどこから部屋に侵入したのかな？」

「窓よ。歩いて庭に出られるガラス戸みたいな大きな窓で、警察が到着したとき人一人通れるくらい開いていた。クレセント錠のすぐ横の部分の窓ガラスが割られていて……」

「つまり、窓を割って、そこから手を突っ込んで鍵を開けたってわけか」

「そう見えるわね」

「建物の外部には、そこから犯人が出入りしたような跡は残っていたのかな？」

「逃げたときの足跡が残っていたわ。現場の部屋の外は日本庭園になっていて、ガラス戸のすぐ外から飛び石が置かれて歩けるようになっているんだけど、その飛び石から足を踏み外したような足跡が残っているところが二ヶ所あったの。前夜が台風で庭の地面もぬかるんでいたから、足跡がはっきり残っていたのよ。もっともそれが犯人のものなのかわからないけど……」

「足跡のサイズや形は？」

「それが、飛び石を踏み外した部分だけの断片的な足跡なんで、サイズもわからないし、形や靴底の模様なんかもはっきりしなくて……」

「部屋の中には犯人の足跡は残っていた？」

「なかったわ」

「雨の日に外から侵入したんだろう？　残るもんじゃないのか？」

「足跡が残っていたら重要な手がかりになるから、そこは犯人も考えたんじゃない？　靴を脱いだのか、捜査員がやるように靴の上からビニールのカバーをかけたのか……」

　すると、いままで黙って聞いていた羽瑠が質問してきた。

「でも、泥棒なら何で殺したの？」

「部屋に侵入しているところを美砂に気づかれたんで、騒がれたらまずいと咄嗟に殺してしまった……ってとこかしら」

「でも、殺したりしたら罪が一気に重くなっちゃうんだよね」

「咄嗟のことで逆上してたってことはあるわ」

「あるいは」すると久能が指摘した。「物取りに見せかけて美砂を殺したんだろうな」

　わたしはその可能性はあると認めた。久能はさらに訊いてきた。

「他には、現場に奇妙な点はなかったのかな？」

「ちょっと不思議に思ったのは、本棚に並べられていた数十体のビスク・ドールにはまったく手がつけられてなかったこと」

「ビスク・ドール？」

「美砂が蒐集したものらしいわ。もともと棚にあった本を段ボールに詰めた後、それを並べたんだって。年代もので見るからに高価そうだったのに、まったく荒らされてもいなかった」

　すると羽瑠が口を開いた。

「犯人は首飾りがほしくて、それ以外は興味なかったんじゃない？」

「でも、部屋全体が荒らされていたのよ。ビスク・ドール以外は」

「首飾りを探しまわってたのよ」

「首飾りは化粧台のアクセサリー・ケースにあったの。真っ先に探す所でしょう？　それで見つかったなら、他を探す必要はないわ」

「アクセサリー・ケースに入ってたって言ったのは家政婦さんでしょう？　その後で美砂がどこかに移動していたのかもしれないわ」

「何のために？」

羽瑠はその理由を考えて黙り込んだ。

「その点は物取りが偽装だとするとぴったりくるね」久能が言う。「首飾りのありかを家政婦が知ってるということは、犯人は知らなかったわけだろう？　もし知らなかったとすれば偽装工作は上手くいっていたんじゃないか？　ビスク・ドールに手をつけなかったのは、そんなところに首飾りがあるわけないからだよ」

すると羽瑠は「それよ！」と大声で賛同した。

「でも、何で死体が段ボール箱に入っていたのかって謎は、物取りが偽装だとしても残るんじゃない？」

すると久能は楽しそうに微笑んだ。

「そうだね。そこがこの事件のおもしろいところだ。でも、その点から考えてもやっぱり物取りによる犯行の線は否定すべきだろうね。物取りなら、咄嗟に殺してしまったとしても、さっさと逃げるだけだろう。わざわざ死体を段ボール箱に、それも入っていた書籍を出してまで隠した理由がわからない。そんなことをしてるあいだに誰かが部屋に入ってきたらアウトなんだから」

たしかにその通りだ。久能は続けた。

「足跡も偽装されたものだと想定すれば、計画的犯行を疑うべきだろう。でも妙なのは、そこまで計画して偽装したのに、何で死体を箱に入れたりしたのかだ。そんなことをしたら単純な物取りじゃないって疑われるのは確実なのに……」

するとと羽瑠が口を開いた。

「じゃあ、そうやって泥棒を偽装したように思わせといて、やっぱり泥棒ってことはないの？」

すると久能が「それもおもしろいね」と相槌を打つ。

「それと……」わたしは付け加えた。「さっき言い忘れてたけど、物取りだとすると、もう一つ奇妙な点があるのよ」

羽瑠が「どんなの？」と訊いてくる。

「警察が到着したとき、窓のカーテンは閉まっていたんだけど、一部分だけ濡れていたのよ。クレセント錠のすぐ横の窓ガラスが割られていたところなんだけど……」

「台風の夜なんでしょ？　雨が吹き込んで濡れるのは当たり前じゃない？」

すると久能が指摘した。

「窓は人が通れるくらい開いていたって言ってたね」

「そう。警察が到着したときには開いていたし、第一発見者が開けたわけでもない……」

「それならクレセント錠のあたりはガラスが二重になっているはずだ。一枚が割れてたって、雨はカーテンまで届かないんじゃないかな？」

「そうなの」

久能はさらに訊いてきた。

「窓が開いていた部分のカーテンは濡れてなかったのかな」

「そう。カーテンはぴったりと閉まっていて、窓は開いてたんだから、雨が吹き込んだらその部分のカーテンが濡れているはずなんだけど、完全に乾いてたのよ」

「ということは……」羽瑠が首を傾げながら言った。「犯人が窓を割って侵入したときにはまだ雨が降っていて、窓を開けて逃亡したときには雨は止んでいたってこと？」

するとと久能が「雨は何時頃に止んだのかな？」と訊いてくる。

「現場付近の雨は昼過ぎから降りはじめて、夜の十一時には止んで暴風に変わったってことで……」

その点はすでに気象庁に確認してある。

「死亡推定時刻は夜十時で、誤差は三十分くらいだって言ってたよね。ということは、犯人は美砂を殺害してから、最低三十分は現場にとどまっていたってことか？　何をしてたんだろう？」

「そこも謎よね」

単純に考えれば死体を段ボール箱に入れたり、首飾りを探して部屋を荒らしていたということなんだろうが、三十分もかかるものなのか疑問だ。殺したからには一刻も早く逃げたいはずなのだが……。

久能は少しのあいだ黙考した後で言った。

「どういうことかはまだわからないけど、物取りが偽装ってことは確定だろうね。外部犯じゃないとすると、パーティーに来ていたメンバーのうちの誰かによる犯行ってことはないのかな？　トイレに立つふりをして殺しに行った……とか」

「それは無理なの」

「どうして？」

「現場の家の造りは、一階の中央に大きなリヴィングがあって、それ以外の各部屋はそこから直接入るようになっていたの。つまり美砂の部屋のドアはリヴィングからまる見えなのよ。他のメンバーに気づかれないように誰かが部屋に入っていくなんて不可能」

「じゃあ、何か理由を設けて家から出て、外から庭にまわって現場に行くのは？」

いきなりそれを指摘してくる久能の鋭さに驚いた。わたしたちは最初のうちその可能性に気づかなかったのだ。

「それは可能な人もいてね……」

久能は静かに目を輝かせた。

「容疑者が絞れるってことかな？」

「そうなるわね」

「詳しく聞かせてくれないか？」

わたしはもう完全に暗記している事件当夜のパーティーの客の出入りを説明することにした。

「当日のホーム・パーティーに参加したメンバーは被害者のほか四人。東上《とうじょう》、西崎《にしざき》、志摩《しま》っていう男性と、莉々子《りりこ》っていう女性で、みんな美砂と同じ大学の学生。自主映画の上映会を兼ねたパーティーは夜の七時に開始する予定だったんだけど、その時刻に到着していたのは東上と莉々子だけだった。

天気予報では台風はそれるって言っていたのに、直撃してしまったんで二人が遅れたわけ。美砂をふくめた三人は残り二人の到着を待ちながら飲食をはじめることにしたの」

「上映は全員揃ってからにしたわけだね」

「そう。どうせなら大きな画面で観ようって、西崎がビデオ・プロジェクターを持って来る計画だったの。でも彼も到着が遅れていたんで」

「わかった。続けて……」

わたしは説明を再開した。

「八時を過ぎた頃、その席で美砂が突然怒りだして自室へこもってしまったわけ。東上がある劇作家をケナしたのがきっかけだそうだけど、美砂も以前からその劇作家が嫌いだって言ってたんで、何でキレたのかわからないって。でも美砂は気分屋で、よくわからない理由でキレることはいままでにもあったので、東上も莉々子もその時点では気にしなかったそうよ。またいつもみたいにケロッとした顔でもどってくるんだろうと思ったって……。そのあと十一時過ぎ、ちょうど雨が止んだ頃にようやく西崎が到着したんだけど、美砂が部屋から出てくる様子がないし、もう時刻も遅いんで、上映は明日にしようってことになったんだって」

「泊まったんだね」

「美砂が友人を家に呼んだときは泊めることが多くて、パーティーのメンバーは以前に何度もそうしてるんで、京子は今回もそのつもりで準備していたって。大きな家で空いている部屋が多いんで、一人に一部屋割り当てていたって」

「いいわね……」

　羽瑠が声を洩らした。

「もう一人の男はいつ到着したのかな？」

「志摩は翌朝の八時頃になってようやく到着したの。前夜のうちに車で向かってたんだけど、途中の橋が台風で水没して通行止めになっていて、迂回できないかと右往左往しても道が見つからなくて、けっきょく朝になって通行止めが解けたんでようやく到着したんだって。後で京子に確認したら迂回路はなくて、その橋を渡らなければ現場の家には来れないそうなんだけど」

「その時点ではまだ美砂の死体は発見されてないんだね」

「そう。全員揃っての朝食の席に美砂があらわれないことから、京子が美砂の部屋へ呼びに行って死体を発見し、すぐに警察に通報した」

「すると……」久能はゆっくりと確かめるように言った。「犯行時刻の十時に家にいたのは、東上と莉々子、それに家政婦の京子ってことか。この三人は外回りで現場の部屋に行けた可能性があるわけだね」

　すると羽瑠が口を開いた。

「西崎だって、十一時に到着したように見せかけて実際は十時に着いていたのかもしれないよ」

　久能は頷いてから言葉を続けた。

「可能性だけで言えば志摩だってないわけじゃない。でも、すべては奇妙な現場の状況を説明できるのかってことになりそうだね」

　そう。わたしが知りたいのは段ボールの謎の理由なのだ。それさえわかれば、犯人が誰かは警察が捜査する。

「手がかりはそれで全部かな?」

久能が確認してきた。

「あともう一つ……」わたしは言い忘れていたことを思い出した。「現場の周辺の木立の中に真新しいタイヤ痕が見つかったの」

「犯人の?」

「確証はないけど、警察はその可能性が強いと見てる」

「なぜ?」

「現場の家の周辺には森が広がってるんだけど、その木々のあいだに分け入っていく未舗装のかなり細い……登山道というより獣道みたいな泥道にそのタイヤ痕が残っていたの。軽自動車でも無理をしなければ通れないような所だったし、その先には家も何もなくて、そんな場所に理由もなく車で入る者がいるとは思えないから、犯人が一時車を隠しておいたっていう可能性は濃いわ」

「つまり犯人は車でやってきて、一時車をそこに?」

「そう」

「車種とか、そういったものは判明したのかな?」

「残っていたのはごく一部だけだし、不明瞭なものだったんで何もわからない」

「どうして一部だけ?」

「森の木々が頭上を覆っている下に残ってたの。その周辺のタイヤ痕はたぶん前夜の雨で流されてしまったみたいで、たまたまその場所だけ木々の葉が傘になって守られていたのよ」

4

とりあえず一通りの説明を終え、わたしはどう思うか訊いてみた。

「なんだかちぐはぐな部品が集まってるように感じるね」久能は微笑んで見せた。「単純な物取りとは思えない。でも、違うとしたら何なのかもよくわからない……」

どこから手をつければいいのか迷っている様子だ。すると羽瑠が口を開いた。

「死体と一緒に入っていたって本が気になるんだけど。『魔術的芸術』って言ったっけ。もし犯人のメッセージだったとすれば、どんなことを伝えようとしたんだと思う？」

すると久能が答えた。

「この殺人は芸術作品だ……と言いたかったのかもしれないね」

「殺人が芸術？」わたしは思わず大声を上げた。「そんなわけないじゃない。殺人は犯罪よ」

「そう書かれた本があるんだよ。アルトーの『演劇とその形而上学』っていう……。ああ、新しい訳じゃ『演劇とその分身』だね」

どこの異常者が書いた本なんだ！　刑事として怒りが込み上げてきた。さらに気に障ることには、その『演劇とその形而上学』という書名には見覚えがあった。現場のクローゼットの中に段ボール箱にもともと入れられていた本が雑然と積み上げられていたのだが、その中にその書名があったのだ。

印象的なタイトルだったのでおぼえている。

「そんなの……、百歩譲っても入ってたのは違う本じゃない。どうしてそういうメッセージになるの？」

「ブルトンとアルトーは仲間だよ。ともにシュルレアリスムっていう芸術運動に深く関わっていた。それで『魔術的芸術』も『演劇とその分身』もシュルレアリスムの思想を理論化した本なんだ。内容も互いに影響しあっていて、主張も通底している」

「そっか」すると羽瑠が声を上げた。「アンドレ・ブルトンってどっかで聞いたことのある名前だと思ってたんだけど、シュルレアリスムの人だよね。『ナジャ』っていう本を読んだことがある。よくわからない本だったけど、へんなふうにおもしろかったな。あの、半分眠って文章を書くっていう自動筆記っていうの？　あんなこと本当にやってたの？」

「あれは事実を書いた小説だそうだからね。実際実験していたようだ」

なんだその自動筆記っていうのは……。

「シュルレアリスムって、ダリとか、ああいうファンタジックな絵のことでしょう？」

そう訊くと、久能は一つ咳払いをしてから説明をはじめた。

「たしかにダリを連想する人や、空想的で奇妙な作品をイメージする人も多いね。でも、そもそもダリはその運動にそんなに深く関わってはいないんだ。シュルレアリスムの中心にあるのは、新しい芸術作品の見方を提示して過去の作品をすべて見直し、これまでとは違う芸術を創造していこうっていう価値観でね」

「新しい見方って？」

「それまで芸術は、いわば進化論みたいに語られるのが普通だったんだ。ラスコーの壁画とかアフリカの未開社会の原住民の仮面とか、そういったプリミティヴな段階がまずあって、それが技術的にも手法的にもだんだん進歩して、より高度な表現が可能になって現代の優れた芸術作品に至る……みたいにね。でも、シュルレアリスムはそんな歴史的な価値観を否定して、プリミティヴな芸術は現代のものと比べて劣っているわけではないとした。実際アフリカの仮面とか、日本でいえば縄文時代の火焔式土器とか奇妙な形の土偶とかに、現代の芸術作品にはないような魅力を感じることはあるだろう？」

羽瑠は頷きながら、「どういうものがいいって書いてるの？」と訊いた。

「芸術の価値の有無は、人間の無意識を揺さぶってくるような強い力を持っているかどうかにあるって言ったんだよ。彼らは上手く描けているだけの優等生的な絵画を否定して、無意識を刺激してくるような得体の知れない魅力を持った作品を賞賛した。そういった価値観で過去の芸術を評価し直して、そういう魅力をもった作品を創造しようとしたんだ。さっき言ってた、半分眠った状態で作品を創造する自動筆記なんかもそのための試みの一例だよ。彼らは観る者の無意識を刺激してくるような作品がどうやったら作り出せるかを探究して、さまざまな実験を行ったんだ。その試みが成功したかどうかは評価が分かれるけど、それを探究したってことは事実なんだ」

「それが、どうして殺人が芸術だって話につながるのよ」

「人間の無意識を揺さぶるものとは何かを探究していくうちに、彼らは芸術、それから宗教や魔術の源泉はみな同じもので、それは広い意味での恐怖とか畏《おそ》れといった感情だという考えに至ったんだ」

「恐怖が、芸術？」

「あまりにも巨大な岩とか樹木、人をよせつけないほど厳しい山や深い谷、そういった理解も共感もできないものを見ると人の心は畏ろしさに震える。そしてその恐怖を鎮めるために儀礼を行ってきたんだ。みんなで祈ることで、自分たち自身に催眠術のようなものをかけて恐怖を鎮めてきたんだよ。それが原始的な宗教のはじまりさ。実際、世界中のどの文明を見ても古代のアニミズムでは巨石や巨木、山なんかが信仰の対象になっている」

「その宗教から芸術が生まれたってわけ？」

「例えばその儀礼では祈りとか呪文のようなものが唱えられた。そんな呪文の言葉は意味よりも韻やリズムが重視されるんだ。そこから音楽が生まれ詩が生まれた。世界のどの文明を見ても最初の文学は詩だろう？　古代には詩の言葉は魔術的なパワーを持っていると信じられていたんだよ。それからラスコーの壁画や土偶なんかも呪術的な役割から作られたものじゃないかという説が有力だ。そこから絵画や彫刻が生まれたんだよ」

するとと羽瑠が目を丸くして、「じゃあ、殺人も……」と声を洩らす。久能は頷いて、続けた。

「殺人というのもまた人間の無意識を刺激してくる要素を持ってる。それが証拠に新聞やテレビを見てみろよ。どれだけの数の殺人事件を報道しているか……。みんな殺人事件が大好きなんだよ」

「違うわ」わたしは反論した。「それは娯楽じゃなくて報道でしょう？」

「何で殺人事件を報道する必要がある？」

「世界を知るためよ。世の中でどんなことがおきているかを知って、それにどう対処するかを考えて、再発を防いでいくため」

「優等生的な言い訳だけど真っ赤な嘘だね。防ぐどころか、殺人事件を報道すれば似たような事件が増えるってことはきれいに統計で出てるんだよ。殺人のニュースは殺人を増やす影響力を持つのさ」

　すると羽瑠が訊いた。

「どうしてニュースがあると殺人事件が増えるの？」

「行動経済学っていう学問があってね、人間がどんな場合にどんな行動をとるものかっていうのを研究する学問なんだけど。研究の結果わかったことは、人間の行動は他人に影響されるもので、つまり人は他人と同じことをしたがるものだっていうことなんだよ。つまり、ベストセラーだって書かれていればより売れるし、行列ができる店だと紹介されればより客が集まる。人がそうしているってことが、自分もそうしようって衝動につながるのさ。有名人が自殺したというニュースが放送されると自殺者が増えるっていうことも統計で出ている」

「他人が自殺したら自殺したくなるってこと？　それはないでしょう」

「もちろんまったく自殺する理由がない人がそうするってことはないだろうね。けど、鬱状態にあって、ぎりぎりの所で自殺を踏みとどまっているような人が影響を受けることはあり得るだろう。実際に統計でそうなってるんだから否定しようがない」

　たしかに、最後の一線を踏み越えるきっかけにはなりかねないとは思う。久能は続けた。

「つまり、殺人を報道すれば殺人事件が増えるし、報道しなければ殺人を減らす効果がある。報道にはそういう影響力があるってことは少しでも行動経済学を学べばわかることとなんだ。なのになぜ人は殺人事件の報道をやめないんだと思う？」

「殺人事件が人の無意識を刺激するからって言いたいの？」

「その通り。殺人事件を報道することに社会的意義なんてない。むしろ悪影響を与えるだけだ。それを認めたくないからいろんな言い訳をつけてるけど嘘だ。昔から一種の娯楽なんだ。人が殺人に興味を引かれるから、その好奇心を満足させるために報道があるのさ。それが証拠にいくつかの殺人事件は有名な作品であるかのように時代を超えて語り続けられているだろう？　切り裂きジャックとか、マリー・セレステ号とか……。それに小説だってテレビ・ドラマだって、殺人事件を扱ったものは定番として作り続けられているじゃないか」

「だから殺人は芸術？」

「そうなり得るような魔術的な力をもつものだっていう考え方があるっていうことさ」

するとと羽瑠が小首を傾げた。

「でも、その殺人は芸術だっていう話はアルトーって人の本に書かれてたことなんだよね。その本もそこにあったのなら、どうしてそれじゃなくてブルトンの本のほうを箱に入れたのかな？」

「犯人のメッセージだとすれば、『演劇とその形而上学』じゃ何のことだかわからないだろう？　でも、死体の横に『魔術的芸術』が置いてあったら、そういう意図だってわかりやすいからじゃないか」

「じゃあこの事件は、殺人を芸術だと思っている者の犯行だっていうこと？」

すると久能は微笑みながら俯いた。

「いや。犯人がどんな意図で本を押し込んだかは、いまの段階では決められないよ。あくまで可能性の一つとして、そう考えることもできるってくらいのことだ」

羽瑠は楽しそうに身を乗り出した。

「その『魔術的芸術』って読んでみたいな」

「読んでみるかい？」

「持ってるの？」

「ああ」

久能は椅子から立ち上がると、くるりと後ろを向き、部屋の一番向こう側にある本棚へと歩いて行った。そして一冊の本を取ってもどってきて、鉄格子の隙間から羽瑠に手渡す。

それを見て奇妙に思った。たしかに書名は『魔術的芸術』である。でもそれはわたしが現場で見た本ではなかった。

「これじゃないわ。もっと大きな本よ」

縦が三十センチ以上はある、大きくて分厚い本だった。

「これは普及版だからね」久能が答えた。「たぶん現場にあったのは最初に出た訳書のほうだな」

羽瑠はさっそく本をパラパラとめくりはじめた。図版の多い本である。

5

「本のことはとりあえず措いておこう」ゆっくりと椅子に腰かけながら、久能はあらためて口を開いた。「気になっていたのは濡れたカーテンだね。さっきは雨が降っているときに窓を割って侵入したから、割れて穴のあいた部分のカーテンが濡れていたんだろうって言っていたよね」

「そう」

「でも思ったんだけど、もし窓を割って侵入した場合、窓は開けたままにしておくんじゃないのかな？」

羽瑠が「どういうこと？」と訊く。

「逃げ道を確保しておくためさ。何かあったらすぐに逃げられるよう、窓は閉めないほうがいい」

「たしかに、普通そうするでしょうね」

「何で窓を閉めてたんだろう」

「わからない。住宅街での物取りの場合、自分が侵入していることを通行人に覚られないために侵入口を閉めておくことはあるんだけど、この事件の場合部屋に面していたのは庭で、その向こうに柵もあったから、通行人の目なんて気にする状況じゃなかった」

「犯人がいつ侵入したのかも問題になるね。美砂は夜八時頃に現場の部屋に入ったんだよね？　犯人は人がいる部屋に窓を割って侵入したのかな？　それともまだ誰もいなかった八時前に侵入したのか。そうだとすると殺害までの二時間、何をしていたんだろう？」

「たぶん部屋のどこかに隠れてたんじゃない？　クローゼットの中とか……」羽瑠が言った。「首飾りを探しているときに美砂が入ってきたんで、咄嗟に隠れたのよ。それで、二時間くらいはそのままでいたんだけど、何かのきっかけで気づかれてしまったんで殺した……」

「いや、侵入した犯人は当然首飾りを探して部屋を荒らしたはずだ。八時前に侵入していたなら、美砂は荒らされている部屋を見て誰かが侵入したことに気づき、リヴィングの友人を呼んで警察に連絡するんじゃないか？　つまり身を隠しても無駄だ」

「それじゃあ……、たまたま犯人が侵入してすぐ、まだ部屋を荒らす前に美砂が入ってきたっていうのはどう？」

「それでも窓は割られてたんだよ。吹き込んでくる暴風でカーテンは揺れたろうし、二時間も気づかないなんて考えられるかな？」

「それなら……。やっぱり美砂が部屋に来た後で侵入したんじゃない？　たぶん美砂は明かりを消してベッドに入ってたのよ。だから犯人は、人がいるとは思わずに侵入したの。だってリヴィングではパーティーをやってるんだし、まさか部屋に人がいるなんて思わないじゃない」

「部屋にいるときにガラスが割られたら気づくだろうし、それで誰かが入ってきたら助けを呼ぶんじゃないかな？　ドアさえ開ければリヴィングには何人も人がいたんだから」

「たぶんぐっすりと眠ってたのよ。多少の音がしても気づかない人はいるでしょう？」

　すると久能がわたしに質問してきた。

「被害者はどんな服装をしていたんだ？　パジャマとか？」

「リヴィングにいたときの服装の上に夏物の薄い上着を着ていたの」

「それじゃあ、その線は薄いな」

　羽瑠はそれが正しいと認めた。そしてさらに続けた。

「じゃあ、泥棒に入って見つかったから殺したんじゃなくて、はじめから美砂を殺すことが目的だったんじゃないかな？」

わたしは「どういうこと？」と訊いた。

「犯人は美砂を殺そうと計画して、八時より前に侵入してクローゼットに身を隠していたのよ。それで部屋にやってきた美砂を殺したあと、部屋を荒らして泥棒に見せかけた……。窓を閉じていたのは、自分が侵入したことを隠すためだったんじゃない？」

「そもそも美砂が八時過ぎに部屋に行ったのは偶然でしょう？　もし友達と喧嘩して部屋に行かなかったらどうする気だったの？　寝るときまでずっと待ってるつもりだったの？」

「待つつもりだったんじゃない？」

「そうだとしてもおかしいな」久能が指摘した。「八時前から部屋にいたなら、十時まで美砂を殺さなかった理由は何だ？　殺害が目的なら部屋に来てすぐ殺せばいい」

これには羽瑠も返答に困ったようで、黙って考え込んでしまった。が、突然思いついたように口を開いた。

「こういうのはどう？　犯人の目的はもとから殺人と泥棒の両方だったのよ……。犯人は八時前に侵入して首飾りを探したんだけど見つからなかった。すると美砂が部屋に入ってきたんで襲った。でもすぐに殺すことはせずに、捕まえて脅して首飾りの場所を白状させようとした。でも美砂は首飾りの隠し場所をなかなか吐かず、十時になってようやく首飾りを見つけて、顔を見られたので口封じのために美砂を殺してから逃走した……」

それにはわたしが疑問を呈した。

「そもそも被害者を二時間も捕まえておけるの？　ロープで縛りつけたのなら手首に痕が付くはずだけど、被害者の身体にはその形跡はなかった。それに、首飾りはアクセサリー・ケースに入ってたんだから、探すのに二時間もかかったとは思えないわ」

「じゃあ、犯人が探していたものは首飾り以外にもあったっていうのはどう？　その別のものを探すのに時間がかかったのよ」

「別のものって、何？」

「わからないけど、たぶん金目のものよ」

「それにしてはビスク・ドールにまったく手をつけてないというのは妙じゃない？　かなりの値打ちのものもあったのよ」

「たんに高価そうなものを探してたんじゃなくて、具体的な何かだったんじゃない？　それを美砂から聞き出そうとしていたの……」

　すると久能が口を開いた。

「それが何であるにせよ、引き出しの中を探った形跡があるなら、そんなに大きなものじゃないんじゃないか？」

「そうだね。たぶん」

「だとすれば、それがビスク・ドールの中とか後ろに隠されてる可能性もあったんじゃないか？　やっぱり手をつけてなかったというのはヘンだよ」

　その指摘に羽瑠は黙り込んだ。久能は続けた。

「ビスク・ドールは被害者が集めてたものだって言ってたよね。この事件って美砂の狂言ってことはないのかな？　自分が大事にしてるビスク・ドールだから荒らすのが嫌だった……」

「いいえ、殺されていたのは確かに美砂本人よ」

それは指紋照合で確認されている。

「だから、狂言だったはずが何かの理由で殺されてしまったのさ」

「何かの理由って？」

「そこはまだわからない。でも何か臭わないか？　そもそも美砂がキレて部屋に引きこもったきっかけっていうのも、美砂が嫌いだって言ってた劇作家を友達がケナしたからなんだろう？　部屋にこもるのが計画通りの行動で、そのために無理矢理キレてみせたようにも見える」

たしかに、東上は何で美砂がキレたのかわからないと言っていたが、そう考えれば説明はつく。

「でも、狂言の動機って何？」

「一番考えやすいのは首飾りだね。借り物なんだろう？　盗まれたと見せかけて着服するつもりだった……」

たしかに、それは考えられる……。

「じゃあ美砂を殺したのは、共犯者？」

羽瑠が訊くと、久能は無表情に小さく首を横に振った。

「一足飛びにそこに行く前に、箱のことを考えるべきだろうね。何で死体は段ボール箱に入れられていたのか……」

そう。そこがこの事件の一番の謎だ。

6

「そもそも何で死体を箱に入れたんだろう」久能が語りはじめた。「隠すのが目的だったとは思えない。隠したことにならないからね。箱に詰めた死体を現場まで運んできたんだろうか？　いや、被害者はもともと現場にいたし、箱もその部屋にあったものを中身を出して使っている……」

「死体を運び出そうとしてたんじゃない？」羽瑠が言った。「途中で誰かに見られるとマズいから箱に入れて運ぶことにしたとか」

「じゃあ、何で運び出さなかったのかな？」

「わからないけど……、何か理由があったのよ」

「それに、かえって運びにくくなるだろうね。木箱ならともかく、段ボール箱に入れて持ち上げたら死体の重みで箱が壊れるだろう……。見られることを警戒するなら毛布を巻いたほうが運びやすいし、現場には毛布もあった」

「一時だけ隠しておこうとしたっていうのはどう？　例えば現場の部屋に誰かが入って来そうな気配があって、犯人はまだ目当てのものを探してなかった。それで、一時だけ隠しておいたっていうのは……」

それにはわたしが反論した。

「それならクローゼットの中に入れておけばいいのよ。現場のウォークイン・クローゼットはけっこう広かったから、死体を入れたとしても自分も隠れるスペースがあったわ」

久能もわたしに続いた。

「それに犯人は箱の中の本をすべて出してから死体を入れている。これはけっこう手間と時間のかかる作業だよ。咄嗟に隠したという行動ではない」

「じゃあ、どう思うのよ？」

羽瑠がふてくされたように久能に訊く。

「箱に入れることが、犯人にとって意味があったってことじゃないかな」

その通りだろう。でも、どういう意味だ？　すると羽瑠が言った。

「やっぱり、この殺人は『魔術的芸術』だっていうメッセージを伝えるために、本と一緒に箱に詰めたってこと？」

「それだけが目的なら、死体の上に本を置いただけだって充分メッセージは伝わるんじゃないか？」

たしかにそうだ。

「じゃあ、何で箱に？」

「まだよくわからないな。でも、いままで考えてきて外部犯の可能性はかなり低まったと思う。物取りによる犯行というのが偽装だとすれば、その反対が真相だとみるべきじゃないかな？　つまり内部犯による故殺だ」

すると羽瑠が声を上げた。

「さっき出た話？　リヴィングにいた友達が外回りで現場に行ったたっていう」

「可能なんだろう？」

たしかに物理的には可能だ。庭の飛び石をつたっていけば、足跡を残さずに裏庭から駐車場や玄関に回ることはできる。

「アリバイからすると、可能だった人とそうでない人がいる」

「もう一度詳しく話してくれないか？」

わたしはもう一度、今度はもっと詳しくあの夜の関係者の行動を説明することにした。

「まずリヴィングにいた東上は美砂が部屋にこもった後、間もなく二階の自分に用意された部屋に行った。美砂はしばらく部屋から出てこないだろうから、近く提出しなければならないレポートをその間に書いてしまうことにしたんだって。美砂が出てきたら声をかけてくれって莉々子に頼んでたんだけど、十一時過ぎになって西崎が到着したときに呼ばれたの。車に載せてきたビデオ・プロジェクターを運ぶのを手伝ってほしいってことでね。それから西崎や莉々子と夜十二時くらいまで一緒に飲んで、それから寝たって」

「その西崎は十一時に到着したのよね」羽瑠が言った。「まず現場に行って殺してからいま到着したふりをしたのなら、ちょうどいい時刻じゃない？」

「西崎の証言を説明しておくと、彼は友人からビデオ・プロジェクターを借りて、七時半にその友人の家を出て車で被害者宅へ向かったんだって。でも途中でガス欠になってしまって、予定よりだいぶ遅れて十一時過ぎに到着した。ちょうど雨が止んだ頃ね。車には一人で乗っていたから、十時前後のアリバイを確実に証明する者はいない。到着してから東上や莉々子と飲んで、やっぱり十二時頃に寝たって……」

羽瑠は嬉しそうに「ほら、西崎が犯人じゃない?」と声を上げた。「ほんとうはガス欠になんてならなかったのよ。それで早く着いて殺したの」

久能は他のメンバーのアリバイも説明してくれと言い、わたしはそうすることにした。

「莉々子と京子は美砂が部屋にこもった八時過ぎから、西崎が到着した十一時過ぎまでずっとリヴィングで世間話をしていたって。とくに東上がいなくなってから、女同士の会話ってことで盛り上がったそうよ。その後は西崎や東上と行動を共にして、やっぱり十二時頃に寝たって。この二人は共犯でないかぎり犯行は不可能ね」

「メンバーはもう一人いたよね」

「そう。最後の志摩は翌朝八時になって別荘にやってきたの。はじめから上映会には遅れて参加するつもりで、夜十時頃まで別の友人宅にいたんだって。車で二時間も走れば到着する距離だったんだけど、先に説明したとおり別荘に向かう橋が台風による増水で通れなくなっていたんで、結局翌朝、橋が使えるようになってようやく来れたそうよ。その間は迂回路はないか車を走らせたり、眠くなったので車内で仮眠をとったりしていたって」

さらに、全員で朝食をとろうとしたが起きて来ないので様子を見に行き、美砂の遺体を発見したのが九時半頃であることも説明した。

「やっぱり西崎が犯人じゃない?」話し終えると羽瑠が言った。「どうして箱に入れたのかはわからないけど、殺害が可能なのは彼じゃない？　ガス欠っていうのは殺害のためにかかった時間をごまかすための嘘よ」

たしかに内部犯だと考えるなら彼が一見もっとも怪しく見える。けれど反論しようとしたとき、久能が先に口を開いた。

「そうとは言い切れないね。他のメンバーだって可能だよ？」

羽瑠は「どんなふうに？」と訊く。

「まず、莉々子と京子は共犯でないかぎり犯行は不可能ってことだよね。でも共犯かもしれないだろう？　それから東上は二階に一人でいたんだよね。その二階から密かに脱出して庭に降りることが可能だったのかもしれない。さらに志摩が橋が通れなくて朝まで来られなかったっていうのは本人が言ってるだけだよね。実は増水で通行禁止になる前に渡っていて、朝まで近くで時間をつぶしていたのかもしれない……」

「誰にでもチャンスはあったってこと？」

羽瑠が乗っていったので、わたしは釘を刺した。

「そうじゃないわ。例えば東上だけど、さっきも説明したとおり現場の家の一階は開放的な造りだから、リヴィングから玄関も階段もよく見えるの。二階にいた東上が莉々子や京子の目を逃れて外出することはまず無理よ」

すると羽瑠が返してきた。

「二階の窓からロープをつたって降りたんじゃない？」

「え？」

「それで美砂を殺してからまたロープを登って二階に上がればいいのよ」

わたしが見たところ東上は非力そうな男で、ロープをつたって二階から降りたり登ったりできるとは思えなかった。それに……。

「東上の部屋にはロープなんてなかったわ」

「別の何かで代用したかもしれないじゃない。シーツを結んだり、そういうの映画で観たことあるわ」

結んだ跡が残りそうだが……。と、久能が口を開いた。

「莉々子と京子の共犯っていう線はどのくらい現実性があるのかな？　二人のあいだにつながりがあるとか……」

「とくにないわ。ただの顔見知りっていう程度で……」

すると羽瑠が訊いてきた。

「首飾りを盗むってこと以外で、美砂を殺す動機のある人はいたの？」

「わかっているかぎりでは志摩には動機があるわ。志摩は美砂に弱みを握られていて、いいように使いっぱしりにされてたの。詳しい話を聞きたい？」

と、久能は手を上げて止めた。

「いや、いい。つまり志摩には動機があったってことだね」

「でも、志摩が事件当夜の十時頃まで友人の家にいたということは複数の人間が証言している。それで、十時にその友人宅を出たのでは、どんなに急いでも現場まで二時間はかかる。橋の通行止めがなかったとしても、志摩が死亡推定時刻に現場に到着することは不可能。アリバイは確実だわ」

するとと羽瑠がまた口を開いた。

「他のメンバーにも、まだわかっていない動機があるってことは？」

「それは何とも言えない。調べたかぎりでは出てきてないんだけど……」

すると久能が指摘してきた。

「誰に動機があったとしても、そのこと自体に意味はないよ。問題は犯人は何で死体を段ボール箱に入れたのかってことだろう？　誰が犯人だったらそんなことをする必要が生じるのかってことを考えなきゃいけない」

それはそうだ。

問題は犯人は何の目的で死体を箱に入れたのか。中に入っていた書籍類をクローゼットの中に移してまで、何であの箱に隠したのか？　それから、何で侵入した後窓を閉じておいたのか？　なぜ部屋を荒らしたのにビスク・ドールには手をつけなかったのか？　……つまり、それらの謎だ。

7

「現場の周囲の森の中に真新しいタイヤ痕が残ってたって言ってたよね」

久能が話を変えて質問してきたので、わたしは肯定の返事をした。

「森に分け入っていく獣道みたいなところだった」

「それで、犯人のものじゃないかって……」

「あんな場所に普通の人は停めないから」

「じゃあ、犯人ならなぜ停めたのかわかるのかな？」

「それは……」

一瞬答えに窮した。

「それなら、どうして停めたのかを考えていってみよう」

久能がそう続けたので、わたしは大きく頷いた。

「もし外部犯なら、犯行時に車を隠しておくためにそこに停めたんだろう。でも、内部犯だとしたら何の車だ？」

「じゃあ、やっぱり外部犯？」と羽瑠。

「いや。それも妙だと思うんだ。死亡推定時刻は夜の十時前後。少し早くから盗みに入っていたとしても、現場に到着したときにはもう夜にはなってたんじゃないかな？　でも、森の中は当然外灯なんてない。たぶんその時刻には真っ暗だったろう。人目につかない場所に車を停めようと思ったとしても、そもそもそんな獣道なんて見つけ出せる状態じゃなかったんじゃないか？」

「じゃあ、どう思うの？」

聞き返すと、久能はさらりと言った。

「昼間から停めてたんだろう」

羽瑠が目を丸くして、「昼に泥棒に入ったってこと？」と訊く。

「いや。いくら何でも昼に侵入して夜の十時まで隠れてたっていうのは無理がある」

「じゃあ、そこに停まってたのは犯人の車じゃないってこと？」

「さあ、そこが考えどころだね」久能は嬉しそうな笑みを浮かべた。「何でかはわからないけど、どうも今回の事件の犯人は時間をごまかそうとしてるんだよ……。いいかな？　犯人は死体を部屋の隅にあった段ボール箱に入れた。たぶん何か理由があったんだろう。でも問題は、そのとき段ボール箱から出した本をクローゼットの中に隠したってことだ。どうして死体そのものをクローゼットに隠さなかったかっていう点は措いといたとしても、どうして本を隠したんだと思う？」

「箱の中に死体が入ってることを隠すためでしょ？」

「そうだ。中に入っていたはずの本が段ボール箱の横に積み上げられてたら、部屋をパッと見ただけでもわかるだろ。けど、クローゼットの中だと覗いて見なきゃわからない。事件があった夜、誰かが被害者の様子を見ようと声をかけて、返事がないのでドアを開けて覗き見たとしよう。パッと見ただけでは、段ボール箱の中に死体があったかどうかはわからないだろう？」

「わからなかったらどうだって言うの？　探されたら見つかるでしょ？」

「探さないかぎりわからない。一目見ただけでは、そのとき段ボールに死体が入っていたかどうかわからないってことが、犯人には意味があったのさ」

「どうして？」

「さあ。それはわからないけど、そのために偽装したんだ」

「つまり、いつから死体があったのかわからないようにしたってこと？」

「そう。他にもある。現場のカーテンは窓ガラスの割られた部分だけ濡れてたんだよね。でも翌朝、死体が発見されたときには窓は開いてた。被害者が殺されたのは十時前後だけど、雨は十一時過ぎまで降ってた……。窓を開けたのは誰だ？」

「犯人でしょう」

「何をした犯人かな？」

そうか……。窓ガラスを割った犯人は閉めたまま逃走し、雨が止んだ後に来た別の犯人が窓を開けた可能性がある。でも、別の犯人って何をしに来た誰なんだ？

羽瑠が首を傾げながら訊いた。

「共犯者がいたってこと？」

「共犯かどうかはわからない。でも、複数の人間が関わったために奇妙な状況が生まれたってことは考えられるだろう？」

羽瑠はまだ首を傾げている。久能は続けた。

「普通殺人犯が死体を段ボール箱に隠したとしたら、出した本をわざわざクローゼットに運ぶ必要なんてない。そんなことをしているあいだに誰かに目撃されたら大事だからね。殺したら一秒でも早く逃げたほうがいいはずなんだ」

それはそうだ……。

「じゃあ、死体を箱に入れたのは後から来た別の犯人？　なんのためにそんなことを？」

「動機はわからないけど、カーテンの濡れた部分や本がクローゼットに運ばれてる点からすれば、そう考えるべきなんじゃないかな？　第一の犯人はまだ雨が降っている最中に窓を閉めて逃亡した。そしてもう一人が後から来たんだ。その犯人は、美砂が殺されてから自分が来るまでのあいだに、誰かが部屋を覗いたかもしれないと思ったんだ。それで、そのときにはなかった本の山が、朝には段ボール箱の横に積み上がってたら、美砂が殺されてすぐではなくて、かなりたってから箱に入れられたことがバレると考えたんだ。だから、それをわからなくするために出した本をクローゼットに隠した……」

そこまでは説得力のある話だと思った。濡れたカーテンや、クローゼットに隠されていた本など、奇妙な点を説明できている……。

「でも、それなら箱に入れられるまで死体はどこにあったっていうの？　床に転がってたの？」

「それはない。もとから死体が床に転がってたのなら、一目見ただけでわかってしまうからね。本を隠す意味がない」

「だったらどこ？　クローゼットの中？」

「あり得るね……」

「じゃあ、どうしてクローゼットの中の死体と箱の中の本を入れ替えたの？」

「あり得るってだけで、そうだとは言ってないよ」

「じゃあ、どうなの？」

するとと久能はまた楽しそうに微笑んだ。

「そこがこの事件のおもしろいところだよ。もう一度ゆっくり考えてみよう」

久能は立ち上がり、部屋の中をゆっくり歩き回りながら語りはじめた。

「僕の考えでは、この事件の奇妙な点は大きく二つだね。死体が段ボール箱に入れられていたことと、それからもう一つは窓ガラスが割られた後、雨が降っていた十一時過ぎまでは閉じられていて、その後開けられていたことだ……。まずは時系列からいって先になる窓の謎から考え直してみよう。……犯人はなんのために窓ガラスを割ったのか。普通に考えれば現場に侵入するためだね。そのためにクレセント錠の近くを割って、手を突っ込んで鍵を開けたんだ。じゃあ、いつ割ったのかな？　現実的に考えれば、美砂が部屋に入った八時以後ってことはないだろう？　部屋に人がいるのに、窓ガラスを割って侵入しようとするやつはいない。すると八時より前に侵入して、この部屋のどこかに隠れていたってことになる。すると何で十時になってようやく美砂を殺して、それからまた一時間以上たった十一時過ぎになってから逃走したのかが謎になるわけだ……。そこで狂言説も出た。ガラスを割り庭に足跡をつけたのが被害者本人で、八時過ぎに部屋にこもったのもそんな工作をするためだったとすれば、謎には一応説明がつく。狂言の目的は首飾りを着服するためだろう。美砂が集めた年代もののビスク・ドールはまったく手がつけられていなかった点もそれらしく見える……」

たしかに狂言説はある部分では説得力がある。さっき久能は別の犯人がいるという説を唱えたが、もし犯人が二人いるなら第一の犯人は被害者自身だという線は充分考えられる。

「でもこの説も問題があってね。もしそうだとしたら、美砂はいつ盗まれたって言い出すつもりだったかってことだよ……。例えば部屋で偽装工作をしてから、すぐに機嫌を直したふりをしてリヴィングにもどって友達に合流し、寝に行ったときに部屋が荒らされているのを発見して悲鳴を上げるっていう筋書きならわかるよ。でも、そんな偽装に一時間も二時間もかかるもんじゃないのに、殺された十時まで部屋にいたってことは、美砂は偽装工作をした後もリヴィングにもどらなかったことになる。一体いつ泥棒に入られたことにするつもりだったんだろう？」

「現場の化粧台の上にロープとスカーフがあったんだよね」と、羽瑠が指摘した。「荒れた部屋の中で、それだけがきれいに置かれてたって……。何でかって思ってたけど、美砂はそのロープでしばられて、スカーフで猿轡《さるぐつわ》をされて発見される予定だったんじゃない？」

するとタ能は目を光らせ、微笑んだ。

「たしかに、その可能性はあるね」

「でも狂言なら、どうして殺されることになったの？」

「共犯者とのあいだに何かあったのかもしれないね。ロープで縛られるのが予定の行動なら、縛ってもらう共犯者はいたことになる。自分じゃできないような姿で見つからなければ意味がないからね」

やはり複数犯なのか……。

「その共犯者って誰？」

そう訊くと、久能はかるく手を上げてみせた。

「そう先走る前にタイヤ痕の件を考えてみよう。もし狂言だとすれば、森の奥に車を停めたのは被害者自身だと考えられる。これはむしろ説明がつくね。美砂は友達が家に集まる前のまだ明るいうちから車を隠しておいたから、暗くなったら見えなくなるはずの森の獣道にも停められたんだ」

「何のために？」

「そこだな。まず、逃走っていうのは考えられない。意味がないからね。犯人がそこに車を停めたように見せかけるために偽装したっていうのも無理があるな。すると、やっぱり車を使うために停めておいたって考えるべきじゃないかな」

「何に使ったの？」

「首飾りを運び出すためかな……」

「警察が来たときは車はなかったんだよね」

羽瑠の問いかけに、わたしは頷いた。

「ってことは、共犯者が首飾りを持って逃げたってこと？　パーティーのメンバーでいなくなっていた人はいたの？」

「全員いたわ」

「じゃあ、共犯者はパーティーに来たメンバーじゃなくて、外部の人間ってことになるんじゃない？　隠しておいた車に乗って逃げた人物が共犯者なんでしょ？」

たしかに現在に至るまで首飾りは見つかってないのだから、共犯者が運び出したとは考えられる。そうだとすると、共犯者は現場に残っていたメンバーではない。

わたしは納得しかけたが、久能はそれに反論した。

「美砂はリヴィングにいたときの服装の上に夏物の薄い上着を着て殺されていたんだろう？　その車でどこかに出かけようとしていたとは考えられないか？」

「出かける？」

いままで思いつかなかったが、たしかにその可能性は考えるべきことだ。

「でも車はなかったのよ。どこかに出かけたのなら、どうやって帰って来たの？」

「共犯者の車に同乗して来たんだろう。普通に考えればね……」

そうか……。

首飾りを何者かに盗まれたと偽証すれば、当然自分も容疑者の一人になる。その疑いを晴らすためには、自分が犯人ではあり得ないことを示さなければならない。美砂は縛られて身動きがとれない状態で発見され、家のどこを捜しても首飾りが見つからなければ、盗まれたという話に説得力が出ると考えたのではないか？

しかし警察だってプロだ。家の中のどこかに隠したのでは、ほんの小さな手がかりからでも発見されてしまいかねない。そこで現場の窓から抜けだして、森に停めておいた車で移動し、どこか見つからない場所に首飾りを保管する。それから共犯者に合流し、彼の車で家にもどってくるという計画を立てたのかもしれない。その後で窓から自室に入って共犯者に縛ってもらい、その共犯者は庭から玄関に回って何食わぬ顔で、いま到着したふりをしてパーティーに合流すればいい。

「すると窓は、美砂が出かける前に割ったってこと？」

そう問うと、久能は頷いた。ガラスの割れた部分のカーテンが濡れていたということは、そういうことになる。

と、羽瑠が訊いてきた。

「でも、どうして？　部屋に帰ってきたとき割ればいいじゃない。もし、留守のあいだに誰かが部屋に入ってきて割れた窓を見つけられたら計画がバレちゃうでしょう？」

「ガラスを割ると、目に見えない微細な破片がけっこう飛ぶもんなんだよ。それが服とか髪に付着する。気にしなければ見えない程度の飛沫だけど、警察が科学捜査して顕微鏡で調べられでもしたら、それだけで誰が割ったかわかってしまう。だから美砂は、たぶんパーティーのメンバーが到着する前に割っておいたんだ。それで、シャワーを浴びて服を着替えてしまえば証拠隠滅できるだろう」

それで割った後、まさか台風の日に窓を開けたまま外出する気にはならず、窓は閉じておいた。そう考えればカーテンの濡れていた箇所の謎が解ける。

「そうだとすると共犯者は、遅れて到着した西崎か志摩ってことになるね」と羽瑠。

「いや、志摩だね」

いきなり断定してきたので、わたしは訝《いぶか》しんだ。

「どうして西崎ではないと？」

「死体が段ボール箱に入れられていたからだよ」

すると、羽瑠が身を乗り出してきた。

「どうして段ボールに入れられてたら志摩なの？」

すると久能は微笑んでみせる。

「わからないかい？」

8

羽瑠は黙ったまま何も思いつかない様子である。久能は説明をはじめた。

「死亡推定時刻は夜十時。誤差は前後三十分程度。西崎が現場に到着したのは十一時頃、志摩は翌朝の八時頃だった。そうだね」

久能がこちらを向いたので、わたしは頷いた。

「つまり犯人が西崎だとすれば、彼は現場に到着する直前か、到着してから美砂を殺したことになる。いいね」

羽瑠は頷いた。

「いっぽう志摩は夜十時まで友人宅にいた。美砂がどこに首飾りを隠したのかはわからないけど、たぶんその友人宅から遠くないところなんだろう。志摩は友人宅を出てすぐに美砂と落ち合い、同乗して美砂の家にもどる計画だったんだが、会ってすぐに殺したことになる。そこから現場までは車で二時間って話だから、美砂がずっと自室にいたと考えれば志摩には犯行は不可能だということになる」

「つまりアリバイ工作っていうことね。たしかに志摩にとって有利になるけど、彼だっていう証拠にはならないわよ」

「いや。もし西崎なら死体を箱に入れる必要はないんだよ。普通に床に転がしておけばいい」

「でも、志摩だって……」

「計画通りスムーズに現場に到着できたらそうだったろう。でも、車で美砂の家に向から途中に予定外のことがおきたんだ。つまり台風による川の増水で橋が通れなくなっていたんだ。そのため被害者宅に到着するのが翌朝の八時近くになってしまった。志摩はおそらく車のトランクに美砂の死体を入れて運んでたんだろう。途中で誰かに車の中を覗かれても大丈夫なようにね。でも到着まで二時間ではなく、前日の夜十時から翌朝八時までの十時間かかってしまったために、現場に着いて死体をトランクから出そうとしたら、計算外のことがおきてしまったことに気づいたんだ……」

「どういうこと?」

羽瑠は身を乗り出して聞き返したが、わたしは久能が何が言いたいのかわかった。

「死後硬直ね」

「そう。死体がガチガチに硬直していたんだよ」

不思議顔の羽瑠に、わたしが代わって説明した。

「死後硬直が一番強くかかるのは死後十時間から十二時間くらい、気温が高いとそれが少し早まるわ。殺害が夜の十時頃とみて、志摩が到着した朝の八時近くといったら夏場なら最強に死後硬直がかかっている頃よ」

「おそらく志摩はガタイのいい腕力のある男なんじゃないかな。硬直している死体を、それでも美砂の部屋まで運んだ。でもそこで困ってしまった。車のトランクに入れられたときのまま、窮屈そうに身体を丸めて固まっている死体が床に転がってたらあからさまに不自然だ。志摩はおそらく、当初の予定では死体はクローゼットの中とか、目につかない所にでも転がしておけばいいと思ってたんだろう。でもそういうわけにはいかなくなった。そんな奇妙な形で硬直している死体を見たら、トランクで運ばれて来たことがバレてしまうからね。そこでどうしようかと部屋を見回しているときに、ちょうどいい大きさの段ボール箱が部屋の隅に置いてあるのに気づいたんだ」

「どうして箱なの？」

と聞き返す羽瑠に、わたしが代わって説明した。

「箱に入れられていれば、死体がそんなふうに身体を屈曲させていても不自然じゃないと考えたのよ」

「そう。箱に押し込まれたためにそんなポーズをしていると思うからね」

「それであの箱に入れるために、わざわざ入っていた本を出してクローゼットまで運んだわけ？」

「そう。あの段ボール箱じゃないといけなかった、あの大きさがちょうど良かったからだ」

するとすると羽瑠が疑問を呈した。

「でも、どうして箱に『魔術的芸術』を入れたの？　やっぱりメッセージだったの？」

「『魔術的芸術』の最初に出た訳書はかなり大きくて分厚い本だったからね。もし硬直した死体が箱ぴったりに収まっていたなら、いくら犯人がメッセージを伝えたいと思っていたとしても、強引に押し込むことなんてできないよ。だとすれば逆に考えるべきじゃないか？」

「逆って？」

「箱は死体の大きさにだいたい合っていたけど、ぴったりではなくて隙間が開いてたんだ。でも隙間があったら妙な話だろう？　死体は箱の大きさに合わせて屈曲しているはずなのにさ。だから、何かで隙間を埋める必要があったんだ」

「だから本を差し込んだ？」

「そう。ちょうどいい大きさの本を探したんだろう。その箱に詰まっていた中からね。それで、ひときわ大きくて分厚い『魔術的芸術』が、隙間にぴったりのサイズだったんだ」

そう言って久能は椅子にどっかと腰を下ろした。そして自信に満ちた笑みを浮かべて訊いてきた。

「どう？　正解かな？」

久能に問いかけられて、わたしは迷った。

たしかにいまの説明はあの事件の謎だった部分をすべて説明している。それが真相かどうかは捜査して決定的な証拠か自白をとらなければならないが、これが推理クイズなら正解だとしていいものだと思う。

そして正解だと言えば約束どおり、久能は久能自身の事件の真相についても話す決心をしてくれるかもしれない。しかしそれと引き替えに彼にネットを使うことを許可しなければならない。そんなことをしてもいいのだろうか……。

久能と羽瑠はわたしのほうをじっと見てくる。決断しなければならない状況だ。

やはり何かを得るためにはリスクは冒さなければならないだろう。そしていまは一歩でも前進しなければならない。わたしは決心した。

「正解よ……」

そう告げてから、わたしはゆっくりと続けた。

「だから、今日からネットを使うことを許可することにするわ。でもその前にあの事件について話して。ほんとうにあなたが家族全員を殺したのか……」

兄にどんな話をしたのか知りたかった。それが真実かどうかはこちらで調べる。

久能はゆっくりと立ち上がり、鉄格子の前まで歩いてきた。表情は笑っているでもなく、かといって深刻そうにも見えなかった。むしろ空白といった顔だ。そしてじっと黙ったままでいる。

羽瑠は黙ったまま緊張感に満ちた瞳でそれを見つめている。

「話さない気？　それならいままでどおりネットは使わせないけど、それでいい？」

わたしとしては、そっちのほうが気が楽ではあった。

「いいや、話すよ」

しかし久能はそう宣言する。

「話して、話して」

羽瑠は身を乗り出す。

久能はゆっくりと間をとり、それから話しはじめた。

「信じなくてもいいよ。でも事実を話す」

「わかった。話して」

久能はわたしと羽瑠の目を交互に真っ直ぐに見た。

「僕は一人しか殺してない。三人殺害は濡れ衣だ」

後頭部を鉄の棒で殴られた気がした。初めて会った頃の、あの高校生時代の久能の姿が目に浮かんだ。どこかで自分は彼が一人も殺していないと証言することを期待していたのだと、そのとき初めて気づいた。久能が二人を殺していないと語ったことより、一人を殺したと認めたことのほうがショックだったのだ。

「一人は……、殺したのね。でも、どうして？　誰が他の二人を？」

「信じなくてもいいけど、母さんと里奈を殺したのは……親父だ。親父は僕も殺そうと襲いかかってきた。だからあいつが持っていたナイフを取り上げようと……。気がついたら親父は血を流して倒れていて、僕は血だらけのナイフを握っていた」

凶器には久能の指紋があった。その状況と合ってはいる。

「正当防衛じゃない！」と羽瑠が叫ぶ。

「そう判断してくれるならうれしいね。たしかにそんな状況ではあった。でも僕が親父を殺したんだ。それは事実だ」

「でも、どうして……」

たしかにいままで久能以外の誰かが犯人である可能性は考えてきた。兄である可能性さえ……。でも、彼の父親については悪い噂は何も聞かなかった。理想的な父親であり、家族を何よりも大事にしていたと誰もが言っていた。

「わからないんだ」

そのとき初めて久能の慟哭《どうこく》の表情を見た。それはいままで顔の表面にぺったりと貼り付けていた余裕の笑みの下に隠していた真実の顔のように見えた。

「何で親父があんなことをしたのかわからない。そりゃあ親父は里奈の結婚には反対していたさ。でも殺すことはないだろう？　僕だって、たぶん親父を失望させて嫌われてたんだとは思う。けど殺すほどのことではないじゃないか。なにより、何で母さんを殺したのかわからない。理由なんて何もないはずだ……」

胸の奥から吐き出すようにそれだけ言って、黙ってしまった。

「自首したら……」

正当防衛だと主張すれば認められるかもしれない……。わたしがそう言いかけると、彼はそれを遮るように言葉を続けた。

「考えたよ。もちろんそうしようと思ったさ。でもね、自首したら当然事情を訊かれるだろう？　親父は何で母や里奈を殺して僕も殺そうとしたのか……。僕はそれを何も説明できない。まったくわからないんだ」

「説明できなくたって、事実なら……」

「事実とは思えない……。嘘だってわけじゃないよ。おかしな話だと思うかもしれないけど、たしかに事実のはずなんだが、ほんとうにあったことだって自分で納得できないんだ。親父が家族を全員殺そうとするわけがない。むしろ僕が犯人だって考えるほうが、僕自身はるかに納得できる」

「だから、それが事実なら警察が調べるわ」

「僕が犯人だってことになるよ」

「そんな……、証言を信じる刑事だって」

「いるわけない。僕だって信じてないんだからね。言っておくけど、べつに濡れ衣を着せられるのが嫌だって言ってるわけじゃない。自分で納得したいんだよ。他人が僕のことを信じないのはかまわない。裁判で負けたっていい。でも、自分でも信じられないのが嫌なんだ」

「お兄ちゃんにもそう言ったの？」

「夏彦に相談したんだよ。自首するのはいい。でも自分で納得してから自首したい。親父が何で家族を殺したのか、理由が説明できるようになってから尋問されたいって。そうしたら、それを探り当てるまで匿ってやるって言ってくれて、この家を見つけてきてくれたんだ」

「それでいろんな本を読んだり……、ネットを使いたがってたのはそれもあるの？」

「ああ」

でも彼の父親が犯人なんて、ほんとうなんだろうか？　すると羽瑠が訊いた。

「お父様は……、借金があったとか、ギャンブルが好きだったとか、そういう心当たりはないの？」

「そんなのがあったらとっくに自首してるさ。それから言っておくけど、親父は外面はいいけど家庭内ではＤＶを揮《ふる》うっていうタイプだったわけでもない。息子の僕が言うのもなんだけど、うんざりするくらいに家族思いの理想的な父親だった。つねに自分のことは後回しにして家族に尽くしている。そんなところを重く感じたこともあったけど……。家族を手にかけるなんてとても信じられない。妹や母さんを殺しはじめるまで、異常性を感じたことは一度もなかったんだ」

「それで、いまはどうなの？　お父さんの動機はわかったの？」

「いや。わからない」

「あんなに本を読んでも無駄だったってこと？」

「いろいろ書いてあったさ。もしかしたらって思った動機もある。けど、なんか腑に落ちないんだよ。そうなのかもしれないとは思うんだけど、どうしてもピンと来ない……。でも、一つわかったことがある」

その言葉にわたしは「何？」と訊いた。

「一家の主人による家族皆殺し事件って、調べてみるとけっこうあるんだよ。それで、そんなことをした犯人はどんな人物だったのか見ていくと、近所でも評判のいい、家族思いの典型的なマイホーム・パパだったって例がけっこうあるんだ」

「それじゃあ……、その人たちは何で家族を殺したりしたの」

「わかってない。謎なんだ」

「ただ、そういう事実があるってこと？」

「そう。事実は事実なんだろう。でも、理由はわからない」

それだけ話すと久能の顔は、またいつも通りの余裕の表情に変わっていた。そして、「信じなくてもかまわないけどね」と一言付け加えた。

ほんとうなんだろうか。事実だとすればどうして……。わたしにはわからなかった。

それに、わたしの心にはさっきから一つの気がかりが立ちこめていた。彼が『魔術的芸術』という本の内容を説明していたときだ。久能が殺人が芸術にもなり得るというシュルレアリスムの思想を説明しているときに、得体の知れない迫力を感じたのだ。

信じたくないことではあるが、ひょっとしてそれは彼自身の思想でもあるということはないのだろうか？　彼は切り裂きジャックのように語り継がれ得る、芸術品としての殺人を犯すつもりで一家を皆殺ししたのでは、そしてその罪を父親に着せているのでは……。

振り払ってしまいたい想像ではあるが、不安を拭い去ることはできなかった。

なお、あの段ボール箱入りの死体の事件については、久能の推理をもとに捜査をしたところ、すぐに解決した。

志摩の車のトランク内を調べたところ、蓋の裏から美砂の指紋が見つかったのだ。志摩の車の後部トランクに入れられた時点では美砂はまだ完全に死亡してはおらず、わずかに残った力でトランクを押し開けようとしたようだ。トランクの底部は丁寧に掃除したらしく髪の毛一本残していなかったが、殴った時点で死亡していると思っていた志摩はそこを拭き取るのを忘れていたようだ。

また、美砂が隠した首飾りのありかを探すため、志摩の友人宅の周辺地域を調べたところ、スーパーの駐車場に停められたままになっていた軽自動車から美砂の指紋が検出されて彼女が乗ってきたものだと断定され、その座席の下から首飾りも見つかった。

第六話

皆殺しの家

1

恐れていたことが起きてしまった。

いつかこの日が来るんじゃないかと危惧はしていた。でも、いざこういう事態に直面すると一瞬頭が真っ白になる。

今夜もいつも通り、職務を終えて帰宅するとすぐに、頼まれていた食材を持って本棚の隠し扉を開いた。明かりは点いておらず、地下室は闇の中に沈んでいた。

久能は眠っているのか、あるいはまた暗闇の中で身体を動かしているのか、かるく声をかけながら階段を下りていった。返事はなかったが、起きていても返事も挨拶もしないことはむしろ普通だ。

しかし地下室の照明を点けた瞬間に異状に気づいた。鉄格子の向こうに、久能の姿が無かったのだ。

檻の中にはトイレもシャワールームもあり、すべてが見渡せるわけではない。けれどシャワーを使用している気配はないし、トイレの明かりが点いていないこともドアに付いた曇りガラスの小窓で確認できる。何度も大きな声で呼んだが返事がない。

まさか……。そうでなかったらいいと願いを込めながら、わたしは鉄格子に付いたドアをそっと押してみた。

無情にも、ドアはきぃーという音をたてて半ば開いた。

鍵が掛かっていない……。

一気に血の気が引いた。

どこへ行ったんだ？　どこを捜せば見つかる？　これからどうすればいいんだ？　逃げないとわたしも危ないか……！

いろんな思いが頭を駆けめぐった。が、慌てている場合ではない。わたしは冷静になろうと自分に言い聞かせ、まず状況を把握しようと努めた。

まず考えるべきは久能が自分で逃げ出したのか、あるいは誰かが連れ出したのかだ。

檻の鍵はいまも壁に掛かっている。久能は何らかの方法でこれを鉄格子の隙間から取って鍵を開けたのだろうか？　しかしそれは不可能なはずだ。

それなら別の方法で脱獄したのだろうか？　しかし壁には目立った傷はなく、鉄格子にもこじ開けたような痕跡はない。

誰かが連れ出したと考えるほうが現実的だろう。でもそれは誰かにこの地下室を知られたということを意味する。

わたしが最も恐れているのは、警察に知られて踏み込まれたということだ。自分の住処《すみか》から指名手配犯が見つかれば言い逃れはできない。わたしも逮捕されるだろう。

しかし警察なら、わたしの留守中に密かに侵入して連れ出すなんて方法をとるだろうか？　何かを摑んだのなら令状を取って堂々と捜索すればいい。それに、帰宅したとき本棚の隠し扉は元通りに閉じられていた。警察ならそんなことをするだろうか？

警察以外の、わたしの知らない何者かに知られたということだろうか？

しかし、それよりもずっと考えやすい可能性について、まずは確認しておかないわけにはいかないだろう。

わたしはスマホを取り出して羽瑠に電話をかけた。久能に脱獄をさせた人物として、まず疑うべきはあの女だ。この地下室の存在を知っている。

確かにこの家の鍵を全部交換してから、新しい鍵は肌身離さず、絶対に羽瑠の手に渡らないように注意して管理している。それでも何らかの侵入方法を見つけたのかもしれない。

「あ、ああ……。電話しようと思ってたんだけど……」

電話に出た羽瑠にいきなり久能のことを訊くと、言葉を濁した。

知っている。やはり久能を連れ出したのはこいつだったんだと、そのとき確信した。しかしどうして？

「あれから調べたのよ。光爾さんのお父様……、忠雄さんのこと。詳しく話そうか？」

「そんな話は後でいい。久能光爾はそこにいるの？」

「それが、あの……」

また言葉を濁す。いないようだ。

「じゃあ久能を連れて来て、電話口に出してよ」

どうやって家に侵入したのかなど訊きたいことはいくらでもあったが、全部後回しにする。いまは久能の身柄を確保することが最優先だ。

「それが……」

　羽瑠はまた言い難そうに言葉を濁し、わたしの指示に従おうとはしない。どういうことかと何度も問い詰めると、ようやく吐いた。

「いなくなったの」

「いなくなったって……、あんたはいまどこにいるの！」

「レストランよ」

「え？　暢気《のんき》にお食事会なんかしてたの！」

「違う。高校の同窓会があったのよ」

「同窓会？　久能の？」

「ちがう。お父様の」

　忠雄のことを調べていく過程で、羽瑠は同窓会が近く開かれることを知ったという。

「それで会わせてみようと思ったわけ？　わかってる？　彼は指名手配犯なのよ」

「だから、正体を明かさずにそれとなく話を聞いてもらおうと思って……」

　同窓会が行われている店に久能をウェイターとして送り込み、話を盗み聞きさせようと考えたらしい。杜撰《ずさん》で危険な計画だと歯ぎしりしたが、いまはそんなことを批判している場合ではない。

「いなくなったのはその店から？」

「そう……。ちゃんとウェイターをやってたのに、いつの間にか……」

　最悪の展開だ。

「どこに行ったか心当たりはあるの？」

「それが……」

と言ったまま先が続かない。

「わかった。すぐにそこに行くから待ってて！」

わたしは羽瑠から場所を聞くと、すぐに家を出てバイクに跨《また》がった。

2

「どうしてこういうことになったのよ！」

席につくなりわたしは鋭い小声で突きつけた。ほんとうは怒鳴りたいところだが、周囲の客に話を聞かれたくない。だいたい同じ顔の女が二人でテーブルを囲んでいるだけでも目立つのだ。これ以上注目を集めるとマズいことになる。

ここは問題のレストランの近くのカフェであり、そこで待ち合わせしたのだ。家からバイクで三十分ほどの場所であるが、体感では二十分で到着した。バイクを飛ばしているあいだに久能がもどり、二人で出迎えてくれたらいいと淡い期待をしていたが、羽瑠は当然のように一人きりで待っていた。

「それが、まあ、いろいろあって……」

テーブルの向こうの羽瑠は言葉を濁し、ごまかすように微笑む。

「いろいろじゃないわよ！　一分以内で事情を全部説明して」

わたしはニコリともせずに睨みつける。羽瑠は無理を言うな……という顔で、しかし妙におっとりとした口調で、それでも説明をはじめた。

「お父様の忠雄さんのことを調べていたのよ。光爾さんの話がほんとうなのか、そんなことをするような人だったのか、少しでも徴候が見られたのか確かめてみようと思って……」

久能が父親が犯人だと言った日から十日がたっている。その間、わたしは仕事が忙しく、問題の父親について調べようと思いつつも後回しになっていた。しかし羽瑠はさっそくとりかかっていたようだ。

「それで、調べてると今日、同窓会が開かれるってことを知ったのよ。それで……」

「久能に知らせたわけ？」

「そう」

「何でわたしに知らせなかったの？」

「警察の仕事が忙しいだろうし……」

「忙しくたって知らせなさいよ！」

「とにかく、まず光爾さんに話してみたかったのよ。どう反応するのか見てみたくて。だから亜季の留守を狙って……」

「家に侵入したのね。でもどうやって……」

鍵は今度こそ絶対に羽瑠の手には渡ってないはずだ。

「この前亜季の家に行ったとき、二階の窓の鍵を壊しておいたのよ。一見閉まってるように見えても強引に開ければ開くように。それで、庭の木に登って窓から……」

そこまでしたのか……。わたしはあきれ果てた。

すでにここまででもずいぶん訊きたいことや問題点があるのだが、とりあえずスルーする。

「それで久能はどう言ったわけ？　同窓会に潜入してみたいって？」

「そう。それで店のバイトさんに頼んで、当日の勤務だけ交替してもらったの。同窓会の出席者へのびっくり企画だと言い訳して、バイト代は全部渡すからって頼んだら快く引き受けてくれたわ。光爾さん、学生時代にウェイターのバイトをした経験があるんだって。だから板についてたわよ」

「その前に、何で檻から出したの！」

「だって潜入すれば何かわかるかもしれないじゃない」

「同窓会に潜入しなくたって調べられるでしょ！」

「調べても何も出て来なかったから、チャンスだと思ったのよ」

「リスクが高すぎるでしょう！」

「大丈夫。光爾さんには簡単な変装をしてもらったからバレないわ」

「バレなきゃいいってもんじゃないでしょう！　だいたい檻から出す前にどうしてわたしに相談しなかったの」

「だって反対するでしょ」

「だから相談しないって、おかしいでしょ？」

「反対されたら、気持ち的に連れ出し難くなるじゃない」

「だから……、どうして相談する前に連れ出すことに決まってるのよ」

「だって真相を知りたいじゃない」

「連れ出さなきゃ真相がわからないってことはないでしょ？」

「じゃあ亜季、わかるの？」

「そりゃあ、まだわからないけど」

「ほら」

「何が『ほら』よ！　指名手配犯を連れ出すことがどれだけ危険なことかわからないの！」

「同窓会が終わったら檻にもどってもらえば亜季にもバレないと思ったのよ」

「わたしにバレなきゃいいって話じゃないでしょ！」

　一時間は怒鳴り続けたい衝動に駆られたが、いまはそんなことをしている場合じゃない。

「それで、久能が逃げたときの状況は？　見張ってなかったの？」

「それとなく見張ってたのよ。無関係な客のふりで店にいて。でも、いつの間にかいなくなってて……」

「同窓会が始まってどれくらいたってから？」

「気づいたのは一時間くらいしたとき」

「それで、どう？　檻から出られたから逃げたんだと思う？」

　それが一番の疑問だった。たしかに長期間閉じ込められていれば逃げたくなる気持ちも生じるだろう。でも檻の中とはいえ、久能はけっこう快適な暮らしをしていた。食事にしろ本にしろ希望する物は与えてきたし、最近はネットも自由に使わせている。久能が指名手配犯であり、外へ出れば常に人目を気にしなければならない立場であることを思えば、むしろ大人しく檻に入っているほうが得策ではないか。

「わたしもそこが疑問なのよ」羽瑠は首を捻った。「逃げたがっていたとは思えないの」

「同窓会の席で何か情報を得て、それを探りに行ったたっていうのは？」

根拠もないし、どうして一人で向かったのかもわからないが、あり得る線だと思った。同窓会の開始から一時間たってるなら、その間に何か聞いたのかもしれない。

「わたしもそう思っていたの！　きっと何か聞いたんじゃないかな」

「どこに行ったか心当たりはあるの？」

「それが……」

何もないという表情だ。

「同窓会でのやりとりは録音してあるの？」

「してない……」

「マイクぐらい仕掛けてモニターしてたんじゃないの？」

「何それ」

これだから素人は困る。いまどきピン・マイクなんて安く手に入るし、無線で飛ばして近くで傍受することも容易なのに……。

羽瑠は「あとで話を聞けばいいと思ったのよ……」と言い訳する。

「同窓会の二次会の場所はわかるの？」

「それは、調べといたわ」

そして羽瑠は店の名前を教えてくれた。けれどもわたしは迷った。この場合、久能忠雄の同窓生に話を聞きに行っていいものだろうか？

確かに久能が店を出て行くきっかけになることがあったのか知りたい。しかし同窓生ならば、忠雄の一家が遭った事件や、光爾が指名手配されながらも現在も捕まっていないことを知っているはずだ。そして久能が店を出て行く理由は、おそらく忠雄に関することだろう。当然そこを質問することになる。でも、もし同窓生のなかに勘のいい者がいたら、探りを入れたことで逆に感づいてしまうかもしれない。ひょっとすると中には光爾と会ったことがある者がいるかもしれないし、そうだとすれば、変装をしていたためいままでバレていなかったのに、忠雄について訊かれたことで、あのウェイターの正体を見破ってしまう者もいるかもしれない。そうなったら元も子もない。

「じゃあ、一緒にいたウェイトレスから話を聞いたら？」

羽瑠が提案してきた。

「そんなのがいるの？」

「いまそこを歩いて行った子よ」

羽瑠はそう言って窓の外を通り過ぎて行ったベージュのスカートの女を指差し、微笑みを浮かべる。

微笑んでる場合じゃない！　わたしは即座に立ち上がり、慌ててそのウェイトレスを追った。

ウェイトレスであれば無関係な第三者として聞き込みには最適だ。

次の交差点まで走ってそのベージュのスカートに追いついた。そして声をかけ、協力を頼み、好きなものを奢るから話を聞かせてほしいとカフェまで連れて来た。

一緒にホールを担当していたというウェイトレスは児島理江《こじまりえ》と名乗った。ショートカットの利発そうな子で、何でも注文していいのかと聞き返してから、遠慮がちな口調で一番高いケーキと紅茶を頼んだ。

「今日、臨時でバイトに入ってた久保《くぼ》くんのことなんだけど……」

羽瑠はそう切り出した。『久保』というのは久能が正体を隠すために使った偽名だそうだ。そして彼の友達という体裁で事情を説明した。

「わたしたち今夜、久保くんと会う約束をしてたのよ。バイトが終わり次第すぐに来るってことで……。でも時間になっても来ないし、スマホに電話しても連絡がつかなくなってるし、店長さんに訊いたらバイトの途中でいなくなったって……」

「そう。いつのまにかいなくなってて……」

理江はそう言って微笑み、ケーキを口に放り込んだ。

羽瑠は友人としての謝罪を口にしたが、理江はそう迷惑もしていない表情だった。

「忙しいときはちゃんといてくれたし、いつものバイト君よりよほど頼りになりましたよ。すごく助かっちゃった……。ちょうどお料理も一通り運び終わって手も空いた頃、気がついたらいなくなってたってかんじかな……」

失踪するにしても気は遣ったらしい。

「それで、久保くんがどこへ行ったのか知りたいんだけど、仕事中になんかおかしな点はなかった？」

「おかしな点？」

「お客さんから何か話しかけられていて、みょうに興味を持っていたとか」

理江はしばらく考えていたが、何も思い当たらない様子だった。訊き方が漠然としすぎていたのかもしれない。質問を変えてみた。

「『久能』とか『忠雄』って名前を言ってませんでしたか？」

「久保さんがですか？」

「同窓会の、客でも……」

「お客様の話は盗み聞きしないことにしているので……。あ、わたしに話しかけてきた場合は別ですけど」

それが職業意識かもしれない。でもここで何か情報を引き出せなければ手がかりは得られない。わたしは一気に切り出してみることにした。

「殺人事件の話とかは聞きませんでしたか？　連続殺人事件とか……」

いくら盗み聞きはしないとはいっても、そんな話が出ていたら嫌でも印象に残るだろう。

「久保さんが関わってるんですか？」

しかし、そう聞き返されたので、わたしは慌てて言い繕った。

「いいえ、彼はミステリーが大好きで、そういう話を聞くと夢中になっちゃうのよ。後の約束なんか忘れて……」

　すると理江は微笑み、それから言った。

「そんな話は聞かなかったな……」

　その後、いろいろ質問してみたが理江は何もおぼえていない様子だった。だめか……。あきらめかけたとき、突然理江は思い出したように言った。

「そういえば……、あ、でも……」

「何ですか？」

「いえ、何でもないです」

「いま何か気づいたんでしょう？」

「でも、気のせいかと思って」

「それでもいいんです。言ってください」

　そう頼むと、彼女はしぶしぶという顔で語りだした。

「久保さん、お客様の一人からスマホを見せられてたんですよ」

「スマホ？」

「何を話してたのかは聞こえなかったけど、お客様の一人が差し出したスマホの画面を覗き込んでたんですよ。それから久保さん、みょうにそわそわしていたというか……」

「様子がおかしかったのね」

「目に見えてってかんじじゃないです。ちょっとヘンかなってぐらいで。だから気のせいかもしれないんですけど」

「いえ。それでいいんです。何か話しながらスマホを見てたんですね」

「ええ」

「何を見ていたかわかりますか？　画面がチラッと見えたとか」

「いえ、それは」

見ていたとすれば画像とか、メールの文面とか……。それを見て久能が何かに気づき、一人で行動したのかもしれない。

「スマホを見せていた人はどんなかんじの人でしたか？　性別とか背恰好とか……。もちろん名前がわかったら一番いいんですが」

「名前はわかりませんが、背の高い白髪の方でした」

「白髪？」

「ええ。長めの髪だったのに真っ白だったんで印象に残っています」

「わかりました。ありがとうございました」

わたしたちは理江に別れの挨拶をして席を立った。

二次会の席に行ってその人から話が聞ければ、何を見せたのかはわかるだろう。

3

その店は雑居ビルの二階にあった。和風の居酒屋である。

自動ドアを抜け、店内を見回すと、年齢が高めの集団がテーブルを囲んでいた。「あそこだな」とつぶやいて歩み寄っていく。白髪まじりや禿げかかった頭部はいくつもあったが、そんなに特徴的な真っ白な髪をした者はいなかった。

訊いてしまったほうが早いと、そのうちの一人、少々肥満気味で相当に酒が入っている男に声をかけた。

羽瑠がレストランの店名を挙げ、「そこにいらした方々ですよね」と訊くと、男はそうだと答える。

「名前はわからないんですが、背が高くて髪が真っ白な方がおられたと思うのですが……」

男は「ああ、安積《あづみ》か」と即答した。理江が言ったとおり一目でわかる特徴なようだ。

「ちょっと用があるんですが……」

「安積なら帰ったよ」

「え」

「あいつは飲めないし、つきあいも悪いからね」

「電話番号かメール・アドレスはわかりますか？」

そう訊くと、彼は快く教えてくれた。

わたしたちは礼を言うと店を出て、さっそく電話をかけた。

「安積さんですか？　わたし、小倉という者ですけど……」

羽瑠が事情を説明する。わたしが電話すると無意識のうちに刑事の尋問口調が出てしまうと考えて、怪しまれないためにあえて彼女に電話させたのだ。

「それで、そのウェイターにスマホで何か見せたと思うんですけど……、はい、写真ですか？」羽瑠は嬉しそうにわたしに視線を向ける。「どんな写真ですか？　……はい、はいはい」

説明を聞いているが、わたしは小声で「その画像を送ってもらえないか訊いて」と指示した。写真はどんなものかを説明されたところで、実物を見てみないことには何もわからない。久能が注目したのは画面の端にたまたま写っていた、撮影者はまったく重要だと思っていないものなのかもしれないからだ。

羽瑠は指示どおり頼んでくれたが、しばらく会話した後、困惑顔をこちらに向けた。そして小声で言ってくる。

「断られた。見ず知らずの人が突然電話をかけてきて、プライベートで撮った写真が欲しいって言われたんで警戒してるみたい」

無理もないか……と心中を察した。刑事だと言って捜査協力してほしいと頼めれば話は早いのだが、正体を明かすのは得策ではない。

「じゃあ、これから行くからその画像を見せてもらえないかって訊いて」

見せてもらうだけならと思ったのだ。すると功を奏したようで、しばらくの会話の後、羽瑠は「はい、いいんですね。じゃあ、さっそくいまからうかがいます」と言い、住所を訊いて電話を切った。

「亜季、ＧＰＳ使えるよね」

「もちろん」

「じゃあ、わたしが運転するから道案内してね」

「運転って何を？」

「車よ。先週免許を取ったの」

「自動車の？」

「光爾さんをどうやってここまで連れて来たと思ってるの？　指名手配犯なのよ。町中を歩かせるなんて危険過ぎるじゃない」

それはそうだが……。羽瑠が車を運転するなんてもっと危険じゃないか？

「運転できるの？」

「当たり前じゃない。半年みっちり練習したんだから。いままで無事故よ」

免許取得に半年もかかったのは少しも自慢じゃないし、先週取ったばかりなんだから無事故も何の保証にもならない。しかしここは羽瑠の車に乗っていくしかないだろう。わたしも普通自動車は運転できるが、羽瑠に道案内をさせるのはもっと危険だ。

幸い安積の住所は近場だった。車なら三十分以内に着けるだろう。

「それで……」

車が走り出すと、わたしは話を切り出した。いままでは質問するより、事態に対応することを優先させなければならなかった。でも、とりあえず安積の家に着くまでは時間がある。

「久能のお父さんのことを調べて何かわかったの？　どうして同窓会のことをわたしには黙って久能にだけ知らせたの？　どうして久能を檻から出したの？　久能が捕まったらどうするつもりだったの！」

「ちょっとお、一度に訊かないでよ……」

「どうして一度に訊きたくなるようなことをするのよ！」

「あやまるわよ。軽率だった」

「あやまって済む問題？」

「まだ光爾さんが逮捕されたわけじゃないんだから」

「逮捕されたらこっちは身の破滅よ！」

「だから……」

でも、たしかに一度に訊いても何も得られないのは事実だ。わたしは一つずつ訊いていくことにした。

「どうしてこんなことをしようって考えたのよ」

そこが一番重要だ。

「あれから忠雄さん……、光爾さんのお父様のことを調べたんだけど、何も出て来ないのよ。家族を皆殺しするに至るような異常性とか、それに繋がるようなエピソードとか、そういったものが……」

たしかに、忠雄さんは子供の頃に何度も会ったが、そんなことをする人だという印象はまるでなかった。むしろ久能の話が嘘だったと考えるほうが納得できる。

でも、捜査の際には予備知識や固定観念は一度退けて、すべてを疑ってみる必要がある。

「人を殺すような人間だったかって訊いて、そうだって答えるような人なんていないでしょう。周囲の人が『まさかあの人が』って思うような人が犯人って、よくあることよ」

「そういう人って、詳しく調べていくと、やっぱりそういう面がある人だったってわかってくるもんじゃない？　普段はどんなに大人しい『いい人』に見えていたとしても」

それは、たしかにそうだが。

「でも、忠雄さんのことをいくら調べてもそんな要素なんて何も出て来ないの。みんな『マイホーム・パパ』だったとか『理想的な父親』だったって言うばかりで」

「亡くなった人のことを悪くは言えないって心情もあるんじゃない？」

「でも、かなり突っ込んで訊いても何も出て来ないもんだから……。光爾さんの話が嘘か錯覚じゃないかって思えてくるの」

「嘘だって可能性はあるけど……」

「でもそれならもっとマシな嘘をつくんじゃない？　忠雄さんが家族全員を殺したって言うくらいなら、犯人が宙を飛んでやってきたって言ったほうがまだ信じられる」

わたしは疑問を呈した。

「忠雄さんってそんなに善良な人間だったわけ？　見落としてるところがあるんじゃない？」

するとと羽瑠は語りだした。

「忠雄さんは少年時代かなり苦労をしているの。父親は小さな工場を経営していて、一時期は羽振りが良かったんだけど、忠雄さんが十歳のときに倒産して、そのすぐ後に事故死してる。当時自殺じゃないかって噂も立ったらしいんだけど、ほんとうのところはわからない……」

「だから、子供たちに安定した仕事に就けって言ってたわけね」

「父親が亡くなってからは一家で一緒に住むこともできず、親戚の家に預けられて育ったんだって。それだけに温かい家庭への憧れが強くて、理想的な父親になりたいって思ったみたい。子供が生まれてからはクリスマスのたびに自宅を電飾で派手にかざって、近所では評判だったそうよ。子供の誕生日には毎回パーティーを開いて、友達をたくさん呼んで……、わたしたちも行ってたわよね」

自分の不幸だった少年時代を補うために、忠雄は自分の子供たちに最高の家庭を提供してあげることが趣味だったようだ。

「とても家族を殺すような人間じゃないでしょ？」

「でも、久能たちが成長した後はどうだったの？　息子は勝手に会社を辞めて部屋にこもってたわけだし、娘は不安定な職業の男と結婚したいって言い出してたんだから、愛情をもって育てたわりには望んだ通りに育ってないって失望してたんじゃない？」

「内心ではどう思っていたのかわからないけど、少なくとも異状はなかった。だから光爾さんだって自宅にいられたんじゃない？」

　たしかに、普通の親なら久能は追い出されていてもおかしくないか……。

「どんなに調べても忠雄さんが犯人だって思わせるような証言は出て来ないの。たしかに亡くなっているから悪く言わないってことなのかもしれないけど……。そんなとき同窓会のことを聞いて、チャンスだって思ったの。むかしの友達が集まって、酔った勢いで話していれば、普段なら遠慮して口に出さないようなこともしゃべるじゃない？」

「そうね」

「それで、同窓会のことを話したら光爾さんも興味を持って……」

「ちょっと待って……」

　たしかに最近羽瑠は何度もわたしの家に来て、久能にも会っている。しかし、いつもその場にいたはずのわたしは同窓会の話なんて聞いてない。

「二階の窓の鍵を壊したのはこの前家に来たときだって言ってたわよね。久能にはいつ話したの」

　わたしがドスのきいた声で訊くと、羽瑠は朗らかに笑った。

「ごめん。鍵を壊したのはだいぶ前のことで、それから何度も亜季の家に行って光爾さんに会ってたのよ」

　笑い事じゃない。鍵を取り替えたんで羽瑠を撃退できたと思っていたのだが、間違いだったのか。

「羽瑠がわたしの家に何度も訪ねて来てたら怪しまれるとは思わなかったの？」

「姉妹なんだからおかしくないじゃない」

「毎回木をよじ登って二階の窓から出入りしてたんでしょ？　人が見たらどう思う？」

「バレないように登ったわよ。それにほら、亜季って子供の頃からガサツで家事全般が苦手なんだし、刑事の激務で疲れてる姉のためにわたしが家事を手伝ってやってたってことにすれば言い訳が立つじゃない」

言い訳をしながらもチクチクとこっちの欠点をあげつらうことを忘れない女だ。

「久能と会って何をしてたの」

「とくに何ってこともないけど、いろいろ世間話をしたり。光爾さんだって話し相手がいないんじゃ退屈でしょう？　それにお料理も作ってあげたわ。どうせロクなものあげてないんでしょう」

「久能が望むものを買ってきてあげてたわよ。檻の中にキッチンもあるし」

「男が作る料理なんて単純なものばかりだろうし、コンビニ弁当とか亜季の料理ばかり食べさせられてたんじゃ可哀想《かわいそう》よ」

「指名手配犯なのよ。匿ってあげてるだけでも充分じゃない」

「話を聞き出したいんでしょ。男って胃袋を摑むのが一番なの」

「意味が違う。料理じゃ証言を聞き出せないわ」

「警察だって取り調べでカツ丼出すじゃない？」

「あれはドラマよ！」

「とにかくそうやって光爾さんと話をしてて、そのとき同窓会の話もしたの……」

それで久能がウェイターとなって潜り込む計画を立てたらしい。

「危険だと思わなかったの？　正体がバレたら……」

「でも、いくら調べても忠雄さんの動機がわからなかったんだもん。少しでも手がかりが得られるチャンスがあるならしがみつくしかないじゃない……」

それは久能としても同じ思いで、そのため計画に同意し、積極的に協力してくれたとのことだった。

話しているうちに車は安積宅の近所に到着した。わたしはGPSを見ながら車を誘導し、家の前につけた。

安積の家は住宅街の裏通りにあった。ゆるい斜面に建てられた白壁の二階屋である。

呼び出しベルを押すと、安積は待っていたかのようにすぐに応対に出て来てくれた。理江の言葉どおり百八十センチはあろうかという長身で、ふさふさの髪は見事なまでに真っ白だった。痩せ型の、大学の教授といった雰囲気である。

電話を受けたときには警戒をしていたのだろうが、わたしたち二人を一目見て安心した様子だった。羽瑠は一見すれば良家の娘に見える外見だし、わたしも少なくとも同じ顔だ。立ち話では何だから……と家にあがるよう勧めてくれたが、落ち着いている場合ではないので、さっそく事情を説明して、同窓会の席でウェイターに見せた画像を見せてほしいと頼んだ。

「ああ、そうでしたね」

安積はそれほど悪い気もしていない顔でスマホを取り出し、画像を見せてくれた。

「これを友達に見せてたところ、ウェイターの青年の目に入ったらしくて、声をかけてきたんですよ」

そうして見せてくれたのは安積が別の男性と並んで写っている写真だった。その男性の顔には見覚えがあった。子供の頃の印象より老けてはいるが、久能の父親の忠雄だ。

場所は和風の小さな料亭か居酒屋の中らしい。よく磨かれた木製のカウンターに座って、忠雄は片手にぐい呑みを持って微笑んでいる。

「古い友人と久しぶりに会ったんで撮ってもらったものです。その友人にこの居酒屋に連れて行ってもらったんですよ。でも、彼はこの後すぐに亡くなったんで最後の思い出になってしまって、それでずっと保存してあったんですよ」

事件の直前の写真らしい。

この写真のどこに疑問を感じて久能は行動に出たのだろうか……。わたしは写真の端々に細かく目を走らせていった。

「おかしいな……」

と羽瑠がわたしより先につぶやいた。わたしが気がつかない所を見つけたのだろうか？

「安積さんってお酒が飲めないんですよね」

「そうだけど」

「それでも居酒屋に？」

「その友人が店の主人と最近仲良くなったということで……。もちろん私は飲みませんでしたし、友人も酒は口にしませんでした。私に気を遣ってくれたんでしょう」

「でも、ぐい呑みを持ってますね」

「ああ。でも酒は飲んでませんでした。気分だけでも味わいたかったのかな……」

「このお店って連絡先はわかります?」

「ああ、それ、ウェイターの青年にも訊かれたんだけど」

「教えたんですか?」

「いや。そのときは思い出せなくて……。でも、帰る道すがら思い出したんだ。『山麓《さんろく》』って店でした」

そして安積は久能には店の場所を伝えたと話し、わたしたちも教えてもらった。

すると羽瑠はさっさと安積に礼を言って別れを告げ、車へともどって行く。いつもは行動が遅い羽瑠の様子に驚きながら、わたしも礼を言って後を追った。

「どうしたの、急に?」

車に乗ってから訊く。

「安積さんの前で、忠雄さんの事件を調べていることを話さないほうがいいような気がして」

羽瑠にしてはいい気遣いだ。そのことを知られると話が面倒になるし、いまは緊急の事態だ。安積にこれまでの経緯を話している場合ではない。

「何か気がついたの?」

「忠雄さん、大きな病気をして、それからお酒は一滴も飲んでなかったんだって。身体が受け付けなくなったとか言って……。亡くなる二年前のことよ」

羽瑠はそう説明しながらスマホを操作している。『山麓』という店を検索しているようだ。

「それなら何で居酒屋の主人と知り合いになるの?」

「不思議よね……」

羽瑠は店を探り当てたらしく、すぐに電話をかけた。そして事情を説明し、しばらく話を聞きながら何度も返事をくり返し、会話を終えて電話を切った。

「わかったわ。陶芸よ」

「陶芸？」

「居酒屋の主人が忠雄さんと陶芸教室で知り合ったの。亡くなる少し前から忠雄さんはそこに通ってたんだって」

「じゃあ、ぐい呑みを持っていたのは？」

「忠雄さんが自分で作った作品だったからよ」

「安積さん、そんなこと言ってなかったけど」

「話しあぐねたのか、話したけど安積さんが忘れてしまったのかはわからないけど」

たしかに、自分で焼いた器の話なんて、興味がない他人からすれば聞いてすぐ忘れる程度の話題だろう。でも、久能が父親が陶芸教室に通っていたことを知らなかったのなら、そこで何かがあったと疑ったのかもしれない……。

「その陶芸教室の場所は？」

「光爾さんもそれを訊いて店を出たところだそうよ。わたしたちもすぐに向かいましょう」

わたしは同意した。とにかくいまは久能を捕まえることだし、上手くすれば先回りできるかもしれない。

しかし、時計はもう夜九時をまわっていた。陶芸教室ってこんな遅い時刻までやっているものなんだろうか？

5

陶芸教室は駅からほど近い雑居ビルの上層階にあった。

途中道路が混んでいたために到着が遅れ、わたしたちは大急ぎで車を降りた。

エレベーターを降りると、正面にあるガラス戸の向こうは煌々《こうこう》と明かりが点いていた。まだ教室は開いているようだ。

重いガラス戸を押し開くと、左手には無人の受付があり、右手には大きな棚にさまざまな陶器が並べられていた。少し不恰好なほど個性的な作品に値札が付いているところを見ると、生徒たちの作品を売っているようだ。

受付のデスクの上にあった呼び出しボタンを押し、少し待つと三十代ぐらいの女性が出てきた。幼稚園の先生といった雰囲気の人で、セミロングの髪を後ろでまとめ、洗いざらした紺のエプロンの胸に『中村嶺美《なかむられみ》』と書かれたプレートを付けている。

「こんな遅い時刻でもやってるんですね」

挨拶の後でそう言うと、

「うちは仕事帰りに立ち寄られるお客様が多いんで……。入会希望のかたですか？」

嶺美はそう言って微笑んだ。

「いえ、ちょっとうかがいたいことがありまして」

羽瑠はさっそく久能の風体を伝え、そんな男が来なかったか訊いた。

「そのお客様でしたらいま奥の部屋に」

「いるんですか！」

「ええ。窯を見たいとおっしゃって……」

陶器は奥の別室にある電気窯で焼いているらしい。

「わたしたちも見せてもらっていいでしょうか？」

「ええ。見学はご自由に」

そのとき別の客が入ってきた。嶺美はまた「入会ご希望のかたですか？」と声をかける。

わたしたちは挨拶をして場所をその客に譲り、さっそく奥の部屋へ向かった。

受付からそのまま続いている教室は二、三十人はらくに入れるほどの広さだった。一方には電動式の轆轤《ろくろ》が並び、もう一方には大きな棚に作品が並んでいる。多くは轆轤で成形したあと乾燥させているもので、この後焼かれるのだろう。

その奥の扉を開けて入って行くと、大型の冷蔵庫のような電気窯が並んだ部屋で、その傍らに背の高い男性が立っていた。

一瞬それが誰かわからず、わたしは身体が波立つほどの衝撃をおぼえた。見慣れているボサボサの髪は切り揃えられ、無精髭はきれいに剃られていたからだ。たしかに、それはそうだ。指名手配犯をあんなホームレスのような小汚い姿で外に出すわけにはいかない。目立たないよう羽瑠が身支度を整えさせたのだろう。しかし、それはたしかに久能光爾だった。

そして、わたしをうろたえさせたのは、十数年ぶりに出会ったマトモな姿の久能は、中学生の頃に見たあの少女マンガから抜け出してきた王子様のような姿よりも、さらにわたし好みのイケメンになっていたからだ。あのボサボサの髪と無精髭のなかに、まさかこんな顔が隠れていようとは……。わたしは妙にドキドキして、声がかけられなくなってしまった。

「どうして黙っていなくなったの！」

羽瑠が大声を上げた。久能はくるりと振り返り、微笑みを浮かべた。

「これ以上羽瑠ちゃんを危険にさらすわけにはいかないと思ってね。指名手配犯と一緒にいるところを見つかったらアウトだろう？」

「だったら勝手な行動はしないでよ」

「自分で直接調べたかったんだ」

「どうして？」

「あの事件からずいぶん親父のことを調べた。でも、なぜあんなことをしたのか、どうしてもわからなかった。知らない友人がいたら会ってみたくなるのは当然だろう？」

やはり、酒をやめていたのに居酒屋の主人と知り合いになった理由を確かめたかったようだ。

「ここへ来たのは？」

「親父が陶芸をやってたなんて知らなかったからね。家に持ってきたこともなかった。まだ始めたばっかりだったみたいだから、もっと上手くなってから作品を見せるつもりだったのかもしれないな。完璧主義だったから」

「それより、ちょっと目立ちすぎじゃない？」わたしは話に割って入った「サングラスぐらい……」

指名手配犯が無防備に顔を晒《さら》すのは不用心すぎると思った。それに、久能は自分が何者であるかを把握してないんじゃないかと思うくらい堂々としている。

しかし久能は不敵に笑った。

「必要ないよ。堂々としていたほうが不審者だと思われない」

たしかにその通りだ。普段刑事として人を不審だと思う理由は、顔が指名手配犯の顔写真に似ているということより、態度がおかしいことのほうが多い。

しかし、いまの久能はあまりにも人目を引きすぎると思った。なにしろわたしはさっきからなかなかドキドキが止められなくて困っている。つい昨日までは普通に話していたのに、頬が熱くなるのを止められなかった。たぶんいまの久能を見たら一瞬で記憶してしまう女は数多くいるに違いない……。

しかし、頭を切り替えよう。

「それで、ここに来て何かわかったの？　動機とか……」

事件のことを質問すると、久能は笑みを浮かべる。

「いや。いろいろ訊いてみたんだけどね。これといったものは……」

たしかに陶芸から殺人に至る動機なんて想像しにくい。

「じゃあ帰りましょう」

「いや。ちょっと待ってくれないか」

「まだ何かあるの？」

「いや、そろそろ焼き上がる頃だって話なんでね。どうせなら窯出しを見せてもらいたい。見たことないだろう？」

観光気分でそんなものを見ている場合ではない。自分が指名手配犯であることを認識してるんだろうか？　強引にでも連れて帰ろうと思ったとき、さきほどの嶺美が来てしまった。客への対応を終え、窯出しの作業にもどるらしい。

「見て行かれますか？」

嶺美が言う。久能は見る気まんまんだ。こうなると無理矢理連れて帰ったのではむしろ怪しまれる。

「はい。ぜひ……」

わたしはあきらめの心境で、焼き上がった陶器を見せてもらうことにした。

嶺美は電気窯に向かい、覚悟を決めた表情でその扉をゆっくりと開けた。

一気に窯内の熱気が溢れ出してくる。内部には可動式の棚があり、その上に焼き上がったばかりの陶器が並んでいた。

「生徒さんの作品ですか？」

「今回はわたしが作ったものが多いんです」

嶺美はそう言いながら防熱用と思われる分厚い手袋をはめ、棚を窯内から引き出した。

「暑くないですか？」

振り向いて声をかけてくる。暑いというより、肌に直接照りつけて来る放射熱を感じたが、久能が平然と答えた。

「大丈夫です。いつものように作業を続けてください」

嶺美は微笑むとまた棚に向かい、目立つ位置にある湯飲みかと思われる一つを手に取った。わたしも最初に注目していた作品だ。全体の丸みがなんともいいかんじで、これが売りに出るのなら欲しいと思った。

しかし嶺美はぐるりと全体を見た後、突然部屋の隅に放り投げた。陶器はガシャンと音をたてて破片に変わってしまう。そして二つ目、三つ目の作品も手に取ると、次々に割ってしまう。

「僕は前から疑問に思ってたんですが、焼き上がったものをどんどん割っていきますよね。どうしてなんですか？」

久能が訊くと、嶺美が微笑んで答えた。

「画家は一本の線を描くのにたくさん線を引いて、その中から気に入った一本を選んで他を消しますよね？　陶芸は焼き上がってみないとわからないところがあるから、たくさん焼いて、仕上がりの気に入らないものは全部割って、これならってものだけを残すんです」

「でも、さっきのなんてそんなに悪い出来とは思いませんでしたよ。自信作ではないにしても、それはそれで使えばいいんじゃないんですか？」

それはわたしも共感した。

「先生に言われたことなんですけど、クリエイターは自分の作品に責任を持たなければならないんです。だから、自分の作品だと認められない作品は世に出すわけにはいかないんですよ。それが自分の作品の質を守ることなんだって……」

「だから割るんですか？」

「そう。心を鬼にして処分するしかないんです」

その答えを聞いたとき、久能の表情からみるみる余裕の笑みが消えていった。代わりにあらわれたのは強い衝撃を受けた暗い表情……、深淵の奥に転落していく男が浮かべるような絶望に満ちた無表情だった。いったい彼に何が起きているのかわからない……。

「今日はありがとうございました。ちょっと用を思い出したんで帰らせてもらいます」

久能は嶺美に簡単に挨拶をすると、さっさと部屋を出て行ってしまった。嶺美が不審がっているのはありありとわかり、何か言い訳すべきかとも思ったが、久能を逃すわけにはいかない。わたしたちも慌てて挨拶を済ませ、陶芸教室を出た。

「どうしたのよ！」

雑居ビルを出たところで立ち止まっていた久能に、後ろから声をかけた。

「やっと、わかった」

久能は振り絞るように言った。

「え？」

「わかったのさ」

「何が？」

「親父が家族を皆殺しにしようとした理由さ。それなら腑に落ちる。あいつがそういうつもりだったら……」

突然のことに羽瑠が驚愕の表情を浮かべた。

「なんだっていうの？」

訊くと、久能はゆっくりと言葉を絞り出していった。

「あいつは……、親父は『理想の家族』を作ろうとしたんだよ。家族はあいつにとって自分の作品だったんだ。アーティスト気取りで、『家族』っていう芸術作品を作り出そうとした。だからあいつは、あれほどまでに理想の父親を演じて、細心の注意を払って思い描いたような家庭を作り上げていったのさ……」

「そんな……」

「でも、期待の息子は勝手に会社を辞めて引きこもってるし、娘は不安定なミュージシャンふぜいの子供を妊娠したと知って、あいつは自分が作品の制作に失敗したと判断したんだ。こんなのは『理想の家族』じゃない。自分の作品として相応《ふさわ》しくない。こんな納得のいかないものを世に出すわけにはいかない……」

そして久能は唸るような声で、地面に向かって吐き出すように言った。

「だから自分で責任をとって、不細工な失敗作をすべて壊して葬ろうとしたんだ。デキの悪い陶器を叩き割るようにね」

そしてわたしの目を真っ直ぐに見つめてくる。

「亜季ちゃんもおぼえてるだろ？　別荘にあったドールハウス」

わたしはこくりと頷いた。

「あんなに大事に作ってたのに、少し壊れたら、あいつは全部壊して撤去しやがった……」

あれは、事情も聞かずに怒鳴りつけてしまった自分を思い出したくないからだと現在まで思っていたが。

「むかしからそうなんだ。あいつは、不完全なものなんて要らないんだよ。完璧じゃないなら、壊してしまうんだ……」

そして久能は黙り込み、俯いた。

それが真相なのかどうかわからない。そもそもすでに亡くなっている犯罪者の心情を証明する方法なんて無いだろう。

でもそれが、息子として長年父親と接してきたうえでの実感のようだ。

わたしも荒波の中に漂う小舟のような気分で、そこに立ちつくしていた。


（おわり）

解説

羽《は》住《すみ》典子

不慮の事故で亡くなった兄は、自宅の地下室に殺人事件の容疑者をかくまっていた——。

このような出だしの作品なら、警察関係者と追いつ追われつの心理戦が始まり、主人公は容疑者が関係する事件の謎を探りながら、さらに兄の死も何か絡んでいるのではないかと疑いをかける——といった物語を想像したくなるだろう。

しかしながら本書は、サスペンスとはまったくかけ離れた展開で読者に勝負をかけてくる。幻想の雰囲気に近く、主題となるのは、不可能犯罪に対する推理合戦だ。主人公たちは現場に足を運ばず、限られた情報だけでこれでもかと推理を重ね、真相にたどり着く。本書をカルピスにたとえるとしたら、一気飲みはできないほど原液に近い、コテコテの本格ミステリなのである。

舞台は東京郊外ではあるけれど、近所の人たちが「陸の孤島」と呼ぶ地域に建つ古びた洋館だ。周囲を森に囲まれていて、連続殺人を実行するには格好のクローズドサークルとなっている。だが、この場所で事件は起きず、元となるネタは、主人公で警視庁の刑事・小倉亜季が外部から持ち込んでくる。

受け手となるのは二人の人物。一人は、二卵性双生児なのに亜季と瓜二つの外見をしている妹の羽瑠だ。既婚者だが、夫と喧嘩しては家を飛び出し、亜季が暮らす洋館に転がり込んでくる。もう一人は、半年前に死んだ兄・夏彦の親友で、姉妹が子供の頃から交流のある久能光彌。彼以外の家族全員が殺害された事件の容疑者で、現在も指名手配中の身である。夏彦は光彌を自分の住む洋館の地下牢にかくまい、彼の死後は亜季が世話を引き継いでいる。

シリアスな亜季と脳天気な羽瑠の双子を相手に、鉄格子の向こうにいる光彌が鮮やかな推理を披露していく。朝も昼も夜もなく時間に束縛されない状況下で、シチュエーション・コメディのような「暇つぶし」ともいえる推理劇は幕を開けた。

第一話「乱歩城」では、身体の一部が凍った死体が夏の海に浮かんでいたという事件を扱う。被害者は『乱歩城』と呼ばれる別荘で行われたパーティーの招待客だった。海までは距離があり、遺体を運ぶのは不可能なはずなのに、犯人はどうやって難題をクリアしたのだろうか。

第二話「妖精の足跡」の事件現場は、長野県にある『妖精の館』と呼ばれる妖精のジオラマを展示した建物だ。ある雪の夜にクリスマスパーティーが行われた翌日、窓から崖まで続く小さな足跡が発見された。人為的なら誰が何のためにこのようなことをしたのだろうか。それとも、本当に妖精は実在するのだろうか。

第三話「空からの転落」は、群馬県の山奥にある採掘場の跡地で転落死体が発見された謎を解く。現場は広場の中央で、高い建物はないため、墜落のしようもない。さらに、死体は全裸の状態で、身につけていたと思われる登山服は近くに落ちていて、被害者のスマートフォンだけが見つからないままだった。

第四話「防波館事件」では、北海道の離島にある『防波館』や『六角館』と呼ばれる特殊な館が登場する。津波がきても家の中が浸水しないような設計をしていて、その中庭で主の末娘の絞殺死体が見つかった。前日は雪が降っていて、現場には足跡がない。犯人は帰省中で館に泊まっていた家族たちの中にいるはずなのに、密室の謎が立ちはだかっていた。

第五話「魔術的な芸術」では、自室の中で段ボール箱に押し込められた女子大生の遺体について推理を行う。被害者は小高い丘の上に建つ一軒家に家族と住んでいた。周囲には細い川が流れていて、前日に発生した台風で橋はいったん水没していたという。首飾りも盗まれていることにより、警察は外部から侵入した物取りの犯行ではないかと捜査をしていたのだが。

第六話「皆殺しの家」では、ついに光彌の事件の謎が明かされる。羽瑠に協力してもらって脱走し、行方をくらませた光彌を亜季が追う。各話の冒頭で小出しにしてきた過去の事件が収束される、幕切れにふさわしいボーナストラックだ。

いささか風変わりなふたつの設定によって、本書は完全にふたつの世界に「中」と「外」を分断した。「中」にいる探偵役は現場に足を運ぶことができず、伝聞でしか情報を入手できない。手がかりは読者が得られる量とまったく同じであることにより、フェアプレイを最重要視した究極の安楽椅子探偵作品ともいえる。

その設定のひとつとは、探偵役の置かれる環境だ。鉄格子の向こうの助言者というと、トマス・ハリス『羊たちの沈黙』（一九八八年）などのハンニバル・レクター博士がもっとも代表的であり、映画『踊る大捜査線 THE MOVIE 3 ヤツらを解放せよ!』(二〇一〇年)の日向真奈美やアニメ「乱歩奇譚」(二〇一五年)の黒蜥蜴も加えられる。残虐性ではレクターが突出しているが、真奈美も黒蜥蜴も奇妙奇天烈すぎる人格で、彼らは治療も兼ねて厳重に拘束されている。自白もせず冤罪だとも訴えず、自身の事件に関しては何も語らない光彌も不気味な雰囲気を醸しているが、これらの人物たちと比べたら、かなりまともに見えるだろう。立ち位置でいうなら、光彌は藤木稟『バチカン奇跡調査官 独房の探偵』(二〇一五年)の表題作で、密室殺人事件の謎を解くよう依頼されたローレン・ディルーカに近い。だが、論理的思考力には長けているが、ローレンのような公的機関に恐れられるほどの天才的な頭脳は持っていない。つまり、収監探偵といういささか珍しい探偵役を設定してはいるものの、変わっているのは置かれている状況だけで、中身はごく普通の人なのである。

もうひとつの変わった設定とは、舞台となる洋館である。果たして、光彌のいる地下牢は何のために造られたのかと疑問を覚える人も少なくないだろう。出入り口は一階の本棚の奥にある隠し扉、階段を下って、さらに鉄格子の鍵を開けて「中」に入る。部屋はまったく何もないわけではなく、電気はもちろん、トイレやシャワールーム、ベッド、空気清浄機、除湿機、冷蔵庫に簡易キッチンが完備されていて、食事や日用品、書物などは鉄格子に設置されている小窓から授受できる。不自由なのは、「外」の世界と接触ができず、情報もシャットダウンされているくらいだ。犯罪に利用されるかもしれないと亜季が反対しているから、インターネットに接続できる機器はないが、環境は整っている。水を使うためには排水管の工事もしないとならなく、必ず他人が館内に立ち入るので、指名手配犯である光彌をかくまってから増築されたわけではないことは分かる。

ならば、この洋館が建築された理由は何だろうか。答はただひとつ。誰かを監禁するために建てられたのだ。

だが、洋館そのものの謎については、本編で語られることはない。このような舞台装置なら、館内から手記が見つかって過去に何らかの殺人が起きていたことが分かり……といった物語を期待したくなるが、その道を選択しないなんて、一筋縄ではいかない作品だ。また、蒼井上鷹『ハンプティ・ダンプティは塀の中』（二〇〇六年）、鳥飼否宇『死と砂時計』（二〇一五年）のように、「中」の世界で新たな事件も発生しない。重要なのは、謎の発生した「外」の世界と、謎を解くために存在する「中」の世界を、完全に隔離することである。第三者が介入せず、インターネットで検索をかけることもなく、自分の知識と与えられた情報を使って密室の「中」だけで謎を解く。本格の要素は、ふたつの世界をつなぐパイプラインの役割を担っているのだ。

突飛すぎない探偵役と「中」と「外」に役割分担した舞台が重なることによって、謎のインパクトはより強くなり、情報量も絞れるので推理をすることのみに集中ができる。まさに本格ミステリの理想郷といえよう。

そもそも作者である山田彩人は、笠井潔・北村薫・島田荘司・山田正紀の四選考委員から絶賛され第二十一回鮎川哲也賞を受賞しデビューした際に、こんな持論を述べていた。


推理によって謎を解いていく手つきとか、どんな推理や理屈によって解いていくのかという過程のおもしろさにこそ本格ミステリの魅力があると思えてきたわけです。

（『眼鏡屋は消えた』収録「受賞の言葉」より）

記憶喪失になった主人公が八年前の親友の死を探るデビュー作『眼鏡屋は消えた』（二〇一一年）、幽霊から自分を殺した犯人探しの依頼をされる第二作『幽霊もしらない』（二〇一二年）は、巻き込まれ型の本格ミステリ作品で、登場人物たちの行動の過程やその時々の心理描写も読みどころのひとつであった。探偵役は両作ともイケメンの私立探偵・戸川涼介が努める。

第三作は、童顔の男性刑事と引きこもりの少女が不可能犯罪を解決する連作短編集『少女は黄昏に住む　マコトとコトノの事件簿』（二〇一三年）。周囲からは主人公の刑事が事件を解決していると思われているが、実は彼を操っているのは現役女子高生である。現役刑事が信頼できる一般人に未解決事件を相談する点は本書と似ていても、会話のやり取りはユーモア色が強く、スイーツへのこだわりなどの雑談も挟む。少女もフィールドワークに出ることもあるので、完全に伝聞だけで手がかりを得ているわけではない。（余談であるが、この作品の第三話で語られる建築家・青柳龍生と本書の第四話の北海道にある館を建築したという「ある建築家」は同一人物ではないかと推測している。よって、本書と対をなす作品だと捉えている。）

その後、山田は自身の映画に対する愛をふんだんに描いた第四作『今宵、喫茶店メリエスで上映会を』（二〇一四年）を発表。四年間の沈黙を経て刊行された本書は第五作となる。不可思議な死体に対し、事件関係者たちの内面を忖度せず、事実のみを洗い出して帰納法で推理を行う。すべて会話で現場状況を説明するくだりは理路整然、かつ若干のユーモアも含まれていて、アニメ・シナリオライターの経歴が本書でも存分に活かされている。

出題者である亜季は、探偵役をミスリードさせる意図がまったくない。持っている情報をすべて提出する伝達者の役割をはたしているだけにすぎず、彼女自身も真相を知らないから、光彌や羽瑠を欺くことはできないのだ。刑事でもある亜季が求めている回答は各事件の犯人であり、意外な真相ではない。「推理の過程のおもしろさ」に必要なのは、信頼できない語り手でなく、信用できすぎる語り手なのだということを実証しているように感じさせられる。

推理部分に特化するという理想の本格ミステリ世界を築き上げた山田は、本書の第五話で光彌の言葉を通して殺人を芸術作品にたとえて言及する。


彼らは上手く描けているだけの優等生的な絵画を否定して、無意識を刺激し直してるような得体の知れない魅力を持った作品を賞賛した。そういった価値観で過去の芸術を評価し直して、そういう魅力を持った作品を創造しようとしたんだよ。

（本書二五五ページより）


遺体の詰まった段ボール箱には、実在する書物であるアンドレ・ブルトン『魔術的芸術』（一九九七年）も一緒に入っていた。新しい芸術作品の見方を提示して過去の作品をすべて見直し、これまでとは違う芸術を創造していく価値観であるシュルレアリスムの思想を理論化した作品だ。この本は被害者からのダイイングメッセージならぬ、犯人からのメッセージだと光彌は指摘する。第一話から第四話まで真相に至る過程に犯人の心情は関係ないかのように描かれていたため、芸術論を語る第五話は異色に映るかもしれない。

実は、このあたりに本書の主題が隠されているのだ。作中では「殺人」と表現していたが、これは「本格ミステリ作品」にも置き換えができる。

本格ミステリの謳い文句のひとつに、「意外な真相」がある。だが、意外性は、刺激にすぎない。その刺激を求めるために本格ミステリ作品に触れる読者は少なくないが、古今東西、作品を読めば読むほど、経験値は上がっていく。無意識のうちにこれまでの経験と照らし合わせ、パターンを分類していき、それが感情の揺さぶりを妨げることもある。

つまり、本格ミステリの醍醐味が意外性であるなら、過去に触れた作品と同種なら驚きにくくなり、どこにも分類できない作品でしか楽しめなくなる危険性が生じるのだ。かつては、小説の枠組みを飛び越えて作者が読者に直接トリックを仕掛ける叙述トリックが「意外な真相」の代表格のように扱われてきたが、現在では複数の叙述トリックを組み合わせないと斬新であるとはいえなくなっている。時代が変わってこれまでになかった新しい手法が見つかっても、必ずしも「驚き」を与えられるとは保証できず、真相のみに焦点を絞っていくと、そう遠くない未来に終わりがくるだろう。先述の「受賞の言葉」でも、山田はその危惧を「先細り」という表現で語っていた。裾野を広げていくために、彼は、本格ミステリの謎・謎解きの過程・真相という構造から、謎解きの過程を選んだ。

本書の推理劇が幕を下ろしたとき、果たして、どんな感情が湧いただろうか。人間の無意識を刺激する「殺人事件はみんな大好き」だと、光彌は行動経済学から立証している。その大好きなものから生じる感情を先読みし、館、双子、密室、足跡のない殺人、クローズドサークル、あらゆる先行作のガジェットを使って、本格ミステリ・シュルレアリスムを本書は確立させた。

スペシャルドラマ『そして誰もいなくなった』(二〇一七年)でも、「殺人は芸術だ」と犯人が豪語していた。本書の亜季と同様、探偵役である刑事は一言で否定し、それが作品の最後の台詞となっていた。現実の殺人事件で芸術論を語るのは論外だ。しかし、架空の世界の殺人事件は、美しい芸術になりうるということを、本書は全体を通して示した作品である。

試みは充分に成功したと判断する。

皆殺しの家

2018年11月27日　第一刷発行

著者　山田彩人
発行者　南雲一範
装丁者　岡 孝治
校正　株式会社鷗来堂
発行所　株式会社南雲堂
東京都新宿区山吹町361　郵便番号162-0801
電話番号　(03)3268-2384
ファクシミリ　(03)3260-5425
URL https://www.nanun-do.co.jp
E-mail nanundo@post.email.ne.jp
印刷所　図書印刷株式会社
製本所　図書印刷株式会社

ISBN 978-4-523-26580-1 C0093